脇坂昌宏

忠臣蔵異聞

陰陽四谷怪談

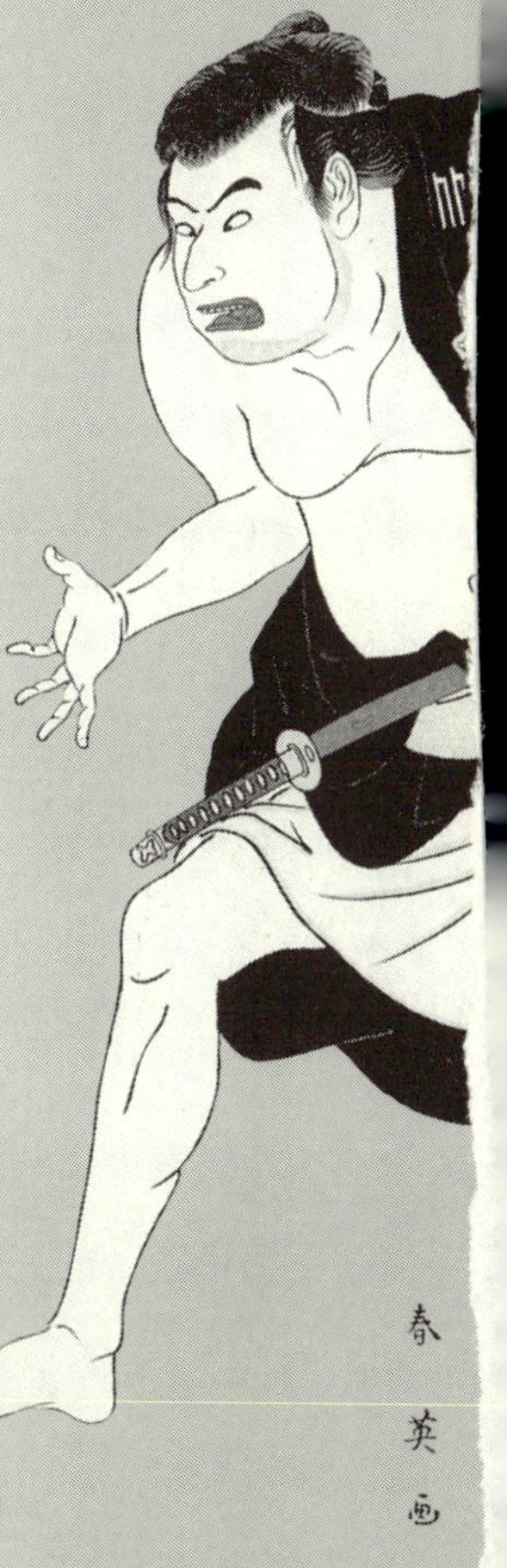

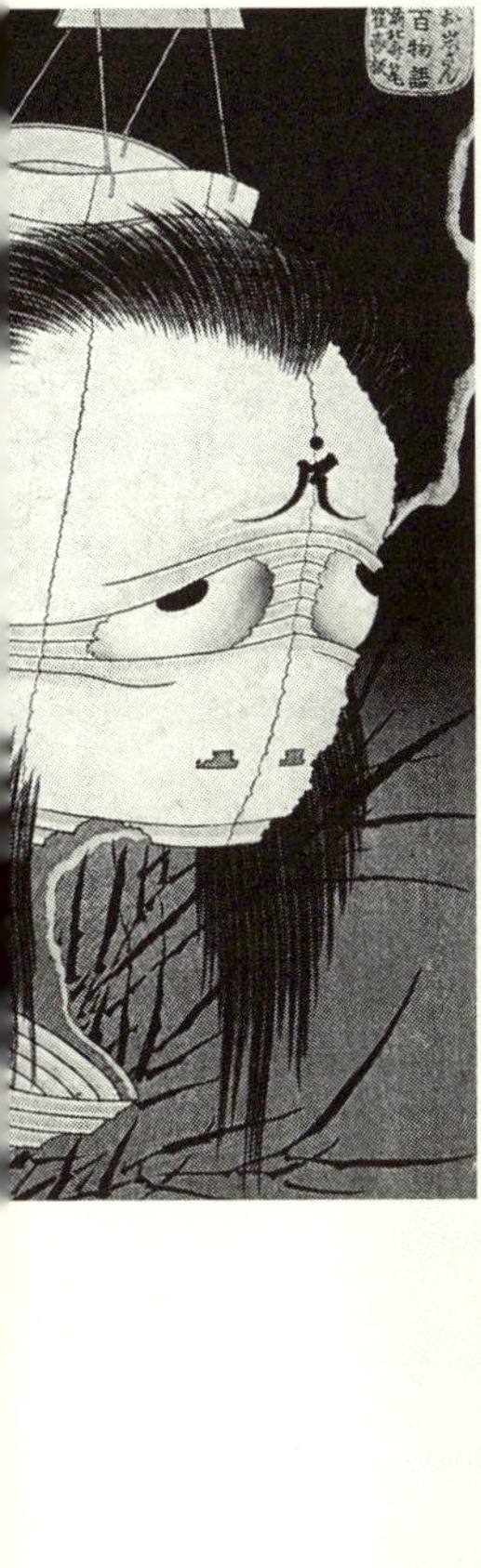

論創社

目次

序の段

一　赤穂藩士・民谷伊右衛門

幼い頃は、『小学《しょうがく》』、『近思録《きんしろく》』。少し長じては四書五経《ししょごきょう》を、ひとがあきれるほど繰り返し読んだ。前髪《まえがみ》がとれるころには好んで仏教書・和漢の歴史書を読み、可能なものなら各藩の武士道論にも目を通した。本の虫、というほどではないと自分では思う。亡き父が、博学多識かつ浪人にしては不思議と思われるほど武家の有職故実《ゆうそくこじつ》に詳しいひとで、ためにかせまい家には、いつも奇書・珍書のたぐいがあった。

民谷伊右衛門《たみやいえもん》は、そういう多くの本に接して来たためか、我がことながら、「世の中を少し冷めた目でみるところがある」と思っていた。よくいうなら――物事ないしひとの本質に関心があり、実際よくそれらが見える見識があると思っていた。もっとも、自ら「悟《さと》った」ということや、知識におぼれて驕《おご》りたかぶり、ひとを見下すことだけは決してすまいと戒《いまし》めていたから、他人の欠点も、まず間違いないと思われる本質論も滅多なことでは口にしない。悟りとは悟らないうちに悟っているものだという、どこかの偉い和尚の詩が常に頭の片隅にはあった。

しかし口にすれば、やはり野狐禅《やこぜん》だとか生悟《なまざと》りだと笑われるかもしれないが、この世は、そもそもが《地獄》で、不条理なものであるという想いがほとんど確信に近いものとして伊右衛門のなかにはあった。

十の歳。おなじ長屋に住む大工の一家が、裏の鎮守《ちんじゅ》の森で首を括って死んだ。母のない伊右衛門には実母のようであった大工のおかみさん。ふくよかなひとで、煮物をよくくれるおばさんであった。そして、妹のように可愛がっていた、まだ七つの娘も道連れになった。ほんの少し長く、雨が続いただけである。「金貸しも己《おの》れの仕事をただまっとうにやっているだけなのだろうが……」ポツリといった（当時存命の）父の言葉が、妙に耳の底に残った。父母に罪はあったかしらん、七つのおしまはどうして死を受けねばならなかったのか。伊右衛門のなかに釈然としないものが残った。あるとき彼は、泰宗寺の和尚に、この疑問をぶつけてみた。和尚は瞑目《めいもく》しながら伊右衛門の話に肯き、やがてすべて知ったように、

「因果応報《いんがおうほう》じゃな」

といった。伊右衛門は、脇差《わきざ》しに手を掛《か》けそうになる衝動を必死にこらえた。それからまた、浪人生活のなかでわけのわからない不条理に幾度となくぶち当たった。悪い奴ほどよく肥える。柳営《りゅうえい》内の賄賂《わいろ》――汚職の話が町人たちの耳にも入ってくるほど、人間がたるみ、呆《ほう》け出した時代、元禄《げんろく》。

まっとうに生きるのがバカバカしくなる。向かいの家でも両隣も、老いも若きも男も女も生活が苦しくていつも同じことをいう。金はあるところばかりに集まり、貧乏人は正直でも直向《ひたむ》きでも貧乏なまま。そうした世の中に生きるうち、伊右衛門には、はたと思い当たることがあった。

——そうか、善人が、どうして報われぬと、問うこと自体が間違いであったのだ。この世はもとから不条理なのだ。善人も無残《むざん》に死ぬ、無垢な赤子も死ぬときは死ぬのだ！　それが当たり前のことだったのだ。

馬鹿《ばか》だと思われる、ひとに嫌われる、いえばそういうことになるだろうと思うから、誰かにこんなことを語ったりはしないが、それは伊右衛門にとって確信に近かった。だが彼は、その（彼にとっての）事実を、決して後ろ向きにとらえるつもりはなかった。不条理が当たり前だと芯から思えれば、たいがいの不条理には耐えられる。悲しまずに済むではないか。三十一のとき、おしまの死もそういうものだったのだと合点《がてん》してから、彼は、より強い人間になろうと決めた。学問も、やはり父から熱心に授けられた剣も、「本物」にしようと思った。不条理をいくらでも受け入れられる、強固で大きな器を、その胸に創造しようと思ったのだ。

——しかし、間違えてはならぬ。

と、思うところは、ある。民谷伊右衛門は無神論者ではない。神も仏も信じてはいる。世の中をうらまず、世の中を受け入れたとき、神も仏も手を差し伸べてくれるというのが、いわば伊右衛門の信仰であった。

一念天に通じてか、そう思い定め一層本腰入れて人生修行に臨んで二年……本当に転機があった。剣技のすさまじさを見込まれて、仕官がかない、播州赤穂藩《ばんしゅうあこうはん》・浅野家への奉公《ほうこう》が決まったのだ。

伊右衛門と父・伊左衛門《いざえもん》が流儀は、平常無敵流《へいじょうむてきりゅう》という。あまりの流派名に江戸で名乗ると「大仰な」と、失笑をかうこともあるが、新興剣法のわりに姫路の池田家五十二万石家中では、割と盛んな流儀であった。もっとも、剣理というほどの剣理はない。実力よりも伝書の確かさが尊《たっと》ばれる時勢からしてみれば、言葉で教えない分、やぼったくもあり、田舎くさくもあろう。流儀においては師は弟子に、天地《てんち》一息《いっそく》の本源《ほんげん》に還《かえ》ることのみを求め、剣に型はない。強いて解りやすくいうなら、「ただ一歩」——ただ一歩深く相手の懐に入り込む稽古だけを伊右衛門はさせられた。

三十三歳となった正月は、元禄十二年だった。その年の初午《はつうま》の日、ひとりの狂人が江戸市中を戦慄させた。

*

その日、伊右衛門は、深鼠色の着流し姿。饅頭笠《まんじゅうがさ》を被り、雑司ヶ谷《ぞうしがや》四谷下町を出、姿見橋を越え、高田馬場、尾張家下屋敷《おわりけしもやしき》を横目に過ぎ、弁天町、榎町、天神町、神楽坂を通って、船河原橋（飯田橋）で外堀を渡り、九段下、まな板橋に差し掛かろうとしていた。と。まな板橋の手前の町に入った時、神田方面から何やら騒ぎがやってくる気配がした。

奉行所の捕方《とりかた》とおぼしき一団が、次々伊右衛門の前を通り過ぎ、町の木戸《きど》という木戸を閉ざすよう指示して廻っていた。

同心《どうしん》と見える男どもは、いずれも厳重な着込みをしていた。鎖帷子《くさりかたびら》、鎖小手《こて》。大方黒目の小袖《こそで》。純白の襷《たすき》と、頭部を守る金《かね》を縫い込んだ赤、緑、黄、藍、茶…さまざまな色の鉢巻が妙に映え、手には各人厳《いか》めしい十手《じゅって》を握っていた。町奉行所の捕方は、《生け捕り《いど》》が大原則だったから、おそらく男たちの大小は刃引《はび》きだったろう。

「くそ！　手こずらせやがって」

大柄な同心が肩で息をしながら、吐き捨てた。

「しかし、まあ。ここの木戸でどうやら足止め出来た。寺社や代官の支配地に逃げ込まれなかったのは不幸中の幸いだったな。良いか！　決着はここでつけるぞ」

男たちは応《おう》、応《おう》と口々に応《こた》えたものだ。そのうちの一人が伊右衛門他、木戸内に足止めされた者たちに向かって、「決して我らの前に出ぬよう。迷惑を掛けるが、すぐ片を付ける故《ゆえ》、辛抱してくれ」と、いった。詳しい事情は後刻《ごこく》聞いたものだが、同心たちの会話から、どうやら概要は知れた。

世を拗《す》ねた浪人者が借金先の商家の女児をさらい、刀を振り回しているというのだ。

浪人は、借金の返済期限を延ばしてほしいと頼み込むため、その日の朝、神田鍋町へ向かった。が、件の商家ににべもなく申し出を断られ、逆上。一時は、娘を人質に店の中へ立て籠もった。ここで月番《つきばん》であった北町の同心らが、凶悪犯召《め》し捕《と》りの支度を済ませ出張《でば》って来た——というわけだ。

「これは持久戦になるな」その時点では、誰もがそう覚悟を決めていた。ところが、浪人者は、捕方《とりかた》が包囲網を万全のものにする前に、四つの娘を脇に抱えて飛び出して来た。高見の見物を決め込もうと集まって来た野次馬も、こうなると慌てふためく。浪人は、どいつもこいつも憎いという風に、無差別に刀を振り下ろした。

「いったい何人斬られたんだ」「さあ。しかし、私が数えた限り、七、八人ではないかと――」「とんでもねえ奴だ。いっそぶった斬ってやりてえ」そんな会話が、聞くとはなく伊右衛門の耳に入って来た。見ると、ひとりの同心は、十手では気が済まぬといわんばかり、刀の鯉口《こいぐち》を切っていた。刃引きであっても打てば骨は折れようし、突けば充分な殺傷力を発揮する。捕方が出張る前ならいざ知らず、出張ったあとにそれだけの死傷者を出してしまったのだから、奉行所の面目《めんぼく》は丸つぶれであった。同心らにしてみれば、その浪人者をなますに切り刻んでも飽き足らなかったろう。

今度こそ包囲網は完成し、捕方はじりじりとその網を縮めていった。しかし、相手は幼子を人質にしている……棒を投げつけることも唐辛子の袋を投げつけることも出来ないし、無論、迂闊《うかつ》に飛び掛かることも出来ない、もどかしい状況だった。

「ア、アアア！」一刻の静寂を破り、畜生《ちくしょう》じみた声がした。伊右衛門はその声を聞き、不思議と血がたぎる思いがした。

またしばらくして、動きがあった。伊右衛門の居た通りと直角に交わる通りを、狂人のようになった浪人が刀を振り回し走りすぎるのが、一瞬――役人らの肩越しに――見えた。四歳の女児を抱え、神田から九段まで走って来たのだから、浪人は相当な健脚に違いない。が、追い詰められ、疲れ――理性をまったく失って獣と化した彼の姿は、ひどく哀れで、見苦しかった。一瞬認めた無様《ぶざま》な姿に、伊右衛門は何か怒りのようなものを抱かずにはいられなかった。

「侍の面《つら》汚し！」

心の奥の奥では、浪人者の苦しみ、悲しみ、惨めさは解っていた。解っていたが故に、世間に負けたその姿が一層《いっそう》許せなかった。伊右衛門は、やがて本気になってその機会をうかがっていた。と、いまさっき向かった先から突破することを諦めた浪人者が、今度は伊右衛門の居る通りに突っ込んで来た。

「御用！」

「御用！」

捕り方たちが口々にいった。

「来るな。餓鬼《がき》を殺すぞ」いいながら、彼はまたどこぞに立て籠《こ》もろうとしたが、木戸《きど》内の家々はしっかり用心棒をして、獣の進入を決して許さなかった。「く、く」と口惜しそうな声を漏らした浪人は、また別の道を探そうと、足をもつれさせながら背を向けた。同心たちは人質のことを気に掛けるが故、すっかり動きが鈍くなっていたが、この隙に浪人めがけて飛び出した者があった。

──他ならぬ、伊右衛門である。

「娘が斬られるかも知れない」瞬間。そんな迷いは伊右衛門にはなかった。鯉口を切るや抜き打ちに一閃《いっせん》──。

浪人の首が屋根の高さまで刎《は》ね飛ばされていた。首が無くなったことを気付かぬ身体《からだ》は、しばらく娘を抱えたまま立ち尽くし、やがてどっと倒れ込んだ。伊右衛門、このときの唯一の失策は、脇に抱えられていた女児の顔に大きな擦り傷をつくってしまったことである。「しもうた……。なんたることじゃ。あとが残らねば良いが――」伊右衛門は泣きじゃくる女の子の顔を、懐中から取り出した手拭いで拭ってやりながら、改めて浪人者の弱さに憤《いきどお》った。――彼が浪人したのも、世間が悪かったせいかしらん、親しく彼と語ってみれば、二、三は同情できることもあったかも知れない。が、そうしたいとは思わぬ伊右衛門がそこには居た。

――強くあろうとするあまり、俺は弱さを見下す人間になってしまったのかも……。

漠然《ばくぜん》とだが、伊右衛門は自身の心の冷たさを感じていた。平常無敵流は本来、凶人《きょうじん》をも救う剣を理想としている。しかしこのときは、憤りが、流派の本義をはるかに凌駕《りょうが》していた。

「一応の礼は申す。が、奉行所まで同道願わねばならぬ」

礼をいうといいながら、同心は憮然《ぶぜん》としていた。

「承知致しております」

伊右衛門が立ち上がろうとしたとき、「しばらく。その仁《じん》と少し話がしたい」と、声を掛けるものがあった。同心が苛立《いらだ》ちを隠さず、「ならん、ならん」と、声を掛けてきた侍を押しのけようとすると、侍は、

「俺は、播州赤穂の堀部《ほりべ》だ」

と、いった。「え、では、高田馬場の仇討《あだうち》の――」幾人もいる強面《こわおもて》の同心連中を、一瞬黙らせるほど、その侍には威圧感があった。侍は三人連れ。堀部と名乗った男は、首と胴の離れた死骸に一瞥《いちべつ》をくれ、「見事だな。こんな風に人が斬られるのをはじめて見た」といい、改めて、

「堀部安兵衛《ほりべやすべえ》」

と、挨拶をした。一歩ひいて堀部の右隣に居た初老の侍は「奥田兵左衛門《おくだへいざえもん》と申す」といい、左隣に居た、堀部、伊右衛門と同年輩の侍は、「高田郡兵衛《たかだぐんべえ》だ」と、名乗った。

「お主、見たところだいぶ落ち着いた様子だが、人を斬るのはこれがはじめてか?」

堀部安兵衛は伊右衛門をまっすぐ見つめながら訊く。無礼な男だ、と、伊右衛門は思った。堀部安兵衛が高田馬場で、義理の伯父《おじ》の仇討《あだうち》をしたのが、この五年前のことであったが、その勇名は——いまの役人らの反応をみれば——いささかも衰えていない様子であった。が、その過去の栄光を利用して役人たちを黙らせた態度がどうしても気に食わなかった。

「そんなことが、この場でどうしてもお訊きになりたいのでござるか」

「いや、そんなことも含めて今度じっくり話しがしたい。お主は武士として間違ったことはしておらん。すぐ解き放たれよう。そうしたら、浅野家上屋敷《かみやしき》まで俺を訪ねて来い。きっともてなすぞ」

堀部はいいながら、名刺を無理矢理、伊右衛門に握らせその場を立ち去った。

*

赤穂浅野に限らず、「近年稀《まれ》なる侍」の釈放を求める声は意外に早くかつ多くの大名家から寄せられ、民谷伊右衛門はあっという間に自由の身となった。一応、一番の尽力をしてくれたであろう赤穂浅野に、礼くらいはしておこうと思い立ち、浅野家上屋敷に堀部安兵衛を訪ねると、結局それがえにしとなって、召し抱えの話が出、気付けば同藩・馬廻《うままわり》役の肩書が伊右衛門には出来ていた。

それも破格《はかく》の百五十石。しばし感慨にふけりたいところであったが、間もなく世間に、

「赤穂浅野は欲が張っている」

という、怨嗟《えんさ》の声がもちあがった。堀部安兵衛だけならまだしも、あの藩は江戸の有名人を抱え込みすぎる。尚武《しょうぶ》を尊ぶ家柄か知らん、ひとりくらい他家にゆずっても良さそうなものだ……と、いうのである。うらやむ気持ちがつのり過ぎ、怨《うら》み言《ごと》に変わったというところだった。民谷伊右衛門はそのため願って江戸詰《づ》めを解いてもらい、間もなく国許《くにもと》（赤穂）詰《づ》めとなることが決定した。

「残念だったな。剣談だけでなく、そのうち手合わせもしてみたかったが」

「私の流儀は仕合を好みませんので、長くこちらにおりましても、そういう機会はございますまい。それにいまの江戸は私にはうるさ過ぎます。今回のご配慮には感謝致しております」

伊右衛門は、いまはだいぶ打ち解けた堀部安兵衛に、笑顔をつくりながら応《こた》えた。

二　夏椿の女

——あれは、三十年ほども前の風俗だろうか？

＊

父が死んだとき、母の法事が近づいたとき、伊右衛門の仕官が成ったとき、民谷家の転機・節目と思われるとき、決まって幾日も続けて見る夢がある。見る度寸分《たびすんぶん》違いもないから、

——不思議なことだ。

と、伊右衛門は首を傾《かし》げざるを得ない。元禄十二年の春も立て続けに十日ばかり、伊右衛門は同じ夢を見た。どうも時代はいまよりも少し古いようで、髷《まげ》の形、羽織《はおり》の様子は近頃見掛けるものではない。そして、夢には男と女が出て来る。が、女の顔にはまったく見覚えがなかった。

男の方は、なんだか自分の顔が納まっているように思われた。身は大柄で肌は浅黒く、顔全体には少し険《けわ》しさがある——。眼は大きいが少し細めていて、冷たく物事をながめているように見える。髪には油気がなく、鼻は少し鷲鼻であった。自分によく似ていると思われるが、「あまりいい男で

はないかな」と、伊右衛門は夢の度《たび》、苦笑させられた。

――ここはどこだ。江戸だろうか。

二人の姿は一時代前のように思われる。が、野暮《やぼ》ったくはなく、垢抜《あかぬ》けたものを感じさせる。ところは江戸郊外か……少し暗い杜《もり》。そこには大きな沙羅《さら》の木があった。

＊

仏陀《ぶつだ》が入滅《にゅうめつ》した際、その床の四隅に二本ずつ植わっていたという木……。本邦《ほんぽう》では《夏椿》の木を称して《沙羅《さら》》と呼ぶ。男も、女も、この美しい響きの名を持った――真っ白い小さな花を無数につける――木が、殊のほか気に入っていた。その夏も沙羅は林の一角に気高《けだか》く花を咲かせ、幹の周辺にだけ異質な空間を創り出している。

根本には自然と折れた花が一面敷《し》き詰《つ》められ、そのひとつひとつはまるで星影《ほしかげ》のよう。夜空の趣《おもむき》がそのまま地上に写し取られたかの如くであった。

もう一年近く、沙羅の木の根本で秘かな逢瀬《おうせ》を重ねてきた男と女は、本当なら、この様子を悦《よろこ》ばぬはずはなかったが……この日、男は、女に歩みよるなり、厚い手のひらで彼女の頬をしたたか打擲《ちょうちゃく》した。

女の四肢は、突然の事にぴいんと固まった。

「ぬし。俺を裏切ったな。殿のお手がついたであろう」

「あ、あれは——」

「言い訳があるのなら聞いてつかわす！」

「あれは……でも、それではどうしたら良かったのです」

女は、打たれ立ち尽くしていた場にしゃがみ込んだ。

「殿の思し召し故、断れなかったと申すのか！　いいや。殿にその手を握られたとき、もし俺の顔がわずかでも浮かんだのなら、拒めなかったはずはあるまい！」

「浮かびました！」

「しかし、拒めなかった。否、拒まなかったのではないか？　ぬし。平ざむらいに過ぎぬこの俺に見切りをつけ、殿の側室《そくしつ》に納まろうと目論《もくろ》んだのだろう！　汚い女じゃ」

「違います！」

女は必死に、涙に濡れた目で男を睨み返す。

「否、違わぬ。俺は聞いたのだ！　知っているのだ！　ぬし、殿の伽《とぎ》を仰《おお》せつかったのは、今度が初めてではないのだろう？」

「こ、拒めなかったのです」

「畜生《ちくしょう》に劣る女め。この期《ご》に及んでまだいい逃れしようとか」

「いい逃れなどと、そんな……。お、お殿様は、もし、いうなりにならなければ、きっとあなたの出世の妨げになると仰せられたのです。だ、だから……」

「なに。では殿は、俺たちの仲を御承知であったわけか！」

「い、いえ。御存知ありませんでした。その――私が申し上げたのです。私、拒みました」

「すると殿は、そのような卑劣な脅しを申したと……」

「……」

「まことか！　嘘をいっているのではあるまいな」

嘘など、天に誓って申しません、と女はいったが、男の疑念は晴れなかった。それに――女が、別の男に肌を許した事実だけは揺るぎない。黒々した髪の――匂い立つような美男振りの主人が、男の脳裡に浮かんだ。

――妬《ねた》ましい！

女は男の冷めた視線に気が付くと、帯に差してあった懐剣《かいけん》の袋の紐《ひも》を解きだした。「待て！」とは、どうしても男の口から出てこなかった。嫉妬心が勝っているのであった。

「死んで身の証を立てようとか」

女は一瞬動作を止めたが、懐紙《かいし》を抜き取り数枚を地面に置くと、懐剣を抜いた。

「……何をしようというのだ！」

「死には致しません。いま、私は死ねないのです！」

「死んだら、女の出世もあるまいから」

男の皮肉で、女の顔に決然とした覚悟が出来たように見えた。

「違います！　私のお腹には、あなたのやや子が――」

「俺の？　それは……」

「……」

「い、否。し、信じられるものか！　殿の子ではないのか、それは！」

「違います。違います！」しかし、これ以上言葉を重ねても、信用を得られないだろうと見て取った女は、先ほどの懐紙の上に左手の小指を立てて置くと、真ん中あたりから、一気にそれを切り落とした。

「な、何を！」

男も事ここに至ってようやく焦り、女の手を取ると、切り口に口をあて、ごくりごくりと二度ほど溢れ出る血を飲み下した。女の表情は、不思議と恍惚としていた。男は、己が襦袢《じゅばん》を引き裂き、引きちぎり――それで女の止血をした。

「莫迦《ばか》。なぜ、このようなことを――」

「その、その小指を、あなたが、どうか持っていて下さい。それが私に二心《にしん》がないという証《あかし》でございます」

沙羅の木の下で、男は、無性に女が愛おしくなって抱き寄せた。

「斬ってやる！　俺が殿を斬ってやる！」しかし女は、それではあなたが人前に立つことすら叶わなくなってしまいます。いまはどうか、ならぬ堪忍《かんにん》をして頂きとう存じます、と、いった。

「殿にはきっと罰が下ります」

「罰？」

「そう」

「ぬしゃ、何をするつもりだ」

「あなたはただ……信じて下されば、それで良いのです」

しかし──と、男は弱々しくいった。

「俺はこの先、どの面を下げで、あの屋敷におれば良いのだ」

辛いでしょう。お察し致しますわ。でも、と、女は続けていった。「辛いのは私も一緒。何卒堪《こら》えて下さい。そうしてどうしても辛くなったら、この場に来て下さい」

女は、男に小柄を貸してというと、沙羅の木の幹に、辿々《たどたど》しく自身の名前を彫り込んだ。

「あなたも」と促され、男も女の名の横に、己が名を刻んだ。

「私の心は、こうしてこの場に残してゆきます」

そういう女の表情は、ぞっとするほど白く妖しかった。

＊

夢はいつもそこで終わる。

夢を見た朝はどうにも気分がすぐれず、頭がずんと重たかった。

赤穂においては、伊右衛門は、お役替《が》えを願い出ていた。馬廻《うなまわり》はいざ合戦のときのため、槍先をくもらせないよう手入れをしておくのが主なお役目だが、そう毎日武器庫を開けるものでもない。算用算勘《さんようさんかん》を以《も》て藩内に居場所をもとめる侍たちからしてみれば、武骨揃《ぞろ》い、腕自慢の彼らは、侮蔑の対象でしかなかった。「治《ち》にあってなお乱を忘れぬのが武士たる者だろう」と、堀部安兵衛《ほりべやすべえ》などは文官《ぶんかん》たちに怒りを隠さないが、伊右衛門は少し、考え方が違っていた。

——ひとと交わってこそ、ひとだろう。俺ひとり馬廻から居なくなっても事はないのだから、俺はひとと交わっていたい。

「算盤《そろばん》か筆は達者か？」

いずれも人並《な》みには仕込まれております、と、答えると、彼は百五十石取のまま勘定方《かんじょうがた》を命ぜられた。国許《くにもと》の文官たちもこの人事は意外であったようで、

「また武骨な厄介者が増える」

と、思い込んでいただけに、肩透《す》かしをくわされたかんじであった。

岡島八十右衛門《おかじまやそえもん》（二十石五人扶持《ぶち》。三十三歳）という部下をつけられたが、算盤も伊右衛門より圧倒的にたち、国家老《くにがろう》・大石内蔵助《おおいしくらのすけ》の信任も篤《あつ》い岡島の方が、実際上の上役であった。

「馬廻の方がずっと気楽ではありませせなんだか」

岡島八十右衛門は、ある日慇懃《いんぎん》に訊《き》いた。

「そうかも知れませぬ。しかし、浪人暮らしが長かったせいか、かえって私は人と親しく交わ

りたいようなのです。馬廻よりは不慣れな勘定方のほうが、自然、それが出来そうに思われまして……」

「はあ、それはまたご奇特《きとく》な」

二人は可々《かか》と男らしく笑い合った。民谷伊右衛門の赤穂での暮らしは、まず「順風」といったふうに滑り出し、元禄十二年は仕事を覚えることに追われつつ暮れた。

三　父・民谷伊左衛門

民谷伊右衛門《たみやいえもん》は、藩中におおむね好感を以て迎えられた。世をすねたところがなく、剣名がありながらそれを決して表に出さない。「あれは好漢だ」と評判になるにつれ、三十四にもなって独り者というのはよろしくない、と、いう声がちらほら聞かれるようになった。目付《めつけ》の四谷左門《よつやさもん》の家に、ちょっと行き遅れたのがおったな、と、誰かがいい出した。百石取《ひゃっこくどり》で家格は悪くない。娘が二人いて、うえは二十七。下はだいぶ離れていて十六だという。

「うえの娘を貰い受けてはどうか。ちょうど釣り合おう。四谷の家は下の娘が引き受ければ良い」

伊右衛門は、組頭《くみがしら》千石・奥野将監《おくのしょうげん》にすでに見込まれていて、そう親しく声を掛けてくれたのは奥野であった。奥野は早々、本腰を入れて、この縁談をまとめる気でいるらしかった。

「岩という娘でな。行き遅れたのは、その容姿と、娘らしからぬ少し外れた言動をするためらしい。実際もうとても娘とは呼べぬ年ではあるが……」

と、奥野将監は、ひとを使って調べて来たことを話し出した。

「容姿——と、申しますと、相当な醜女《しこめ》なのでございますか」

「いや、その真逆よ。美女も美女だぞ。右のな、こめかみから目尻にかけて大きな痣《あざ》があるそうじゃが、これが、緋牡丹《ひぼたん》の大きな花弁が瞬間顔をかすめたように見えるらしく、なかなか艶めかしい様子らしい」

奥野は自身の右のこめかみを指しながら、目尻のしわをさらに深くして笑った。

「とくに卑屈になるようなことはないのだが、そうすまいと思うゆえか、必要以上に岩にはツンと尖ったところがあってな。茶の湯、琴、和歌までも器用にやってのけるから、平たく申せば、万事において可愛げがない。それでいてこう――立ち姿などはすらりとして男好きするところがあるようで、よくよく聞けば、縁談が持ち上がっても、先方の女親が岩のことを気に入らぬらしい。……そうそう。そういう容姿が祟ってか、何年か前には不貞《ふてい》の噂を立てられてな。噂の出どころは、岩にソデにされた、ある若侍だったのだが、これは根も葉もない噂を撒き散らしたかどで、後日きびしく罰せられたそうじゃ」

――よくしゃべる。

伊右衛門は、なかばあきれながら聞いていた。武家奉公《ぶけぼうこう》をしてみてはじめて、いまの侍が、素《す》町人《ちょうにん》とたいして変わらないことで一喜一憂しているのだと知った。情けない話だが、伊右衛門自身、いったい武士とは何なのか解らなくなる。奥野にせよ、いまの話に出てきた若侍にせよ、家の大事にさしでぐちを利く女親たちにせよ、とても徳あればこそ「農工商」の上に立てる、「士分」の言動とは思われなかった。

ただ、「岩」というその娘には、いささか魅《ひ》かれるものがあった。

——夢の女に赤痣はなかったが、あるいは同じ顔をしているのかも……。

伊右衛門は薄く目を閉じ、赤穂に来たばかりのとき、夢に見た女の顔をゆっくり思い返してみた。

奥野にしてみれば、その姿は民谷家の行く末を想い、じっくり思案している姿に映ったかも知れない。

「やはり良くない評判を立てられた女はよしておくか。なに、お主ほどの男なら、縁談はまだいくらでもあろう」

正直、伊右衛門は迷った。夢のとおりなら、ふたりは悲恋を歩むことになる。が、もし、岩という娘がまったく違う容姿であったなら——。そういう女と一緒になれば、運命は自《おの》ずから変わってゆくかも知れない。既にして、痣があるいうことが大きく違っている。「我ながら実にくだらないことを気にかけているものだ」と、内心苦笑せざるを得なかったが、やがて伊右衛門は、

「いや、この縁談、進めて頂いて結構でござる」

と、奥野に答えていた。

＊

民谷伊右衛門が、お岩の顔を最初に見たのは、婚礼の晩であった。「違う」そして妙に安堵《あんど》したことを、伊右衛門はその後も、まざまざと思い返すことがあった。女と肌を合わせたのはその晩がはじめてであった。世間では、伊右衛門のような男を手妻師《てづまし》（手品師）というのだそうな。これだ

け欲望と誘惑が交叉《こうさ》する世の中で、それを避け続けられるのは奇跡的な人物といいたいのであろう。うまいことをいうものだと、伊右衛門は感心させられたものだ。はじめての晩はうまくいったような……いかなかったような……。これも「書物」から得た知識で無我夢中にお岩を抱いたばかりである。

が、万事たどたどしくその夜を過ごした伊右衛門にも、お岩が処女《おぼこ》ではないことだけははっきりと解った。江戸では十二歳で未通女《おぼこ》はいないとさえいわれている。まして、二十七のいい女である。伊右衛門は過去のことは問おうとは思わなかったし、当然お岩にも悪びれた様子はなかった。ただむしろ――闇の中――自分の胸のなかで小さく寝息をたてはじめたお岩の髪を撫でながら、伊右衛門は支えるべき家と妻が出来た幸福を思ったばかりである。

母の死は、仕方のないことであったにせよ、思えば、伊右衛門の成長と生活には、充足しているとはいいきれない《穴》があった。

父との荒稽古で腕をへし折られ高熱を発しても、額にのせられた手拭いを換えてくれるのは、母の細く白い指ではなかった。利かなくなった身体《からだ》を嘆き、ときに擦ってくれるこまやかな心も、子供時分の長屋にはなかった。父と子のみの暮らしを嫌悪したことはない。父・伊左衛門《いざえもん》は、寡黙《かもく》で不器用ながら、よく自分と向き合い、充分な文武を授けてくれたと思う。ただ、民谷の「家」が再興《さいこう》され、赤穂に来《き》、生活が一変してみて、「自分を中心とした家」は、

――何としても子供のころのそれとは違ったものにしたい。

という願望が、抑えきれないほど湧き上がってくるのを、伊右衛門は感じていた。

——この家に父もおればな……。

孝行出来たものを、と、思う。父とはよく学問の話をした。それは結構こころ楽しいものであった。が、父の横顔には、いつもどこか寂《さび》しいものが漂っていた。ときにあれだけ巧みに使える両刀が、おそろしく重たげに見えるのだった。

「楽隠居《らくいんきょ》して頂き……孫を抱いて頂き……」

ひと肌で温かな蒲団のなかで、伊右衛門はまどろみながら呟いた。真っ暗な天井に、うっすら伊左衛門の顔を想い描く。よく似た父子《おやこ》といわれたが、父は無精ひげが目立ち頬はこけ、絵に描いたような浪人者であった。その父の人生の望みは何であったか、どこを終着点と想い定めていたかは、とうとう解らない。剣の腕も学問も立つのに、それで糧《かて》を得ようという気配が一向になく、両刀を捨てられないくせに、家を再興しようという野心も見出せないのであった。

しかし、いまの世の中に対してか、過去の出来事についてかは知らないが、伊左衛門のなかにも、鬱屈《うっくつ》としたものがあったのは確かと思われる。それは伊左衛門が、年の一度必ず行っていた《烏切り《からすぎ》》という稽古のとき、最も顕著《けんちょ》に噴出《ふんしゅつ》するのであった。

*

当代は、徳川宗家・五世の綱吉《つなよし》——。このころ、総じて《生類憐れみの令《しょうるいあわれみのれい》》と呼ばれる御触《おふ》れが次々と打ち出されていた。《烏切り》の稽古場――さびしげな風景の広がる渋谷と呼ばれる地の――雑木林に向かう途々、伊左衛門《いざえもん》が、いったことがある。

「剣は心だというひともあるが、生命を奪うことにやはり剣というものの本質はあると思う。斬って斬って斬り伏せて、技を練って練って練り抜いた先に、あるいはその《心》への到達があるのかも知れん。清いものは汚いものがあればこそ、清いとひとから思われる。乱世を経《へ》ればこそ、平和が当たり前でないと知れる。なぁ伊右衛門、これはどういうことであろうな。汚いものおぞましいものを経ねば、わしらは真に尊《たっと》いところへは行けぬのか」

「……」

「わしは、平常無敵流《へいじょうむてきりゅう》の唱える、美しく尊いところへ行きたい。しかし、ただ木剣を振るっても、この体内の業《ごう》と申そうか……うすよごれた、醜い執着心が消えてくれぬのだ。腹を立てたくない、見苦しく振る舞いたくない、憎みたくない、こう思うのに、どうしてこういう執着は消えてくれぬのだ。なまなかなことで消えぬなら――わしはあるときそう思った。なまなかなことで消えぬなら、正々堂々、醜く汚い道を通ってみようかと――。生けるものの命を絶ち、我が命をさらけ出し、そのさきに生命の尊さを噛み締めてみようかと……。なに、ひとを殺そうというのではない。だから烏を斬ろうというのだ」

「しかし父上。近頃はまた、鳥獣の命をむやみに絶つことを法が厳しく禁じております。私も剣の奥義と美しき精神には憧れまするが、これはまこと、適当な道と申せましょうや」

「知らぬ。……しかしわしは、この道を辿《たど》ると決めたのだ。それに伊右衛門、法が必ず善であるとはお主とて心底《しんそこ》から信じてはおるまい？　なるほど、生きとし生けるものの生命を尊び、鳥獣にとどまらず、か弱き小さな虫、草木……ひとでも弱き立場の病人、老いたる者、子供らを虐待するなという御当代の御見識には、感服《かんぷく》もしよう。中野・大久保あたりに広大な犬の収容屋敷を設けたのも、野犬がひとに悪さをするのを防ぐためと聞けば、もっともなことと頷《うなず》けもする。が、その人に害をなす何万もの野犬の生命を重んじるあまり、犬屋敷では年に十万両もの餌代が費やされておる。日にしたら、米三百三十石《こく》、味噌十樽、干鰯十表、薪五十六束が、御府内で徴収されておるのじゃ。先年来の東北の大飢饉で、ひとがばたばたと死んでおるこのときにだ。また、将軍家の意図を曲解した阿呆《あほう》な役人どもは、自身の点数稼ぎのために庶民をしめあげ、漁や狩りを生業《なりわい》とする者は息を潜めざるを得なくなり、魚屋や料理屋のなかには生活の立ちゆかなくなった者もある。法は本当に正しいのか？　将軍家をはじめ貴人たちのなかに、鯛を食すのをやめ、自らが食えなくなっても、路傍に倒れる貧困者を救おうという者がひとりでもいるのか？　いや、いや。別段、誰彼の批判がしたいわけでは……。為政者どもが、己れの打ち出した法を正しいと信じ切れるのなら、好き勝手、貫き通せばよい。――一見善と見えるなかにも悪は潜んでおろうし、悪のなかにも善きことは交じっておる。ただ――、結局そういう言葉遊びを繰り返しても先へは進めまい、と、いう話よ。御当代があのような法令の先に徳治《とくち》政治の美しき国があるというなら、無理にでも邁進してみれば良いのじゃ。わしはわしの納得のゆくやりようで、生命を見つめ、汚き行いを深めて、美しきものを浮き彫りにするまでじゃ」

「……。天は、おそろしゅうはござりませぬか」

「なるほど、天か――。わしの修行が半端なものであると、天が思うたなら、わしのこの身も、わしの意図するところも滅ぼされるであろう。だが、天罰の下るそのときまで、わしはわしの修行を改めぬぞ」

そう伊左衛門《いざえもん》がいいきった頃、二人は渋谷の――いつも稽古をしている――雑木林に着いていた。

伊左衛門は小刀の小柄《こづか》を抜き取ると、あたりを軽く見回し、一羽の烏をみとめた。視線がそこに定まるなり小柄を投げつける。小柄はまるで、吸い寄せられたかのように、烏の胸に納まっていた。

伊左衛門は地上に落ちた烏の死骸をひろいあげると、懐から取り出した長い真田紐《ひも》を、その脚に括り付けた。そうしてから、頭上でそれをぐるぐると回し出す。やがて眼の色を変えた烏どもが、何羽も何十羽も集まりだし、ぎゃあぎゃあと恐ろしい様子で、伊左衛門と伊右衛門の周りで騒ぎ出した。

「一羽も逃すなよ。こやつらは頭が良い故、あとの仕返しがうるさい」

伊左衛門は、眼の奥に不気味な光を湛えながらいった。

そのうち、一羽が、隙を見付けた、と、いうように、伊右衛門の背後から襲いかかって来た。伊右衛門は、居合《いあい》技でそれを真っ二つに切り落とした。伊左衛門が、死骸を括りつけた紐をぱっと手放すと、それが合図となったかの如《ごと》く、次々に烏たちは二人に殺到《さっとう》して来た。伊右衛門・伊左衛門は、互いの背後を守るようにして立ち、剣技をつくして烏どもを斬り伏せて行った。

四半刻《しはんどき》（三十分）とはかからぬ攻防であった。

二人の足元には、無数の烏の死骸と、その血だまりが出来ていた。

「どこもやられてはおらぬか、伊右衛門」

さすがに肩で息をしながら伊左衛門がいった。

「着物の肩口をやぶられ、少々肉をもっていかれたようです。しかし、それ以外は大事ございませぬ。ただ剣技未熟ゆえ、本日は返り血がひどうござる。刀も念入りに研がねばなりますまい」

それから二人は、近くの小川で身体を洗い、予め風呂敷包みに用意しておいた着物に着替えた。

この稽古を終えてしばらくは、どうしても獣の如《ごと》き荒々しい気持ちから解放されない。

――この先に、父のやすらげる境地があるのだろうか？

帰途《きと》、伊右衛門は、父の背を見つめながら思った。

＊

なにが伊左衛門を突き動かしていたのか。「孫さえ早く出来れば、ああまで父を苦しめずとも……」夢・うつつの狭間に、伊右衛門は、亡き父に、孫を抱かせている風景を見た。

「――うむ。父上のお顔がずいぶん優しくなられた。これで良い。これで……」

忠臣蔵の段

四　吉良上野介と浅野内匠頭

吉良上野介義央《きらこうずけのすけよしひさ》は、今日もその男の顔を見なければならないことが心底、嫌であった。もう二十年近く前になろうか、はじめて会ったとき、その男はまだ前髪《まえがみ》がとれたばかりの少年大名であった。彼は、今回と同じ勅使《ちょくし》（天皇の使者）の接待役をつとめており、指導役の吉良上野介のいうことを、「はい、はい」と何でも素直に聞いていた。

実に好感のもてる、可愛らしい少年であった。が、久々に会ってみて、

──あ、これはいけない。

と、吉良上野介は直感的に思った。浅野内匠頭長矩《たくみのかみながのり》の眼からは、かつてのやわらかな可愛らしさはまったく消え失せ、我《が》の強そうな、頑《かたく》なさだけが漂っていた。吉良上野介は、幕府の使者として朝廷への年頭の挨拶を済ませ、二月二十九日に江戸へ戻って来ていた。間もなく──と、いうのは、三月半ばだが、朝廷からも返礼の使者が遣わされて来る。その接待役に、この元禄十四年は、播州《ばんしゅう》赤穂《あこう》の浅野内匠頭が任《にん》じられており、吉良上野介は、この半月ばかりの間で、浅野の指導をするのがお役目であった。

そのある一日――。

江戸城内の控え所・雁《かり》之間で、吉良上野介は、同じ高家肝煎《こうけきもいり》の大友近江守義孝《おおともおうみのかみよしたか》と向かい合って、浅野内匠頭の噂話をしていた。思えばこれが、吉良・大友に降りかかった災いのはじまりであった。

（大友近江守に関しては、向後頁《ページ》を費やすわけにはゆかぬので、少し、先のことを書いておく。このとき二人は、浅野に対する悪口を世間話程度に気安く話していたのだが、御数寄屋《おすきや》坊主にその会話を盗み聞きされていたことがタタリ、大友は「格式《かくしき》ある高家衆《こうけしゅう》に相応《ふさわ》しくない発言をしたものだ」「その務めに応ぜざるにより……云々」と、やがて高家肝煎の職を解かれることになる。）

「京よりの道中、お身体を悪くなされたとか。大事ございませぬか」

大友近江守の言葉に、吉良上野介は感謝しつつ、

「もう老齢ゆえ、長旅の疲れが出たものと存ずる。が、江戸に戻るまでに万端《ばんたん》治して参りましたゆえ、お気遣いには及びませぬ。御勅使《ごちょくし》・御院使《ごいんし》饗応《きょうおう》の儀は、慣れたる行事とは申せ、いささか準備が遅れている感がございまするゆえ、気を引き締めて参りませぬと……」

と、応えた。

「本年、饗応役《きょうおうやく》を命ぜられている浅野侯《こう》とは、もう？」

「はい。会うには会いました。ただ……。いや、実は。浅野家は二十年ほど前にも饗応役を務めたことがあり、昔の記録を引っ張り出して、ある程度準備は進めていたのですが、どうもよろしくない点が眼に付きまして――」

「と、申されますと？」

「まず予算組みが、二十年前と大して変わっておらぬのです。まさか物価が変わっていることに藩ぐるみで気付かぬほど、抜けておるとは思えませぬから、要はしわいのではないかと思われまする。むしろ記録を盾に、これ以上の出費はできぬという意図も垣間《かいま》見えましてな、費《つい》えの一覧にそれがしが眼を通し、渋い顔を致しますと、文句はいわせぬといいたげな目つきで浅野侯《こう》に睨《にら》み返されました」

「ははあ……。しかし、赤穂藩と申さば、名産の塩で、だいぶ豊かな藩ではござりませなんだか。条理を尽くして話して聞かせれば、もう幾《いく》らかは出すのではござりませぬか？」

「左様《さよう》でござろうか……。しかしあの藩は、五万石の藩に似合わぬ家臣を抱えておりまする」

「ああ。確か三百名と。同等の藩の三倍ほどの数でしょうか」

「それ故やはり、内証《ないしょ》はきびしいのではありませぬかな。江戸で武芸自慢と聞けば、進んで召し抱えているとか。赤穂浅野は笠間《かさま》以来、尚武《しょうぶ》を尊《たっと》ぶ家柄と聞き及びます故、それが余ってのことと存ずるが——」

「に、しても、この泰平《たいへい》の世に、些《いささ》かズレているとしか思えませぬな」

「まぁ、推察《すいさつ》致しますに、あの仁《じん》は、幼くして藩主となっておりまする。そのために家風を守らねばという気負《きお》いが過ぎ、やわらかさに欠ける人柄となってしまったのかも……。それがもし当たっているとすれば、同情は致しますが——」

吉良上野介はため息交じりにいった。

「ま、いずれ、はた迷惑な御仁《ごじん》のようですな。そう申さば、かの藩は、高田馬場の堀部安兵衛《ほりべやすべえ》や、高田又兵衛《たかだまたべえ》流で名高い、槍の高田郡兵衛《たかだぐんべえ》、それに先年、ちょっと話題となった、凶賊斬《きょうぞくぎ》りの民《たみ》谷伊右衛門《やいえもん》まで召し抱えているのでしたな。まったくそれだけの人を集めて何がしたいのやら。まさか五万石程度の小大名《ごく》が、謀反《むほん》の企《くわだ》てでもありますまいが……」

「なるほど。謀反の企てて人集め——で、ござるか。近江守《おうみのかみ》殿もなかなか面白いことを申される。は、ははは……。しかし、あのような小君子では、まさかそこまでの才覚はございますまい。内匠頭殿は、火消しを得意とされておる故、火事場《かじば》大名などともいわれておりますが、せいぜい合戦の真似事で、火事場を往来するのが関の山でございましょう。——さて、そろそろ約束の刻限のようでござる。気が進みませぬが、あの小君子の顔を見て参りましょうか」

「いやまこと、ご苦労と存ずる。あまり気の毒とならぬ程度に、適当に……」

「承知仕った」

近江守に話を聞いてもらい、少し気が楽になった、と、いう風に明るい表情になって、吉良上野介は立ち上がった。

＊

持病の軽いつかえが過ぎ去ると、その男の目の前には、何とも瑞々《みずみず》しい世界が広がっていた。己が何によって生きるか——その価値を、ちょっとずらしてみただけでこんなにも世界は変わり、可能性は広がるものか……。彼は思ったものだ。

もっともそれは、刹那《せつな》的な変化であったから、彼はそう言葉にできるほど、実感を得ていたわけではない。が、言葉になろうがなるまいが、ふと、拓《ひら》かれた眼前の世界には、一種の感動があった。

「……ふむ」

——確かに、

《法によって生きていれば、この老人は殺せない》

《常識によっても、この老人は殺せない》

——しかし、

《あるがままの現実によれば……》いま自分の目の前で、唾を飛ばさんばかり忙しく喋り続けている老人は、単なる卑小な存在でしかなかった。膝を立て、ちょっと手を伸ばせば、充分とどくところに相手はいる。そのままねじ伏せることなど、三十半ばの自分には造作《ぞうさ》もないことだろう。そして自分の腰には小刀がある。これを抜き、老人の首をちょんと掻《か》き切れば、それで終いだ。

——なんとまあ、容易いことではないか。

こうあってはならない、ああしてはならない——そういう一切の枷《かせ》からするりと抜け出たような感覚。「分別《ふんべつ》なぞ、いったい何ほどのものぞ」「なぜ法なぞに縛られねばならぬ？　阿呆《あほう》くさい」ごく自然に、彼にはそう思われた。世の怖いものが、ふっと消失したような感覚がその世界にはあった。

「うふ、ふ」

彼は老人に気付かれない程度《ていど》に、小さく笑みをつくった。

もうすぐ江戸城において、朝廷《ちょうてい》からの使者を盛大に迎える儀式がある。彼は「勅使饗応役《ちょくしきょうおうやく》」といって、その使者を持てなす重要な役を担っていた。一方老人は、朝廷・幕府間の儀式一切に精通した人物で、すなわち、「勅使饗応役」の指導をする立場にある。だからいま、老人は、その儀式の手順を懇切《こんせつ》に彼に説いているのであった。

彼は、五万三千石の大名。

老人は、四千石で旗本《はたもと》。

石高だけみるなら、老人は格下のようだ。しかし、老人は「高家衆《こうけしゅう》」といって儀式典礼《てんれい》に秀《ひい》でた特殊な家系の血筋である。例えば現将軍が、朝廷から「将軍職」を任じられた時、その任命書（将軍宣旨）を取り次いだのが、この老人だった。よって、将軍さえも老人には一目置く。そんな家柄だから、高々四千石にも拘《かか》わらず、老人の長女は、薩摩藩《さつまはん》七十二万石・島津家に嫁いでいるし、長男は米沢藩《よねざわはん》十五万石・上杉家と養子縁組を果たし、現在、その藩主におさまっている。

七十二万石、十五万石、もっと関係を掘り返せば将軍家さえ、老人の後ろ盾《だて》であり、五万三千石程度の小大名なら、普段の老人は、歯牙《しが》にもかけていないのが実際だった。が、今回のような機会が巡ってくれば、そんな小大名とも口をきかないわけにはいかない。そうなればなったで老人は自然、尊大な口調で相手に当たった——そう思われた。

年頭拝賀使……ネントウハイガジ……とは、要は「将軍の代理」であるが、年頭拝賀使として、京都に向かった吉良上野介が、その役目を果たし、江戸へ戻って来たのは二月二十九日であった。

――今度の儀式は、三月半《なか》ばだというのに……。

彼は、「勅使饗応役」に任じられてから、「指導役」の帰着を首を長くして待っていた。

いわれずとも、老人の役目が激務だということは解っている。実際そのために、老人は帰路、病を得て、江戸入りを少し遅らせたという話も伝わっていた。だから、帰りが遅くなったことは、さして問題ではなかった。

――それはいい、それはいいのだ。ただ……。

帰って来て、最初の対面の際。その際、老人が、いきなり金のことを口にしたことが些《いささ》か癪《しゃく》に障《さわ》った。「遅れて申し訳ない――」そんな言葉が聞けると思っていただけ、一層である。

簡単な辞儀を済ませると、吉良上野介はいった。

「どうです、浅野様。《饗応《きょうおう》ノ儀》の準備は進んでおりますかな?」

「十八年前の記録もございます故《ゆえ》、一応それに数百両うわのせ致しまして……」

「十八年前?」

「はあ」

「あ、これはいけませぬ。このような古きものでは最早《もはや》役には立ちませんぞ」

吉良上野介はざっと過去の記録と、本年の費《つい》え一覧《いちらん》に目を通し、渋い顔をしながらいった。

「ふうむ。参りましたなぁ……。いや、よろしい。しかし、万事急いで、足らぬ点は、それがしも適う限り力添え致します故、ご安堵《あんど》なされ』

いわれて、赤穂《あこう》藩主・浅野内匠頭長矩は、嚇《か》っと顔の熱くなるのを感じた。

──何が、「参りましたなあ』じゃ。何が、「よろしい』じゃ！　おのれで勝手に遅れて来て、俺一人を悪者にして、「有能な儂《わし》が、無能《むのう》な貴殿《きでん》を救ってさしあげよう」といわんばかりではないか。こちらはひとまず、できることはしておこうと思い立ち、わざわざ昔の記録を引っぱって、準備をしておいたのではないか。これはあくまで仮の支度に過ぎぬのじゃ。足らぬというなら、足りるようにせんではないのだ！

浅野内匠頭は、対面の日から今日まで、幾度も胸中でそう吐《は》き捨てた。そして「虎の威《い》を借《か》る狐めが！　たかが四千石の文官《ぶんかん》の分際で何をえらそうに──」と、幾度罵《ののし》ったか知れない。

──何とか、この胸のむかつきを晴らせぬものか……。

その日、吉良上野介の説明を真摯《しんし》に聞くふりをしながら、浅野内匠頭は、上《うわ》の空でそんなことを考えていた。

と──不意に、である。

いつものつかえが治まって見ると、吉良上野介の《ありまま全身》が、内匠頭の目に飛び込んで来た。そしてその瞬間──内匠頭は、自分自身も知らぬうちに、将軍の威光をまとった上野介に怯えていたことに気がついた。

――は、は。滑稽《こっけい》な。何のことはない。落ち着いてよっく見れば、いつでも捻《ひね》りつぶせる、小さくて弱そうな、ただの痩せた老人ではないか。

声にならないほどに呟いてみると、内匠頭は、今度は自分がむくむくと大きくなるような気がした。

――この老人、斬ってみるか。

思ったが、次の瞬間には「ばかな」と、その目論見を打ち消した。

「儀式の手順を決して間違えまい」と、内匠頭に代わって、必死に上野介の言葉に耳を傾けている家臣らが、彼の背後にはいる。その家臣らの行く末がふと思われたからだった。

――ふん。我が家臣を路頭に迷わすわけにはゆかぬ故《ゆえ》、そのほうの命、しばし預けた。

この日は、そう思ってみるだけで、内匠頭は充分、溜飲が下る気がした。

元禄十四年三月六日のことである。

五　刃傷松の廊下

後日吉良上野介《きらこうずけのすけ》は、伝奏《てんそう》屋敷を去ろうとしたとき、浅野内匠頭《あさのたくみのかみ》に呼び止められた。「暫《しばら》く！」といった、相手の声が少々うわずっていた。吉良上野介はこのところ、この息子ほどの歳の男と、言葉を交わすのが非常に億劫《おっくう》であった。いや、最早、恐怖に近いといって良い。何をいっても納得せぬという反発心と、執拗《しつよう》さに染まった眼が、正直、怖かった。

「何でござろうか」

もう三日後には、勅使《ちょくし》・院使饗応《いんしきょうおう》の儀《ぎ》の第一日目が始まろうというのに、どんな要件であれ、関係する者が落ち着かずにいるのは、気分の良いものではなかった。ちなみに――この勅使《ちょくし》（天皇の使者）を接待するのが浅野内匠頭で、院使《いんし》（上皇《じょうこう》の使者）を接待するのが、伊予《いよ》松山三万石・伊達左京亮《だてさきょうのすけ》であった。伊達は若年ながら、ものごとの呑み込みが良く、上野介の手を煩《わずら》わせるということがなかった。内匠頭の引きつった顔を、瞬間、伊達左京亮の顔に置き換え、上野介は、何をいわれるか知れない現実から逃れたい気分だった。

「お訊《たず》ね申す」

内匠頭は頭を下げることもせず、いきなりそういった。

「伊達家が、受け持ちの、増上寺塔頭《たっちゅう》（院使休息所）畳替えを、昨日より始めております。聞けば、吉良殿よりご指示があったとのこと。当浅野家も勅使御休息所・最勝院（これも増上寺塔頭《たっちゅう》の一）の畳替えをいたすが適当かと存じまするが、何故、当家にはそのご指示が頂けなかったのか、お尋ね致したい！」

しまった、と、吉良上野介は思った。実は畳替えの一件は、まったく吉良上野介の指示によるものではなかった。前年暮れに各塔頭《たっちゅう》においては畳替えを行っており、今回の饗応に、その必要はないと、上野介自身、思っていたのである。しかし、これは大名の見栄というもので、伊達左京亮は「御院使《ごいんし》に少しでも良い香りのするお部屋でお休み頂きたい」と家臣らにいい張り、老中はもとより高家の誰にも相談をせず、畳替えを始めてしまったのである。「……もてなしたい気持ちが余ってのこと。懐《ふところ》に余裕があるのなら、やりたい様にやらせればよい」と思い、伊達家の家臣が事後《じご》承諾《しょうだく》を得るため吉良家を訪ねて来た際、

「ま、よろしいでしょう。そのままお続けなされ」

と、いってやったのである。内匠頭が指示というのは、まずそのひと言を指すのだろう。昨夜、上野介は、「あれは伊達殿が勝手にやり出したこと故、浅野殿は無視して差し支えなし」と鉄砲洲《てっぽうず》の浅野家上屋敷に使者を立てようとまで思ったのである。が、内匠頭のぎらぎらした眼を思い出した途端《とたん》、ただそれだけの手間がひどく面倒《めんどう》に感じられ、結局、使者を立てずじまいとしてしまった

のである。

それっきりこのことは放っておいても良いと思い込んでいたため、内匠頭の怒りは不意打《ふいう》ち的であったし、自分ができることをやりきっていなかった憾《うら》みもあった。

「あれは伊達家が、勝手にやっていることでござる」

吉良上野介は、なるべく正直に、この始末について話しをしたが、ゆうべ使者を立てなかった後ろめたさから、言葉に凜《りん》としたものを保てなかった。それが内匠頭の不信感を一層煽《あお》ったようであった。

「吉良殿はどうも、それがしを嫌っておいでと見える。理由は存ぜぬが、それがし、自身に落ち度があったとも思えませぬ。伊達殿ばかりを贔屓《ひいき》なされ、差別をされてはそれがしのお役目が立ち申さん。もし吉良殿が、お考えを改めなされぬなら、それがし、このことをご老中に申し上げねばなり申さん」

「な、な、何をバカな……」

吉良上野介は、自身の声に、いよいよ動揺が顕《あらわ》れているのを感じた。

「バカ？　バカだと！　おのれ、武士を面罵《めんば》してただで済まされると思うなよ」

見苦しさが――高家《こうけ》の矜持《きょうじ》を捨てることが許されるなら、上野介はこの場を蹴《け》って、逃げ出したかった。否、踏《ふ》み止まって向き合わねば――と、思うのだが、そうすると自ずから無理が生じ、上野介の語気も荒くなるのであった。

「そ、そのようにひとりで思い込み煮え立つ前に、冷静に事情を尋ねられれば、こちらにもまた、別の言葉があるのでござる。最初から肩肘《かたひじ》を張ってひとを威圧《いあつ》なされるのは、尚武《しょうぶ》の御家風故《ごかふうゆえ》か存ぜぬが、そういう態度での世渡りは危うく思いますぞ」

「父祖代々の家風をとやかくいわれる筋合いはない！　この上の無礼は許さんぞ」

「御家風をとやかく申すのではない。必要以上に武張ることをご注意申し上げているのだ。そのようなことだから、浅野家には謀叛《むほん》の企《くわだ》てがあるやも知れぬなどと、噂を立てられるのでござるぞ」

「な、な、なに、なに！」

内匠頭の顔色がひどく蒼ざめて見えた。

「そのような噂、誰が申すのでござる。悪くすれば、家名《かめい》の一大事でござるぞ」

「いや、それは、申された方にご迷惑のかかること故《ゆえ》……」

「そんなことをいっている場合か！　我が家の浮沈がかかっていると申しておるのだ。噂の根を絶たねば、我が家来どもを路頭《ろとう》に迷わせることになるのだぞ」

主君の怒声を聞き付けて——確か浅野家中《かちゅう》の片岡源五右衛門《かたおかげんごえもん》といったか——家臣が慌てて駆け付けて来た。主君を制止しつつ、通り一遍《いっぺん》の詫《わ》び言《ごと》をいっているようであったが、気持ちが動転していた上野介には、その言葉がよく聞き取れなかった。

「わ、分かり申した。噂を申していた方々には、よく注意しておきまする。何というほどではない戯言《ざれごと》かと思われます故《ゆえ》、それで充分《じゅうぶん》かと存ずる。畳替えはご随意《ずいい》に。よろしきようになされよ」

さっと背を向けた上野介の背中に、内匠頭は家来に抑留《よくりゅう》されながら、

「噂の出所は、吉良殿ご自身ではないのか！　待て、まだ話しは終わっておらぬぞ」

という声を、あびせかけた。

＊

七年前。浪人・中山安兵衛《なかやまやすべえ》が、義理の叔父《おじ》・菅野六郎左衛門《すがのろくろうざえもん》の喧嘩の始末《しまつ》をつけるため、果《は》たし合《あ》いに臨《のぞ》んだ《高田馬場の仇討《あだうち》》は江戸ではいまだ語り種《ぐさ》であった。もっともこれは、本来「仇討」ではなく「助太刀《すけだち》」というべきであった。死闘一刻《しとういっこく》の末、中山安兵衛は、四人までも敵方の助っ人《すけと》を倒し、菅野に本望《ほんもう》を遂《と》げさせた。が、その菅野は、喧嘩相手を討ち取るも、自身もまた、深手《ふかで》を被《こうむ》って間もなく絶命……。本末《ほんまつ》が転倒《てんとう》しているようだが、菅野が命を落としたことにより、この闘いは「仇討」として世間に広まり、勢い中山安兵衛は、当代随一《ずいいち》の剣客《けんきゃく》としてもて囃《はや》されるようになった。

こうなると、諸藩《しょはん》も彼を放ってはおかない。方々から「仕官《しかん》」の口が殺到《さっとう》し、そのなかには、赤穂藩士《あこうはんし》・堀部弥兵衛金丸《ほりべやへえあきざね》の姿があった。

「……」

「存じておろうが、弥兵衛は昔、実の子を亡くしておってな。『自分には勿体《もったい》ないくらいの若鷹《わかたか》よ』と、自慢のたねであっただけに、亡くした折の落胆《らくたん》ぶりは尋常《じんじょう》ではなかったそうじゃ。『娘はおるが婿《むこ》を迎えるなら、死んだ息子以上でなければ断じてならん』と、よく余《よ》にも申していたが……そこに突如《とつじょ》、そちの高田馬場での雷名《らいめい》が轟《とどろ》いてきた――」

内匠頭はある朝、堀部安兵衛《ほりべやすべえ》を呼び出すと、そんな昔話から話しをはじめた。

「弥兵衛は随分《ずいぶん》しつこくそちに付きまとい、一年以上かけて、ようやくそちに、堀部家の婿になることを承諾《しょうだく》させたそうじゃの?」

「はっ。私め、中山の家名《かめい》が大事ゆえ、婿養子は御免蒙《ごめんこうむ》ると申したのですが、義父《ちち》は承服《しょうふく》しませんで――『ならワシが中山弥兵衛《なかやまやへえ》になっても良い』と、こう迫《せま》るのです」

「は、は。弥兵衛らしい」

内匠頭は無理に笑ってみせた。が、よほど白々《しらじら》しかったのだろう。堀部は、それでかえって心配になったらしく、わずかに膝《ひざ》を進めると「で、殿。今日は……?」と、彼の方から切り出した。

「う、む――。そち、我が家中となるまで、市井《しせい》暮らしが長かったであろ?」

「はい」

「随分顔が広かった、とも聞いた。畳屋の知り合いはおらぬか? ……それも無理難題を聞いてくれそうな……」

「委細承知《いさいしょうち》!」

堀部安兵衛は期待を裏切らなかった。「さて、困りましたな」などと思わせぶりは一切せず、不敵《ふてき》に笑って、お任せ下さいといいうと、朝靄《あさつゆ》を掻《か》き分け、すぐさま鉄砲洲《てっぽうず》の浅野家上屋敷《かみやしき》を飛び出していった。

それから、三月十日、十一日と過ぎゆき、十二日が終わり、十三日が暮れ、十四日の朝が来た。この時すでに勅使《ちょくし》・院使《いんし》は江戸入りを果たし、儀式も第三日目を迎えていた。《御勅使御院使饗応ノ儀《ごちょくしごいんしきょうおうのぎ》》は、ざっとその予定を書き連ねてみると――、

第一日目。朝廷の使者、将軍に拝謁《はいえつ》。帝の（正月挨拶への）御答礼伝達。

第二日目。江戸城本丸において使者を持てなす能興行。

第三日目。将軍自ら答礼に対し、さらに返答を述べる。

と、なる。

こう見てみれば、《御勅使御院使饗応ノ儀》と、大仰《おおぎょう》にいったところで、内容は実に単純きわまりなく、実際、思いの外粛々《しゅくしゅく》と儀式は進行していった。が、増上寺塔頭《たっちゅう》の休息所が使用される、十五日前日となっても、なかなか「畳替えが終わりました」との報告が聞かれないから、浅野内匠頭はさすがに焦れて、登城《とじょう》直前、増上寺へ使いを走らせ、堀部安兵衛を呼び寄せた。

「どこまで進んだ？」

「どうやら百五十までは片づきました」

「百五十……。それは遅いか、早いか？」

「大丈夫にござりまする！　今日の夕刻には吉報をお聞かせ致しまする！」

堀部は胸を張っていい放った。

「そうか、そうか……」内匠頭は、呟《つぶや》くような小さな声でいった。「あと一日の辛抱《しんぼう》」ここ数日、浅野内匠頭は、尋常《じんじょう》でない気疲れを覚えていた。

「どうやら、やりおおせる」

内匠頭は登城すると、慌ただしく礼服に着替えながら呟いた。

その日十四日は、儀式の第三日目に当たる。この日は特に「奉答ノ儀《ほうとうぎ》」と呼ばれ、全日程のなかでも一番重要な日であった。礼服は「大紋《だいもん》」——文字通り大きな紋所が入った衣服で、下は長袴《ながばかま》を着用《ちゃくよう》。頭には儀礼用の風折烏帽子《かざおりえぼし》と呼ばれる「烏」のように黒い帽子を被るのが決まりであった。

「急ぐのじゃ、源五《げんご》！」

片岡源五右衛門《かたおかげんごえもん》は、「はっ」と答えながら、内匠頭の腰に小サ刀《ちいさがたな》をねじ込んだ。続いて、烏帽子をしっかり頭に固定するため——和紙をこよりにした——掛緒（あご紐）をきつく諸鉤《もろかぎ》（固結び）に結ぶ。

「よし！」

片岡を押しのけるようにして、一散《いっさん》、内匠頭は着替えの間を飛び出した。この日の勅使《ちょくし》・院使《いんし》の登城が早まるとの報せがあり、急がねばならなかった。

——俺はいったい何をしていたのだ？　畳替えのことなど、今更《いまさら》気にしたところでどうなるものでもあるまいに！　それを、幾《いく》らかの安堵感《あんどかん》を得たいがために、わざわざ堀部を、遠く増上寺から呼び出して……。

「失敗した！」

今朝になって堀部安兵衛を呼び出すことを思い立ち、その到着を待ち、報告を聞き……などと愚図愚図《ぐずぐず》していたために、結果見苦しくばたついて、余裕をもって儀式に臨めなかったことがどうにも悔やまれた。

十二、十三、そして十四日と、あいにくの天気が続いている。十四日は、雨は止んでいたが、空は厚い雲に覆《おお》われていた。こんな風に晴れ間が見えないと、内匠頭のつかえもおこりやすくなる。息切れしながら、内匠頭が、大廊下に着座すると、すでに院使の接待役（伊予《いよ》国吉田藩三万石藩主）・伊達左京亮村豊《だてさきょうのすけむらとよ》が控えており、「遅いので心配致しましたぞ」と、若年《じゃくねん》にもかかわらず、内匠頭を叱責《しっせき》するように、いった。

「いや、面目次第《めんぼくしだい》も……」

そういう呂律《ろれつ》がうまく回らない。それに、嫌な汗をかいているのは走ったせいばかりではないようだった。いつにも増して胸が苦しい。内匠頭は大きく息を吸って吐き、改めて襟元《えりもと》をただした。

——誰が、いったい誰が、このむかつきのモトなのだ！

伊達左京ごとき若輩者に、注意をされ、内匠頭はいっぺんにその場を去りたい気分になった。と、その時である。不意に「吉良《きら》様！」という声が内匠頭の左後ろから聞こえて来た。咄嗟《とっさ》のことにドキリとして、松の大廊下の角柱を見ると、その柱の向こうに将軍生母《せいぼ》・桂昌院取次役《けいしょういんとりつぎやく》である旗本《はたもと》・

梶川与惣兵衛《かじかわよそべえ》が歩いてくるのが見えた。そして梶川の視線の先を追い、今度は自分の右手側を見ると、遠く廊下の向こうから烏帽子狩衣《えぼしかりぎぬ》姿で小坊主を伴《とも》い、ゆっくりこちらへ歩いてくる吉良上野介《きらこうずけのすけ》の姿があった。

「まずい！」と思った時には遅かった。吉良上野介の視線と自分のそれが見事にピタリと合ってしまったのである。瞬間――吉良上野介の眉間に皺が寄るのが遠目にもはっきりと解った。

――さすがに見落とさなかったか……。

腰を低くして歩く梶川が、内匠頭と伊達左京亮の前で立ち止まり「御役目、ご苦労様に存《ぞん》じます」と軽く会釈《えしゃく》して過ぎて行った。

吉良と梶川が合流し、何やら打ち合わせをはじめたのは、松の大廊下のちょうど真ん中ほどであった。

「……」

内匠頭は、できるだけ二人を無視しよう、目立たぬようにしようと、静かに俯いた。自分は瞬間、相当きびしい目つきで吉良上野介を睨《にら》んでいたはずである。吉良も、こちらの不愉快な表情を見て取ったはずであった。露骨に感情を顕わにしてしまった自分が、どうにも情けなかった。何か自分の悪口をいわれているような気がして恐る恐る右手を見ると、二人がチラチラとこちらをうかがっている様子がいきなり眼中に飛び込んで来た。思わずビクンっと、内匠頭の目元が引きつった。否応なく心が波立つ。

——落ち着け、落ち着け！

何度、胸のなかでそう呟いたか知れない。自分の歯が、ギリギリと音を立てているのが聞こえた。

「……」

——なんだ、貴様《きさま》など、

「捻《ひね》り潰《つぶ》すのに造作《ぞうさ》もないのだぞ」

言葉尻は、伊達左京亮が気が付くほどの大きな声になっていた。

「そうだ、何の造作も……」

内匠頭の座る場所は、すぐ後ろが入側・濡れ縁（縁側）となり、濡れ縁の先には、一面白砂が敷《し》き詰められた大きな中庭が広がっている。その庭と濡れ縁にパラパラとまばらな雨音が響き出した。

内匠頭の耳から段々他の雑音が遠退《とおの》き——ただ雨音のみが大きくなるようであった。

「何の造作も……」

もう一度いうと、内匠頭のなかに、あの時の瑞々《みずみず》しい世界が蘇《よみがえ》った。

「他人が決めた法など何ほどのものぞ」「ほれ、俺の腰には脇差がある……」

——う、ふふ。

狂人のように笑ってみると、我がことながらどこまでが戯《ざ》れ言《ごと》で、どこまでが本気か——その境界線が次第に判からなくなっていった。浅野内匠頭はゆらりと立ち上がった。長袴を着用の場合、腕をだらりと下げて立つと、極めて恰好《かっこう》がよくない。

——今の俺は……きっと周りの目に「狂人」と映っていようなあ。

あとから考えると、そう思う理性は、このとき確かに残っていた。果たして立ち上がったのも、吉良を討つためであったのか。単に胸のつかえを和らげるためであったのか……。

——嗚呼《ああ》、人間は良きことであれ、悪《あ》しきことであれ、わずかに踏み出す腹さえ決まってしまえば、往々簡単に、「行動」を起こすことはできるのだ。いつもは常識だの分別《ぶんべつ》だの——理性や——恐怖だのが先に立ち、自分で自分を雁字《がんじ》搦《がら》めに縛《しば》り上《あ》げているが、そんなものをとっぱらえば、進退はまったく自身の意志ひとつ……「自由」はいつでも目の前にぶらさがっているではないか。

ただ——。

少なくともこの瞬間、浅野内匠頭は、自由に振る舞うことが《諸刃《もろは》の剣》であることを完全に失《しっ》念《ねん》していた。分別の糸がぶつんと切れ、あとは風に漂う凧にようになっていた、というのが適当だったろう。本来、風任せに生きるには、それなりの覚悟が要るものなのに……。伊達左京亮が、となりで目を白黒させているのが何だか可笑《おか》しかった。

その伊達侯《こう》を暫《しば》し見下しながら、一歩足を踏み出すと、二歩目はもう自然に出た。

三歩、四歩……止まる気配がない。いや止まる必要などあるのだろうか？　この俺を嘲《あざけ》る憎い相手はすぐそこにいる。あとわずか二十歩も詰め寄れば、斬ることも、突くことも、括り殺すこともできる好機なのだ。ほれ。それに見ろ。一尺《しゃく》二寸《すん》の脇差《わきざし》はこんなに簡単に抜けて終《しま》った。

折《おり》しも、吉良上野介は、浅野内匠頭に背を向け、廊下の突き当たりの「桜の間」に向かって歩き出そうとしていた。その吉良に梶川与惣兵衛《かじかわよそべえ》と小坊主が付き従わんとする。

内匠頭が手にしている備前長船《びぜんおさふね》の小サ刀《ちいさがたな》が、ぶ厚い雲間を縫《ぬ》い、ようやく地上に届いた僅《わず》かな光を受け銀色に輝いた。吉良の背に、まず一太刀。一瞬、誰もが時間を失ったように固まった。内匠頭は、ここでかすかに、しでかした事の重大さを悟ったが、二太刀目を止めることは、意地にかけて出来なかった。

二太刀目は、眉間《みけん》へ。

「あ、浅野様、殿中《でんちゅう》で御座《ござ》りまする。殿中《でんちゅう》で！」

梶川与惣兵衛は、五十の坂にかかろうかという年配で、鬢《びん》のところには、そろそろ白いものも見受けられるが、日頃「若い者にはまだ負けぬ」と豪語するだけあって一刀流《いっとうりゅう》免許の強力《ごうりき》持ちであった。その梶川与惣兵衛が、内匠頭の背後にまわり込み、これ以上ないという力で以《も》って取り付いて、離そうとしないのである。ために——ちょうど居合わせた、高家衆《こうけしゅう》・畠山長門守《はたけやまながとのかみ》、同じく土岐出羽守《ときでわのかみ》らに介護された——吉良上野介と内匠頭の距離は、見る間に開いていった。

「離せ！　離せえ」

喚《わめ》いてはみたが、今更《いまさら》自由を得たところで、吉良に留《とど》めを刺すのは絶望的といえた。

事実、この時二人の間には幾重《いくえ》にも幾重《いくえ》にも人垣《ひとがき》が出来てしまっている。先ほど吉良に付き従わんとした、普段気弱な小坊主までが、どこからか持ってきた箒《ほうき》を振りまわして、内匠頭の行く手を遮《さえぎ》ろうとしていた。

「こんな小坊主風情《ふぜい》に……」

――五万三千石の大名が、台所を追われる犬猫のように扱われるとは……。

眼前の騒擾《そうじょう》を見ているうち――また、幾人かの人々から発せられる自分への敵意を感じるうち、内匠頭の胸に、ひどい虚《むな》しさがこみ上げて来た。

六　異論――喧嘩両成敗

雲井大助藤原昌振《くもいだいすけふじわらのまさふる》……ふん、大仰《おおぎょう》な名だ。

彼は自分の名を呟《つぶ》き、思わずそう自嘲《じちょう》した。「我が家は『雲井』という雄大な姓なのだ。夏雲のように大きな男になれ！」と、亡父は呼び名を「大助」とした。しかし彼はいま、名前負けでござるよ、と、虚《うつ》ろな眼をシミだらけの天井へ向けながら父に恨み言をいう。三十を過ぎたあたりから、鳴かず飛ばずの我が身を省《かえり》み、自分の名前がいかにも重たかった。子供の頃は聡明《そうめい》な顔をしていたし、惣領《そうりょう》ひとりきりであったから、一族は可愛い可愛いと大助を甘やかし、「きっと大事を成す男になるぞ」などと口々にいった。が、そんな温室に育った男に大きな仕事を任せるほど、世間は甘くなかった。

二十代のころは、どうすれば成功者になれるのだろうと常日頃《つね》思案し、人並み以上にあがいて来たと思う。ある成功者が、「私はただただ他人に尽《つ》くすことしか考えていなかった」といっているのを聞けば、善行ばかりしていた時期もあるし、少し悪の匂《にお》いのする成功者が「一にも二にも度胸《どきょう》の渡世《とせい》よ。こうと決めてしたことは、いっさい悪《わる》びれたりしねぇ」というなら、無頼《ぶらい》の群《む》れに身を投《とう》じ、無茶ばかりして金を稼いでいた時期もあった。だが結局、それは他人の生き方で、自分の生き方ではなかったと、つい最近知った。

──善行を積めば成功できるのか？

──他人を蹴《け》落とす強い心があれば、成功できるのか？　そもそも俺は何をもって成功というのだろう。金か、名誉か……。ひとが一目置く大任を成せれば良かったのか？　自分自身、これといってしたいことも無い人間に、何ができるというのか。

右往左往《うおうさおう》して、結局いまだその答えは見つからず、ただ本当の意味で勝つということが、いかに底力《そこじから》の要《い》ることで、難しいか──それを些《いささ》か感じられるようになったことのみが、年の功《こう》といえた。

それが解ってくると、自分には、いかにも「本物」たるべき何物もないことが三十路《みそじ》の心身を重くする。堕落《だらく》しきれる度胸《どきょう》もないが、何もしなくても良いのなら、飲む・打つ・買うに溺《おぼ》れていたかった。身体《からだ》のけだるさを振り払う気力も現在は起きない。地虫のように這《は》いずり回る家業に、納《おさ》まる腹が決まったは良いが、そこから未来《さき》の己《おの》れが、まるで見当が付かなかった。襖《ふすま》を取り外し、隣の部屋で行われている丁半博打《ちょうはんばくち》に目をやると、その人の塊《かたまり》のなかで、ひとり、見覚えのある顔と目が合った。理知的で少し冷たさの漂う痩《や》せた顔。その男は適当なところで勝負を切り上げると、「なんだお主、こんなところに居たのか」と、酒徳利《さかどっくり》と欠《か》け茶碗《ちゃわん》をふたつ持って、近寄って来た。

「これはこれは。猿橋右門《さるばしうもん》殿でござるか……。いやいまは、藤八五文《とうはちごもん》の薬売り、桃助《ももすけ》殿でござったなぁ」

と、ようやく身を起こし、芝居がかった口調でいう、雲井大助。「牟岐《むぎ》の権兵衛《ごんのひょうえ》も来ておるぞ」と、猿橋右門は応えた。「ゴンベエも?」もう一度、薄闇掛《うすやみが》かった奥座敷《ざしき》を見ると、安物蝋燭《ろうそく》の灯《ひ》に照らし出された、牟岐権兵衛《むぎごんのひょうえ》の姿が確かに認められた。

「お前ぇさん方、赤穂《あこう》へ行っていたんじゃないのか」

雲井大助が訊《き》くと、桃助の猿橋右門は、「おいおい、職掌柄《しょくしょうがら》、そう周りに疎《うと》くっていいのかねぇ。そりゃ先月まで赤穂に居たさ。だが四月の晦日《みそか》にゃ江戸へ戻っていたよ」と、苦笑しつつ、茶碗を大助に差し出した。

「相変わらずの健脚《けんきゃく》だな。で、赤穂《あこう》は……」

「太平無事《たいへいぶじ》に無血開城《むけつかいじょう》。家臣《かしん》たちは四散《しさん》した」

「へぇ……。そいつはとんだ無駄足で」

雲井大助は目をとろりとさせながら、気のない風に相槌《あいづち》を打った。

「まあな。あっちへ行く前に、こっちは確信があったのだから、何も赤穂くんだりまで行くこたぁなかったんだ。狼どもは野に放たれた。やつらはきっとやるぞ」

「……」

猿橋がそういって、一息に茶碗の酒を煽《あお》ったころ、二人のもとに牟岐権兵衛が合流した。牟岐はすでに泥酔《でいすい》していて、どしんと座り込むと、「負けたぞ!」と吠えるようにいい、猿橋右門の手から茶碗をもぎ取ると、手酌《てじゃく》でがぶがぶ酒を飲みだした。

「荒れてるな」

「何があったか知らんが、赤穂から帰ってくるなりこの調子だ」

「ふうん。赤穂侍があっさり無血開城しちまって、武士の意地を通さなかったから、それが不満なのかな」

「ばかをいえ。見ろ、この知性の欠片《かけら》もないツラ。こいつがそんなことを考えるタマに見えるのか」

三人、子供のころから、付き合って来た仲だから、猿橋右門はときにはっとするくらい、きつい言葉をなげかける。今度は雲井大助が苦笑させられて、

「おい、ゴンベエ。どうしたのだ」

と、牟岐の肩を小突《こづ》いた。

「雲井！　いま俺と右門は町人姿なんだ。心得として、俺のことは藤八五文《とうはちごもん》の直助《なおすけ》さんと呼んでもらおうか」

と、直助の権兵衛はいった。――大して尊敬できない男から注意を受けると、それが正論であればあるほど腹が立つ。雲井大助は鼻で笑いながら、

「へぇ、直助権兵衛《ごんべえ》さんねぇ」

といったきり、あとはこの男を無視しようと決めた。「もうひとつ茶碗を貰ってくらぁ」と、桃助が立ち上がり、戻って来るまでの間、「さっきあいつおかしなことをいったな」と、雲井大助は

彼の言葉を思い返していた。

「おい、右門。いや、桃助……」

「いいよ。こいつのいったことは気にするな。どうせここに集まった連中は、皆脛《すね》にキズをもっているんだ。ここで見聞きしたことは、見猿《みざる》聞か猿《ざる》さ」

「うん。まぁ桃助よ……。赤穂の連中が四散《しさん》して必ずやろうというのは、吉良を討つってことか」

「ああ。俺は、やると思う」

「確かに、刃傷《にんじょう》のすぐあとにもそんな噂が流れた。が、やはり吉良《きら》は、浅野の乱心《らんしん》のとばっちりを受けた被害者ではないのか？　俺の調べた限り、浅野内匠《たくみ》は死ぬまで刃傷の原因を明かさなかった。即日切腹の厳しい御沙汰《おさた》を受け、田村右京太夫《たむらうきょうだゆう》邸で生涯《しょうがい》を迎えたときも、家来に『やむを得ないことであった』と、煮え切らない言葉しか遺《のこ》しておらん。俺にいわせれば、つまり遺《のこ》せるような理由があっての刃傷《にんじょう》でなかったから、あまりに情けなさ過ぎて……そう、言葉を濁《にご》したのではないか？」

「一理《いちり》だな。そういう心の働きはあったかも知れん」

「お主は、喧嘩両成敗《けんかりょうせいばい》をいいたいのか知らん、しかし、これははっきりせぬことだが、単に浅野の乱心とすれば、喧嘩とも呼べまい。喧嘩両成敗は、鎌倉以来、武家の不文律《ふぶんりつ》だなどとマボロシをいわれては、真に被害者はたまったものではない。『甲陽軍艦《こうようぐんかん》』を読んだことはあるか？

そこには武田の重臣・内藤修理《しゅり》が、信玄公にこんなことをいったという記録がある。武田家で争いを起こした者どもを、陣中の掟《おきて》としてともに双方罰《そうほう》するべきか議論になったとき、内藤修理《しゅり》はいったそうな……」

「おっと、長講釈《ながこうしゃく》は御免蒙《ごめんこうむ》る。その話なら知っているよ」

と、桃助の猿橋右門は、雲井大助の言葉を遮《さえぎ》った。

「ふうん」

「内藤修理は信玄公にいったんだろ。公平な裁きのない家中にあっては、喧嘩はハナからしないが得——だまって堪《た》えた方が無難《ぶなん》だと皆が思うようになる。だがそれでは不義《ふぎ》に遭《あ》ってももものをいえない人々であふれてしまう。そうなっては、ひいては武田の槍先も曇ってしまうだろう……と」

「しかり。さすがだな」

「いや、お前ぇさんもよく本を読んでいる——。だからさ、赤穂の連中も、喧嘩両成敗がなされなかったから腹を立てているんだとは、俺も思わねぇ。浅野内匠頭がまだ原因らしいワケを何もしゃべらねぇうちに切腹を賜《たまわ》り、吉良がお咎《とが》めなしで生きていることが納得いかねぇと怒っているのさ」

「御公儀《ごこうぎ》の裁きがあまりに粗雑であった……これは断じて納得できぬ。と?」

「しかり。しかり」

「それではなおさら、吉良に憎しみを向けるのはおかしいだろう」

「赤穂藩筆頭家老《ひっとうがろう》の大石内蔵助《おおいしくらのすけ》は、そのへん弁《わきま》えていてな、手順としてまず、御公儀に裁きの見直しを二度、三度と訴えていたよ。再度の取り調べ・裁きの結果、真実主人（内匠頭）に落《お》ち度《ど》があったと認められたら、大人《おとな》しく引きさがっても良い、と、こういうハラさ。これはそこの牟岐と俺が、赤穂へ行って確かに調べ上げて来たことだ。大石は城を明け渡してのち──いまも、その嘆願《たんがん》を続けている。だが、その大石が、堀部安兵衛《ほりべやすべえ》、高田郡兵衛《たかだぐんべえ》ら武辺の者と、幾《いく》度《ど》となく密会を重ねていたことが気に掛かる」

「高田馬場の堀部安兵衛……」

「そう。堀部は主人が切腹した直後から、吉良を狙《ねら》っているひとりだ。この男は、大石のように裁きの見直しを訴えても、どうせ御公儀は動くまい。だから新たに騒ぎを起こして、消えかけた火を大火事にしてやろうという考えなんだ。彼は──権力の不条理というやつに我慢がならないんだな」

「で、吉良を討とうと──？　だれからそんなことを聞いた。まさか堀部本人ではあるまい？」

猿橋右門が、あまりに明瞭《めいりょう》に堀部の思考を語るので、大助はつい可笑《おか》しくなって、嘲笑《ちょうしょう》するように訊《き》いた。

「堀部がな、あんまり物騒《ぶっそう》な様子なんで、まきぞえを恐れた浅野家親類の戸田采女正《うねめのしょう》が、彼を自分の屋敷に呼びつけたと思いねぇ──。お前が何かしでかせば、親類一同に迷惑が及ぶ。くれぐれも自重《じちょう》せよと、戸田采女正《うねめのしょう》は、いったそうだ。そのとき堀部安兵衛は、いま俺が話したようなことを口走ったんだそうだ。ここはな、戸田家家中も出入りしている賭場《とば》だ。そのなかで口の軽そうな奴に鼻薬をたんまりかがせて聞き出した」

「……。ふうん」

ちらりと脇を見ると、直助の牟岐《むぎ》権兵衛《ごんのひょうえ》は、すでに大きく船を漕《こ》ぎ出していた。

「しかしな、侍が合戦《かっせん》らしい合戦《かっせん》から遠ざかって何十年経《た》つ。いかに高田馬場の勇士でも、四千石——吉良家の門囲《がこ》いを破《やぶ》って戦いを挑むのは、いささか現実離れがすぎる。やはりお主がいう通りには……」

「十名にも充たぬ頭数しか揃《そろ》わぬようなら、確かに彼らとて腰がひけてくるやも知れん。が、もしも彼らが、あの大石と、大石に従う者たちと結束《けっそく》したらどうなる？　あの大石内蔵助《おおいしくらのすけ》という男、当人に自覚があるか否《いな》かは別にして、いまの世には珍しい。当代となり、三十余家の大名家が取り潰され、徳川の権力は大磐石《だいばんじゃく》なりと将軍家はじめ為政者《いせいしゃ》たちが踏《ふ》ん反《ぞ》り返《かえ》っているところへ、再三異議《いぎ》申し立てをしているだけでも、大勇《たいゆう》の持ち主か、少し気がふれているかのいずれかだ。そういう狂人が、やはり狂人の堀部にひかれ、結びつくということも……」

「いるのかねぇ。そんなことをしでかす奴らが」

「まぁ、言葉をいくら尽《つ》くしても、しょせん判らぬ未来《さき》のことだ。ただ俺には、騒動が起こる確信がある。あれは俺たちが、赤穂を見張れと御目付《おめつけ》様に命ぜられた次の日だったから——」

三月十七日。

この日は赤穂藩江戸屋敷が正式に幕府に引き渡された日で、朝から霙《みぞれ》まじりの酷《ひど》い天気だった。寒さは寒く、雨は叩き付けるように地上に降り注ぎ、蓑笠《みのがさ》も、まったくその役目を果たしていなかった、と、桃助の猿橋右門は、いった。

*

その昼頃には音羽《おとわ》の護国寺方面で何某《なにがし》かの葬式があり、その棺桶に雷が落ちて遺骸が焼失……棺《ひつぎ》を担いでいた幾名かも焼死した、という禍々《まがまが》しい噂話までが伝わってきて、鉄砲洲《てっぽうず》の浅野藩邸を監《かん》視《し》する桃助の心を幾《いく》らか沈ませた。天気が本格的にくずれ出したのは三日前、十四日の朝八時頃で、同十一時頃に雨がまばらに降り出した。江戸城中で刃傷《にんじょう》事件が起こった直後にはわずかに晴れ間も見えたが、夜、浅野内匠頭が、奥州一関藩《おうしゅういちのせきはん》・田村右京大夫《たむらうきょうだゆう》の江戸屋敷へ預けられ、同藩邸内庭先で割腹《せっぷく》して果ててから、ふたたびぐずつき出し、その深夜はどしゃぶりとなった。浅野屋敷が公収される前の日——すなわち十六日も、雨は夜になるにつれ激しさを増していった。道行く者もまばらというなかで、家財道具を運び出さねばならなかった赤穂藩士たちの胸中は、きっと「惨《みじ》めな」という言葉でしか形容《けいよう》出来なかったろう。

十七日。ほんの数日前まで、疑うことなく住まっていた家屋敷を追われた藩士らのうち十数名が、その場を去り難《がた》い様子で——泣いているのであろうか——肩をふるわせている者が幾名かあった。雨粒やら霙《みぞれ》のために、彼らの涙までは確認できなかったが、その心中は、同じ侍として、「桃助」の

右門にも察《さっ》せられるものがあり、役向きとは別の意味で、彼らから目が離せなかった。やがて、

「うおう！」

と、ひとりが叫ぶと、ひとりが傘を放り出し、水路端の柳の木に頭を打ちつけだした。またある者はその場に座り込んで、泥にまみれながら、拳を地面に打ちつけていた。まるで青臭い三文芝居のような光景……一面、滑稽《こっけい》でもあったが、狂気がそこに凝縮《ぎょうしゅく》しているようにも思われた。そして、その一団のなかに、堀部安兵衛武庸《たけつね》の姿も確かに認められた。

痛いほどの雨がビシビシと地面に叩き付けているのに傘もささず、目をカッと見開いて、藩邸の門を睨《にら》みながら佇《たたず》む堀部の姿は、さながら幽鬼《ゆうき》の様だった。刃傷の直後「御馳走人《ごちそうにん》」の御役目《おやくめ》は、下総佐倉藩主《しもうささくらはんしゅ》・戸田能登守《とだのとのかみ》に委譲《いじょう》され、堀部は確か十四日の夜まで同藩藩士との畳替えの引き継ぎ作業に追われていたはずだった。いつ、赤穂藩士らがおっとり刀で藩邸を飛び出して吉良《きら》の屋敷へ突っ走るか……そんな懸念《けねん》が絶えずあったから、一応桃助は出張《でば》っていたわけだが、もしその先駆《さきがけ》けになる者があるとすれば、それは「堀部安兵衛に違いない」と、諸人の見解は一致していた。

――しかし、律義《りちぎ》に御役目の後始末をするうち、彼らはその機会を逃したものらしい。

堀部らを、ものかげから観察しながら、桃助右門は思った。

呉服橋《ごふくばし》にある吉良屋敷は、上野介の息《そく》が藩主におさまっている――上杉謙信《けんしん》以来の名家――上杉十五万石の協力を得てこの時すでに堅固な守備体制を築いており、それは五十名ほどをもってしても打ち破りがたく思われた。

ただでさえ烈しかった雨が輪をかけて、今度は滝のように降り出した。天の底が割れたような――とは、まさにこういう降り方をいうのだろう。一度落ちた雨粒が顔まで跳ねかえる勢いで、瞬間、視界はまったく閉ざされた。

「む！　チクショウ！」

それから暫くは、為《な》す術《すべ》もなく桃助は身動きがとれなくなった。長い時間ではなかったが、それは恐ろしい時間で、自然に対する己《おのれ》の卑小《ひしょう》さを嫌というほど味わわされた時間だった。

「……。おっと、ようやく空も機嫌を直し出したか」

雨足が弱まると同時に桃助は、忌々《いまいま》しげに両手で顔を拭《ぬぐ》った。

拭《ぬぐ》ってもう一度顔を上げると――彼は、先ほど自然がもたらしたそれとは、また異質な恐怖を味わうことになった。水路の向こうに立ち、先ほどまで藩邸を見つめていたと思った堀部安兵衛が、じっとこちらを睨《にら》んでいたのである。

顔は遠く雨の簾《すだれ》の向こうでよく見えなかったが、桃助はその時、相手の《目》をはっきり見た気がした。

＊

「へぇ、そんなことがねぇ」

「いやなに、無理に解ろうとせんで良い。結局俺の確信は、あの目を見た者でないとわからんさ。

——しかし、お前ぇとの話はなかなか心愉《こころたの》しいものがあるな。赤穂行きも、こいつとなんかじゃなく、お前ぇと行けば良かった」

と、桃助は、顎《あご》をしゃくって牟岐権兵衛《むぎごんのひょうえ》を指し、苦笑交じりにいった。

「そりゃ昔はともに、戯作者《げさくしゃ》か、読本書《よみほんか》きにでもなろうかといって、よっぴて語り合った仲だ。いまでこそ二人ともおかしな御役目《おやくめ》に落ち着いちまったが、性分《しょうぶん》としちゃあ、こういう小難《こむずか》しい話をしているのが合っているんだろうよ」

雲井大助は、思い出したように重苦しい気持ちになり、溜息《ためいき》交じりに吐き捨てた。

「おいおい。誤解をしてもらっちゃあ困る。俺はまだ夢をあきらめちゃいねぇよ」

桃助は急に目を輝かせていった。それは大助が嫉妬《しっと》を抱くくらい、はっきりとした輝きであった。

七　内匠頭百箇日法要――その前夜

雨ばかりの日々が過ぎ――強く照りつける陽《ひ》が、いよいよ本格的な夏の訪れを感じさせた。

浅野内匠頭《たくみのかみ》の百箇日法要《ひゃっかにちほうよう》を明日に控《ひか》え、気もそぞろでいると、何だか世間すべても落ち着きを失ったように見え、まばらに百姓家《ひゃくしょうや》しか見えない雑司ヶ谷四ツ家下町《ぞうしがやよっやしたまち》の草木でさえ民谷伊右衛門《たみやいえもん》のこころの内に呼応して、異様にざわついているように思われた。

縁側に出ていくら団扇《うちわ》であおいでも、少しも不快感が去らず、民谷伊右衛門は台所に向かい瓶《かめ》から柄杓《ひしゃく》で水をすくいあげ、わざとボタボタと胸元に水がこぼれるようにして飲み干した。

赤穂城開城《あこうじょうかいじょう》までは、武士の面目についても真摯《しんし》に思案しており――他の藩士らがいう幕府軍との決戦籠城《ろうじょう》の熱気にもほだされて――筋目《すじめ》のために討死《うちじに》しても良いと思っていた。主人・内匠頭《たくみのかみ》が、柳営《りゅうえい》の華やかな儀式にどれだけの泥を塗《ぬ》ったか知らん、将軍家が自身の激情《げきじょう》を抑《おさ》えきれないまま、取り調べもまともにさせず、内匠頭を切腹とし赤穂浅野家を即刻取《と》り潰《つぶ》したことは、いかにも理不《りふ》尽《じん》に思われた。大石内蔵助《おおいしくらのすけ》を頭領《とうりょう》と仰ぎ、非情な世の中に怒りの刃を振るうのは、このうえなく痛快なことのようにも思われた。が、その筆頭家老《ひっとうがろう》・大石内蔵助は、合戦籠城《かっせんろうじょう》を大それたこととして好まず、穏便に幕府と交渉する途《みち》を選んだ。結果、家中は四散《しさん》した。城内にあっては、自分たちの怒りは当然のもののように思われ、世間もそれを理解してくれるように思われた。しかし、赤穂《あこう》を離れてみると、その世間というやつは存外《ぞんがい》冷めていた。自分たちの思惑と、世間の温度には、不愉快なズレがあった。そのズレを感じれば感じるほど、自分の思惑を押し通すことが何だがバカらしく思えてくるのであった。

――堀部《ほりべ》安兵衛《やすべえ》や高田《たかだ》郡兵衛《ぐんべえ》はそういったズレを感じておらぬのか？

民谷伊右衛門は思った。御裁《おさば》きのやり直しを訴える籠城合戦《ろうじょうかっせん》が出来ぬとあらば、吉良《きら》を殺して無理にでも刃傷《にんじょう》事件の調べ直しをさせる、と、彼らは息巻いている。が、そこに武士の美しさがあるのだろうか。

堀部・高田・奥田ら武断派《ぶだんは》は、大石と一度は赤穂で決裂《けつれつ》したものの、百箇日法要を期《き》しての吉良邸討ち込みを諦《あきら》めきれず、ほんのひと月ほど前まで、大石に江戸入りを促《うなが》す手紙を送り続け――彼に圧力をかけるため――大石の江戸での隠れ家まで手配《てくば》りしていた。だが、大石内蔵助は関西に引き籠《こも》ったまま動かず、いまや百箇日法要の斬り込みは、完全にならぬものとなっていた。

赤穂でまだ、武士らしい死に方を思案していたとき、堀部安兵衛にさそわれて、妻ともども江戸へ出てきたが、熱気の渦《うず》から飛び出てみれば、自身の死ぬ覚悟がどれほどのものであったか、甚《はなは》だあやしく思えてくる。吉良を討つことにさほど正当性があるのか疑わしくなる……。いち日、またいち日と、計画が先延ばしされることは、即、「それが成《な》る」という現実味を喪失《そうしつ》していくことであった。

ひとまず百箇日法要の斬り込みが立ち消えとなって良かったと思う。納得のいかない無茶苦茶な気持ちで人など斬れるはずもなかった。しかも民谷伊右衛門はこのところ、自身の内面に驚くべき変化を認めていた。

浪人として生まれ落ち、赤穂に仕官《しかん》するまでは、自分の思考はもっと潔《いさぎよ》いものだったと思う。が、何かを「得る」「得られる」ということを知ってから、伊右衛門は、自身の内面に、異様なまでに、利己心《りこしん》がふくれあがっているのを感じていた。いや、というより、自分の手の内にあるものを失う恐れを知ったというべきか。

平穏無事なときや、明らかな逆境に向かって遮二無二立ち回っていたときは、そんな恐れなど抱きはしなかった。逆境を妙に落ち着いてとらえ、手放したくないものを想ったとき、その恐れは襲ってきたのだ。「得よう」としていた過去の自分の苦しみには、まだ昇《のぼ》っていく喜びがあった。しかし、失《うしな》うまいとする苦しみには、純粋な苦しみしかなかった。

魍魎《もうりょう》のごとき苦しみにとらわれてから、伊右衛門は、では自分は何をそんなに失いたくないのかと、そんなことばかり考えていた。

——地位……は、もうない。家も没落した。ならば……。

「妻？」

それもあろう。が、

——それよりも……。

あの男は立派な侍だったという尊敬を失うこと……。

「バカな！」

一個の人間が、そんな虚栄心《きょえいしん》で自分の生死を見失うなどということがあって良いものか！　伊右衛門は独り、胸の内で叫んで、顔を歪《ゆが》めた。堀部安兵衛らの考えに疑問を抱きながら、その堀部からいまだ離れられないでいるのは、自分の尊厳《そんげん》を保持《ほじ》しうる、精神のよりどころがないためのように思われた。堀部の主張に勝る、それらしい死に方……生き方が見つかれば——。

凶賊《きょうぞく》斬りをしたそのときまで、まともに意識したことなどなかった世間というやつが、現在は妙に重たくのし掛かってくる。「凶賊を斬り捨てて、女児を救ったほどのあの侍は、果たしてどんな生き方をして、どんな素晴らしい死に方をするんでしょうかねぇ」耳の奥でそんな世間の声を聞いたような気がした。

——うるさい、うるさい！

伊右衛門は、目の前を飛び回っていた一匹のハエを叩き落として殺した。ふと、思い浮かんだのは、江戸城内で蚊を叩き潰した小姓《こしょう》が、生類憐《しょうるいあわ》れみの令のために、島流しになったという噂話であった。

＊

「藤八《とうはち》——」

「五文《ごもん》」

「奇妙《きみょう》！」

「藤八――」

「五文」

「奇妙！」

往来《おうらい》の右端をゆく猿橋右門《さるばしうもん》の桃助《ももすけ》が「藤八」と呼ばうと、左をゆく牟岐権兵衛《むぎごんのひょうえ》の直助《なおすけ》が「五文」と応え、最後に二人向かい合って、そろって「奇妙！」と声を張っていう。二人の背には「岡村藤八五文薬」と大書《たいしょ》した旗がひるがえっていた。筍笠《たけのこがさ》に「蛇の目紋《じゃめもん》」の入った薬ばこ。隠密《おんみつ》二人は現在《いま》、十八粒五文の丸薬を売り歩く、薬売りに化けていた。

この丸薬は、「桃助」こと猿橋右門の御家人《ごけにん》仲間で、博打《ばくち》仲間でもある岡村藤八が作ったもの。岡村藤八は、身持ちが悪いくせに阿蘭陀《オランダ》医学をかじった経歴があって、ある時、近所の食中《あ》たり患者に自作の薬を試したところ、これが意外によく効いた。「売れるのではないか？」と、洒落《しゃれ》のつもりで行商人の真似ごとをしてみると、これまた意外と反応が良い。

「そこで一念発起《いちねんほっき》して、うだつのあがらない御家人稼業《ごけにんかぎょう》を廃業したわけさ」と、猿橋右門は聞かされていた。いま藤八は、《万病に効《き》く綿屋《わたや》》と、浅草に看板を掲げ《かか》る薬屋の主人に納まっている。

猿橋ははじめ、「この男なにを血迷ったか」と、せせら笑っていたが、その嘲笑《ちょうしょう》に反し、岡村藤八五文薬は「奇妙なほどよく効く」と、評判は次第に上がっていった。（やはり藤八自作である）「藤八」

「五文」「奇妙」の掛け声も、なかなか「趣《おもむき》があって面白い」と支持する者は少なくなく、いまでは江戸の大道芸等をまとめた、『続飛鳥川《しょくあすかがわ》』という一冊に、評判記が載《の》るまでになっていた——。すなわち、この掛け声は、「藤八の作った薬——十八《とうはち》粒で五文——は奇妙なほどよく効く」と、そんな意味なのである。

「藤八——」「五文」「奇妙！」桃助右門と直助権兵衛《ごんべえ》がいうと、二人の大きらいな小児《こども》らが、真似をしながらついてくる。午《うま》の刻《こく》前までに都合《つごう》三十袋は売っただろうか——。「おい、桃さん！」暑さに耐《た》えかねた直助の権兵衛が、鬼子母神《きしぼじん》の境内《けいだい》で茶見世《ちゃみせ》を見付け、休もうぜと目配《くば》せで桃助の右門を促《うなが》した。

「しっ、しっ！　鬱陶《うっとう》しいガキどもだ」

ハエを追い払うように、「直助」は手を振った。

桃助は憮然《ぶぜん》として、彼のいうことに従った。「暑い、暑い。なぁ、俺たちゃあ、本職じゃねぇんだ。こんなに身を入れて商売することもなかろう」。最近やたらと愚痴《ぐち》っぽくなった直助の言葉に、岡村藤八への義理を幾分《いくぶん》感じながら、「まぁな」と、桃助は気のない返事をした。

昔、岡村藤八が黒鍬者《くろくわもの》だったよしみで、御小人目付《おこびとめつけ》はよくこの藤八五文の薬売りに化けて探《たん》索《さく》へと向かう。薬売りのほかにも、八百屋、金魚売り、冷水売り、へっつい直し、蚊帳《かや》売り……御小人目付《おこびとめつけ》や、奉行所の隠密廻り《おんみつまわ》同心《どうしん》らは、今日はいろいろなものに化けて市中に散らばっているはずであった。

「今日、明日は、長い二日間になろう」

誰もがそう思っていたろう。「上」からは、赤穂浪人《あこう》らが武器を集め徒党《ととう》を組む気配を少しでも見せたら、御公儀《ごこうぎ》の意向《いこう》に異議を唱える不埒者《ふらちもの》として、即座に捕縛《ほばく》の要請《ようせい》を出せと命じられている。浅野内匠頭《たくみのかみ》の百箇日法要がひとつの山場になるだろうと思われていた。

御小人目付たる、桃助・直助の組の受け持ちは、四谷・市ヶ谷・目白・雑司ヶ谷。そこに住まいする赤穂浪人におかしな動きはないか、二人は数日前から休むことなく調べまわっていた。桃助の猿橋右門は、いちばん肝心な堀部安兵衛《ほりべやすべえ》が住まう、八丁堀《はっちょうぼり》の受け持ちになれなかったことが不服であった。探索場所の割り当てのとき、いかにもお役目に関心のなさそうな直助の牟岐権兵衛が、何を思ったか急に、

「手前《てまえ》どもは、雑司ヶ谷・市ヶ谷近辺を……左様、些《いささ》か存じ寄《よ》りもござればーー」

と、名乗りをあげた。赤穂より帰ってきてからこちら、腑《ふ》に落ちない言動を繰り返す牟岐権兵衛にじれて、

「おい、ゴンベエ。どういう了見《りょうけん》なんだ！」

と、桃助は苦情をいった。直助権兵衛は、つんとそっぽを向いて目を合わさず、「なに、いっとう面倒《めんどう》のなさそうだからさ」と、悪《わる》びれもせずいった。実際、これまで探索を進めてみて、確かに面倒の少ない受け持ちではあった。一番気にかかるのは、堀部と同格の剣客と見られる民谷伊右衛門くらいで、あとは百箇日法要にすら関心がないといった者ばかりであった。よって他の組は知ら

ん、彼らの組は、民谷伊右衛門がいつもぶらりと訪れる鬼子母神近辺で、本職でもない薬売りに没頭できるほどの時間があった。

各組の受け持ちが決まったとき、

「だいたい、戯作者《げさくしゃ》くずれの半端《はんぱ》侍にゃあ、堀部の見張りは荷《に》が勝《か》ちすぎていると思わねぇか。おらぁ、てめえを気遣って、いっとう楽な受け持ちを選んでやったんだ。四の五のぬかさず、ありがとう存《ぞん》じましたの一言でもいえねぇのか」

と、直助が、めずらしくまくし立てるようにいうものだから、桃助は圧倒されてしまい、それきり今日を——百箇日法要前日を迎えていた。

赤穂浪人らは、実に平静を保っていた。御小人目付《おこびとめつけ》衆がしらべあげたところでは、元赤穂藩筆頭家老・大石内蔵助は（城明《あ》け渡《わ》し後移り住んだ）京・山科《やましな》から動いた様子はなく、堀部らとの合流を果たしていなかった。赤穂行きからこちら、桃助のにらんだところでは、堀部安兵衛という男は、単に熱気と狂気のみで動く人物ではなく、冷静に獲物を見つめる百舌鳥《もず》のごとき眼も兼ね備えた人物と思われた。桃助の直感からいえば、堀部は準備不充分とみて、今回は動かぬように思われた。桃助右門は実のところ、「ぜひそうあってほしい」と願っている。いま、十名にも満たない赤穂浪人が騒動に及んでも、それは自暴自棄的な凶行《きょうこう》としか世間はとらえないだろう。もっと機が熟してから、大義名分《たいぎめいぶん》の整った上で、彼らには華々しく死んでもらいたいと、桃助は願っていた。

＊

雲井大助は、その日、久しぶりに千代田《ちよだ》の御城《おしろ》に登《のぼ》っていた。月代《さかやき》と髭《ひげ》をきれいに剃り、鬢《びん》の後れ毛も一本もないように整えての登城《とじょう》であった。これまで御小人目付《おこびとめつけ》衆の集めた、赤穂浪人らの行状《ぎょうじょう》を吟味《ぎんみ》してまとめ、探索書《たんさくしょ》を作るためである。どちらが上ということもなかったが、桃助・直助らに比べ、自分は余り役に立っていないという劣等感が胸にはあった。桃助の猿橋右門と賭場《とば》で会ったあの日から、その劣等感には一層拍車《はくしゃ》がかかっていた。

そのとき、桃助右門はいった。

「お前ぇ、もう少しお役目に身を入れねぇと、お役御免《ごめん》ということにもなりかねんぞ。できることなら、きっと俺も助けになるからよ……」

「うん」

と、雲井大助はやっと返事をしてから、

「だが良いんだ。そのときはそのときでどうにかなる。この心にこびりついた虚《むな》しさにウソはつけねぇ」

と、いった。

「格好《かっこう》の良いことをいって逃げるな。お前ぇは何かをやめるとき、いつも同じことをいう。それで何か光明がさしたか。お前ぇは頭が良いようでいて、そうやって自分を受け入れない世間に駄々《だだ》をこねているだけじゃねぇのか。おい、ここいらがシオだぜ。本気になって働いてみろよ。俺だってこんな務《つと》めは嫌だったが、働いてみれば公儀《こうぎ》の金で日本中を廻る機会だって出来る。見聞《けんぶん》も広がる。──最近俺はな、最初からきっちりお務《つと》めをしていれば、より夢に近道だったんじゃねぇかと思えるようになったんだ」

「いいんだ……。友達がいにそういってくれるんだと有《あ》り難《がた》く思う。だが、俺とお前ぇじゃ、人間が違うんだ。親父が黒鍬者《くろくわもの》で……いや、これはバカにしていうんじゃねぇぞ。親父が叩き上げで、黒鍬から御小人目付《おこびとめつけ》になった家の、お前ぇや牟岐と、ぬくぬく育った俺とじゃ、心の鍛えられ方が違うんだ。俺は何かに変装する術も覚えられないし、武芸もだめだ。およそ何事かを本気で身に付けられる根気ってやつがねぇんだ。だからお前ぇみたいに、本気で生きている奴がよ、正直、恐ぇよ。この不条理ばかりが罷り通る世間にも腹が立つ。甘いといわれりゃそれまでだが、いまはまだ適当にやらせておいてくれ。考えるよ。もし本当に何もかもがだめになっても、誰彼《だれかれ》のせいにするほど、ここは腐らせていないつもりだ」

大助は、とんとんと指先で自分の胸を叩いた。弱さ・無能さを認めるまでがひと苦労であったが、認め、自分でもだめなことはわかっているんだ、と、いい続けてみると、案外「そこ」は居心地が良かった。ただ、そこに居着いただけ、自分の愚かさが際立ち、確実に生きる意味は失われていく。猿橋右門の眼は、確かに大助のずるさを見抜いていた。

「……。まぁ、いい。お前ぇは自分を小さく評しすぎるよ。やる気になってみりゃあ、お前ぇはさほど何も出来ない男じゃねぇんだ。前にお前ぇの書いた探索書のまとめを読んだが、あれはよく書けていたぜ」

「そうかなぁ……」

「……」

しばらくの気まずい沈黙があった。

「なァ雲井。俺は考えたことがあるんだ。何かを成した一生も、何もしないも一生も、死んでみたら大差《たいさ》はあるまい。だが、どうやらひとは、こうして生きている以上、喜《き》怒《ど》哀《あい》懼《おそれ》愛《あい》悪《にくしみ》欲《よく》の七情から容易《ようい》に逃れることはできん。お前ぇがそうやって無為《むい》な時間を過ごし、ちっとも胸が痛まぬほどの男なら、その生き方を貫き通すのも良かろう。しかしそれもできぬのなら、やはり七情にどっぷりとつかってギラギラと生きた方が一生は面白かろう！　俺は今回の騒動をもとにして、誰もが見たかったという人間の物語を書く。そう……これは、今度大目付《おおめつけ》様に提出するものの写しだが……」

いいながら、猿橋右門は、一冊自作の本を懐から取り出した。見ろというから、雲井大助はそれを受け取って読んでみた。「おい、これは……。こんなものを大目付様に提出しても良いのか？」

大助がいうと、桃助右門は得意そうに、にやにやとしていた。

公式の報告書にしては、内容が物語じみている。いい加減な報告をすれば、桃助の身の上が案じられた――。そこには、今回の刃傷《にんじょう》の原因が鮮《あざ》やか過ぎるほど鮮《あざ》やかに書き連ねてあった。

今回の刃傷は、女好きの吉良上野《きらこうずけ》が、浅野の奥方・阿久利《あぐり》に懸想《けそう》したことからはじまった。阿久利への横恋慕《よこれんぼ》を、浅野内匠頭《たくみのかみ》によって白日《はくじつ》のもとに晒《さら》され非難された吉良上野介は、それを逆恨《さかうら》みし、職権《しょっけん》を濫《みだ》りに用《もち》いて浅野をいじめ抜いた。浅野は我慢に我慢を重ねたが、ついに忍耐ならず、松の廊下において刃傷《にんじょう》に及んだ。「これは、赤穂《あこう》家中が勅使饗応《ちょくしきょうおう》のお役目中、見聞《みき》きしたことを調べ上げたことだから間違いない」とまで、桃助の報告書には書かれていた。

「俺たちの報告書をまとめるのがお前ぇさんの仕事だ。なァ、頼むからこれを差し戻しなしで、お偉い筋まで通してくれ。な」

桃助は上目づかいで大助を見つめたまま、軽く（本当に軽く）頭を下げた。

「そんなことをして……」

「そんなことをしてどうなるか？　なぁに、堀部らが起こそうとしている大火事を、手助けしてやっても良いと思っているだけさ。いい方を変えるなら、町人どもを扇動《せんどう》してやつらを吉良邸討ち込みから逃げられなくする……。俺はな、筆の力というやつが本当に世間を大きく揺り動かすことが出来るのか、実《まこと》のこととして感じてみたいんだ。どうせ《真実》などというものは、薄ぼんやりとして、誰にも確かなことはわからん。ならばその真実を俺が創《つく》り出してやるんだ」

桃助の言葉に、大助は背筋が冷え冷えとするのを感じた。そしてそのとき――となりの部屋で博打《ばくち》に興《きょう》じている者たちを見渡すと、世界が恐ろしく歪《いびつ》なもののように思われた。……そもそもここは、素町人らが集まるような場所ではない。歴とした旗本の屋敷である。が、ここ数年、江戸ばかりでなく地方においても、丁半博打《ちょうはんばくち》が異様なほど流行していた。徳川直参《じきさん》たる旗本《はたもと》が、町奉行所《まちぶぎょうしょ》の手の及ばないことをいいことに、刺激を求めて已《や》まない町人らのために、自邸を博打場として開放し、それなりの見返りを得ている――。このとき大助たちがいた場所も、そういった旗本屋敷のひとつであった。

――何なのだ、これは。

誰も彼もが、好んで歪みを追いかけているように見えた。目の前に居る桃助右門も、他人にもっともらしい説教を垂れていたかと思えば、ふと、言葉の端に歪みをにおわせる。もう、彼と話しをするのがすっかり嫌になってしまい、

「頼む。今日はもう誰とも話しをしたくねぇんだ。ひとりにしておいてくれ」

と、大助はポツリといった。桃助は、あの日、牟岐権兵衛を肩にかけて帰って行った。浅野内匠の百箇日法要が終わったら、あのとき話しをしていた桃助の報告書が自分の手元にまわってくる。二十代のころ、多少の無茶もしてきた大助であったが、いまは年のせいか、すっかり世間との付き合いに気弱になっているためか、桃助の片棒を担ぐのがひどく恐ろしかった。

＊

赤穂浪人の武林唯七《たけばやしただしち》は、堀部安兵衛や民谷伊右衛門より五つ・六つ年下である。中小姓《ちゅうごしょう》・渡辺《わたなべ》平右衛門《へいえもん》の次男として生まれ、浅野内匠頭の学友として見い出され、やがてかつての父と同じ中小

姓として出仕するようになった。このとき新たに別家を立て「武林」姓を名乗ることを許され、武林唯七となった。

浅野家が取り潰しと決まったとき、父はまだ長男の半右衛門《はんえもん》に家督を譲《ゆず》っておらず、ために唯七は兄に、

「兄者はまだ浅野家に出仕したことがない、部屋住《へやず》みじゃ。幕府軍と戦うにせよ、堀部氏らに従って吉良上野の首をあげるにせよ、一味《いちみ》に加わって忠義を尽くす義理はあるまい。それよりも、このところ御身体《おからだ》を悪くされている父上を助け、渡辺の家を盛り立てて孝行を尽《つ》くすが良いと思う。忠義のために死ぬのは、渡辺の家からはワシひとりで充分じゃ」

と、不用意に口走ったことがあった。兄の渡辺半右衛門は、「部屋住みとて忠義は知っているぞ！」と激怒し、以来、兄弟は疎遠《そえん》になっていた。

つまらぬ道理を口走る間もなく合戦籠城《かっせんろうじょう》と決まっておれば、兄弟は——いや、父もまじえて、美しく討ち死にが出来たかも知れない。実際のところ、兄からは、吉良を討ってよしとするほどの狂気じみた熱気は感じられないのだが、弟に「勤めに出たことがない」といわれたことが余程琴線《きんせん》に触《ふ》れたのか、いまだに「俺に忠義の志があるかないか見せてやる」といい続けている。唯七の方も、そんな半右衛門が疎《うとま》しく、また前言を撤回するのも正直癪《しゃく》に障《さわ》り、

「ならば病の父上をどうされるのだ。わしが忠を尽《つ》くし、兄上が孝を尽《つ》くす。折角兄弟二人が居るのだから、両立の道を選ぶのがスジだろう！」

と、いい捨て、ほとんど両親を兄に押し付けるようにして江戸へ出てきていた。

――俺はしかし、体よく両親をうっちゃって来たようなものだ。

江戸へ出て少し頭が冷めてみると、唯七はいつもその思いに苛《さいな》まれた。ひとりでぼんやりとしているのが一番良くない。江戸には慕《した》うべき、堀部安兵衛、高田郡兵衛、民谷伊右衛門らが居る。彼らは単に剣客というばかりでなく、いずれもが金鉄《きんてつ》の志《こころざし》を持った行動的侍であった。唯七は、兄との仲さえうまく保てない己《おの》れの頭脳に自信がない。天性の粗忽者《そこつもの》であると思っていた。だから、今回のような変事に直面して本物の侍として死ぬためには、本物の侍に身をゆだねる必要性を感じていた。

――堀部さんたちと会うと、妙に気持ちが落ち着く。

どいつもこいつも口先だけの腰抜けで、吉良邸討ち込みの人数はなかなか揃《そろ》わない。「どなたも人集めに苦労されたのだろうな」百箇日法要の決起は不可能と堀部安兵衛から知らされても、唯七自身、江戸の緩慢《かんまん》な空気は感じていたから、存外憤《いきどお》りはしなかった。

ただ――赤穂開城の際にもらった分配金がいつまで続くか分らぬということと、その金が尽きた場合、己《おの》れはまったくつぶしがきかないことが、近頃不安で仕方なかった。江戸へ戻るための路銀《ろぎん》・新しい生活のための支度金で、分配の金はすでに相当減ってしまっている。早く侍の一分《いちぶん》を立てる日が来なければ……。実にさまざまな悲惨な末路が脳裡《のうり》に思い描かれた。

その日、堀部安兵衛・高田郡兵衛は、法要の打ち合わせで何かと忙しくしていると聞いていたから、唯七の足は自然、雑司ケ谷の民谷伊右衛門のもとへと向かった。この泰平《たいへい》の御世《みよ》に、正義のために真剣を振るった人がいる！　そしてその人は、現在俺の身近にいるのだ！　そう思うと唯七は、つらい現実もどこかへ遠のき、笑いさえこみ上げて来るのであった。

唯七は――別家を立ててから国許《くにもと》の渡辺家を離れ――江戸詰《づ》めであったから、民谷伊右衛門の仕官《しかん》が決まってから「いずれ親しく話す機会もあるだろう」と、楽しみにしていた。が、民谷伊右衛門は、いくらもしないうちに国許詰《くにもとづ》めの侍となってしまい、交流の機会は完全に断たれていた。近づきになったのは、堀部安兵衛の義盟《ぎめい》に加わってからで、はじめて言葉を交わしたときの印象は「謙虚」の二字に尽きた。

――やはり剣を極めると、人間も間違いなく出来上がるのだなァ。

唯七は思った。神話のように感じていた、剣の向上と人間性の向上の相関関係が、急激に唯七のなかで実感となった。

――吉良屋敷への討ち込みまで、間が出来てしまったのなら、堀部さんの決めたことだ……それはもう仕方がない。考えるべきは、この時間をどう無為《むい》に過ごさず、意味のあるものにするかだ。

冷静に考えてみると、自分の剣はまだまだ本物からはほど遠いように思われた。「堀部さんはあまりに威厳《いげん》がありすぎて近寄りがたいが、民谷さんなら、親身に真剣を用《もち》いる心得《こころえ》を教えてくれるかも」そう思うと、唯七の足取りは、どんどん速くなっていった。

＊

桃助と直助の見通しとしては、今日・明日の決起はないものと考えていたから、鬼子母神《きしぼじん》の茶見世《ちゃみせ》で少しのんびりしていたところ、いつも民谷伊右衛門がぶらりと現れる時刻を過ぎても彼の姿が見い出せない。万にひとつということもあるかも知れないと二人は些《いささ》か不安になり、雑司ケ谷の四ツ家下町まで行ってみることにした。

ツツジの垣根越しに、民谷伊右衛門の浪宅《ろうたく》を覗《のぞ》き込んでみると、裏庭にこしらえた小さな畑の脇に、二人の侍が木刀を構えて立っていた。ひとりは紛《まぎ》れもなくこの家《や》の主・民谷伊右衛門。

「もうひとり、あれはだれだ」

直助権兵衛が目を細めながら訊いた。草臥《くたび》れた生壁《なまかべ》色の着物に薄《うっす》らと紋所が見える。「三ツ巴《みつどもえ》だな」

桃助は懐から覚書《おぼえがき》を取り出し、旧赤穂藩士のなかで三ツ巴の侍を探した。

「年恰好《かっこう》から見て、あれは武林唯七だろう」

「ならば江戸組のなかでも相当堀部に近い男だな」

桃助と直助は息をひそめて二人の様子を見守った。と、武林唯七とおぼしき男が、裂帛《れっぱく》の気合いとともに民谷伊右衛門に打ち掛《か》かって行った。見たところ、武林の打ち込みは並みの修行のものではないように思われた。が、民谷伊右衛門は――実に涼しげに――すれすれのところで躱《かわ》していく。打とうと思えば打てそうなものだが、それをすぐにしないのは、相手を弄っているだけのようにも見えた。

と――民谷伊右衛門が、途端《とたん》に一歩大きく退き、相手との間合いをとった。武林が驚いてわずかに動きを止めたところ、今度は一歩深く踏み込み、その一歩のうちに、武林の左腕、右腿、右肩に打ち込みをくれた。

「おいおい、おいおい。あれは折れたんじゃねぇか?」

武林の悶絶《もんぜつ》ぶりが、瞬間、尋常《じんじょう》でないもののように見えたから、直助は思わずそう口に出していった。「これまでだ」民谷伊右衛門は相手の木刀を拾い上げながらいった。武林はようやく身を起こすと深々と頭を下げ、「ありがとう存じました」と、いった。

「いや、加減はしているさ。あれだけ動ければ、骨まではいっておるまい」武林が身を起こした様子を見て、桃助はいった。が、民谷伊右衛門の武林のあしらい方がひどく冷たいもののようにも見え、

――赤穂で見たときとは人間が違うような……。

と、桃助は漠然と感じていた。

「なるほどなァ」

出し抜けに直助がいった。

「何がなるほどなんだ?」

「いや桃さんのいう通りかも知れんと思ったのさ。何の目的もない人間があんな稽古はしねぇ

だろう。奴らは本当にとんでもねぇことを企《たくら》んでいるかも知れねぇ」
——この馬鹿、今さら何をいってやがる。
桃助は呆《あき》れ果てて、しばらく口を利く気にもなれなかった。

八　宅悦とお岩（猿橋右門覚書）

元禄《げんろく》十四年六月二十四日の浅野内匠頭《たくみのかみ》百箇日法要は恙《つつが》なく終わった。「上」の人間もようやくひと心地といった様子で、猿橋右門の周囲は急に静かになった。「赤穂《あこう》浪人どもの素行調べだが……町奉行所の隠密廻《おんみつまわ》り同心《どうしん》・秋山長兵衛《あきやまちょうべえ》と協力して、もうしばらく続けてもらいたい——。あわせて、赤穂浪人らに肩入れする浅野家親類筋があれば、逐一《ちくいち》報告せい」と、月番大目付《つきばんおおめつけ》に、投げやりにいわれたのは、百箇日法要の翌日であった。

引き続き、赤穂がらみの掛《かかり》となったのは、猿橋右門と牟岐権兵衛《むぎごんのひょうえ》、それと奉行所の秋山長兵衛のわずかに三名である。もともと当初からこの事件に関わって来た桃助右門としては願ってもないことであったが、閑職《かんしょく》にでもまわすかのような「上」の口ぶりに、ひどく矜持《きょうじ》を傷つけられた。

「久し振りの裃《かみしも》は肩が凝《こ》る。まぁ見ておれ。赤穂の連中の幕引きは誰もがあっと驚くようなものにして見せる！」

御城《おしろ》を下がる際、桃助右門はそう決意を新たにした。

裃を着けたまま下城した足で岡村藤八のもとへ向かうと、藤八はひどく不機嫌な顔をしていた。

「おい右門！　なんなのだあの牟岐権兵衛ってヤロウは！」

藪から棒にいわれても右門には何がなんだか解らない。ただ「またか」とは思いつつ「どうしたのだ」と訊《き》くと、岡村藤八はますます不機嫌な表情になっていった。

「お前ぇさんたちゃ公儀《こうぎ》の御用の隠れ蓑としてウチを利用しているんだろ？」

「……」

「それだけでも大迷惑なのにあの直助権兵衛め、何とぬかしやがったと思う。暇を見てきっちり薬も売ってやるから給金を幾《いく》らかでもくれねぇか──だとよ！」

「え？　野郎、そんな口を利《き》いたのか」

「いやまぁ、すぐに冗談だ冗談だとへらへらしながらいっちゃあいたが、そっちの仕事は初手から御役料《おやくりょう》をもらってるもんだろ？　あんまり筋違いなことをいうなと牟岐権兵衛にいっておいてくれ！」

いうだけいうと岡村藤八は、たまたま通りかかった店の手代に売り上げのことで八つ当たりをしながら店の奥へと引っ込んでしまった。

──いっぺん面と向かって話をしねぇとなるまいな。

前々から何となくそうしようとは思っていたのだが、決定的な──というほどの問題を起こしたわけでもなく、である以上、何から話したら良いのか解らずにいた。「だがな……」無理をしてでも向かい合っておかなければ、大きな亀裂《きれつ》に繋《つな》がりかねないという暗い予感も少し前から桃助右門の胸にはあった。

「搦《から》め手《て》から攻めてみるか——」

以前——まだ赤穂事件の起こるずっと前——直助権兵衛が、面白い店があるからと、無理に桃助右門を誘ったところがあった。浅草の地獄宿《じごくやど》（遊女屋）《閻魔帳《えんまちょう》》という店である。店の主は宅悦《たくえつ》といって、目あきだが按摩《あんま》稼業もやっていた。

「ガキのころからの付き合いだが……」十代、二十代と、右門も権兵衛も、お互いの交友関係に気を留めなくなっていた。平素《へいそ》権兵衛がどんな男と呑み・遊び、どんな女を好んで抱くのか、いまやまったく解らない。彼が目立ってスレ出したのはここ十年ばかりのことだが、この按摩宅悦とは、彼らの交わす言葉の端々《はしばし》から、結構長い付き合いであると知れた。

「まぁ野郎と向き合ってみたとき、体よくはぐらかされねぇように……」

少しでも権兵衛のことを知っておこうと、右門は浅草へと足を向けた。

＊

陽《ひ》が釣瓶落《つるべお》としに沈む時期になった。
宅悦の悪友・牟岐権兵衛——鍾馗《しょうき》面で、（ウソかマコトか）幕府隠密《おんみつ》だとかいう牟岐権兵衛が、さびしさを紛《まぎ》らわすようにしきりに地獄宿《閻魔帳》へ来るようになっていた。酒を飲めば必ず暴れまわり店のものを壊して行く。「あれでちょっとした小金もちで弁償だけはしてくれるんだが——そんなこたぁどうでもいいから、いっそスッパリ縁を切っちまいてぇ」と、気のおけない日々を過ごすうち、宅悦はこの年、季節を感じるゆとりを失っていた。その牟岐権兵衛が、ある頃から冗談めかして、

「俺は隠密をやめる。そりゃあ可愛い可愛い女が居てなぁ。俺ぁそいつと二人で静かに暮らすんだ」

と、漏らすようになっていた。

それより前……直助権兵衛の友人だという、薬屋・桃助と名乗る男が、「ヤツが何かしら変わった素振りを見せたら教えてくれよな」といって、《閻魔帳》を訪れたのは、夏の盛りのことであった。

宅悦は、ふたつの顔を持っている。ひとつは浅草地獄宿の主人であるが、もうひとつはかたぎのつもりで――御家人《ごけにん》・小串八蔵方の東隣（西青柳町）……すなわち、護国寺前に《針・灸・もみ療治》の看板を掲げていた。桃助は、特に案内もしないのに、なに食わぬ顔で護国寺の方へもやって来て、やがて、長いときは一刻ばかりも下らない世間話をしていくようになった。口調や身振りは愛嬌《あいきょう》者《もの》のそれであり、按摩の店で働く小娘どもにも大層ウケは良いのだが、

「あの直さんの友達ってんだ。あれで将軍様の隠密ってことも……」

と、宅悦は内心ビクビクしながら、それをやっと押し隠し、いつも愛想笑いで、いらっしゃいませ、と、いうのだった。今日も、「ああ疲れた疲れた」といいながら宅悦のもとへやって来た三十半ばほどの男は、十中の十、直助のことを探りに来ているに違いなかった。が、客としてやってくる者

を邪険《じゃけん》にも出来ない。第一、浅草の地獄の方で、直助の素行を根ほり葉ほり訊いてから、この男は、直助の「な』の字も口にしていないのだった。

一方、

「余計なことは口走るなよ。もしてめぇが、誰かに何かを話したとわかったら、ただ置かねえから、そう思え」

嫌とはいえぬほどの大金を握らされた上で、直助権兵衛には凄《すさ》まじい形相《ぎょうそう》でそう釘を刺されていた。

まったく桃助の顔を見ただけで、医者の不養生でもあるまいに、宅悦の胃のあたりはシクシクと痛み出すのだから、

――情けねえことになったなあ。

と、ぼやかずにはいられない。

いや、それより何より気持ちが良くないのが、この男が、自分の《地獄宿》の亭主の顔と《針・灸・もみ療治》を生業《なりわい》とする顔――両方知っていることだった。宅悦は、按摩を生業にする顔と、地獄宿（遊女屋）の亭主の顔はすっぱり分けている積《つ》もりでいる。金に困った女たちをダシに荒稼ぎする、そんな己《おの》れの姿をちょっとの間《ま》忘れるため、按摩《あんま》稼業を続けているのだった。

浅草と西青柳町とを毎日行き来するのは楽ではないが、この距離が、表裏の顔を替《か》えるのにちょうどいい長さであった。護国寺は、当代将軍・綱吉が、生母《せいぼ》・桂昌院《けいしょういん》のために増築させたほどの寺で、

人の行き来も多い。近所には駕籠屋《かご》が多くて、彼ら相手の商売は結構儲《もう》かった。それが、宅悦が《地獄宿・閻魔帳》を開く元手になったわけだが、浅草の方は、昼は他人に任せておけるほど閑散としているから、「気質《かたぎ》の顔も残しておこうか」という酔狂《すいきょう》も出て、宅悦は、依然こちらはこちらで商売を続けているのだった。

一応浅草でも頼まれれば揉《も》み療治《りょうじ》をする。が、おそらく、多くの者は、宅悦の前身は按摩でいまは地獄の亭主──と、（それも漠然《ばくぜん》と）思っているに違いなく、「昼は何をしているのだろう?」などと自分に興味を示す者は皆無《かいむ》に等しかった。案外、人というのは他人の事情に興味を示さないものだな、と宅悦は思う。表で裏の事情を仄《ほの》めかしたり、あるいは裏で表の店のことを話したりと──結構大胆《だいたん》に振る舞っても、表が裏を、裏が表を干渉《かんしょう》することはまずなかった。従《したが》って宅悦は、浅草の客の腰をここ護国寺で揉《も》んだ経験はただの一度もなかったのである。

ところが、この薬屋・桃助という男は、ひょっこりこちらにも現れた。殊更《ことさら》表裏があるのを隠しはしなかったが、宅悦は薄気味が悪さを覚えていた。ここで雑用として働く、色町などと生涯縁のなさそうな小娘たちは、宅悦と結構長い付き合いになるのに、彼が夜、何をしているのかなどと興味を持ったことすらないのである。彼女たちでさえそうなのに、（桃助曰く）「昔、たったの一度、地獄宿を訪れた」に過ぎぬ男が、日ならずして、護国寺の店に顔を出したのには仰天《ぎょうてん》した。「冗談じゃねぇや。御公儀《ごこうぎ》の何か面倒事《めんどうごと》に巻き込まれるんじゃねぇかな……」《聖域》を犯された感も無論あるが、やはりここを突き止めるほど、桃助が自分に興味を持ったということに、悪寒を覚えずにはいられなかった。

桃助は勢い込んで暖簾《のれん》を跳ね上げると「今日は揉《も》んでもらえるかい?」と、いった。

「やあ、桃助さんですか——奇妙なことを訊《き》きなさるな。暖簾が出ていて、そうしてあなたはそこをくぐって来たじゃあねえですか」

やはり三十半ば。細身で頭をつるりと剃り上げた目明《あ》き按摩の宅悦はつい今し方まで——最近ちょっと気に入りの女の揉《も》み療治をしていたのだが、彼の来訪で冷や水をひっかけられたような気分になって覚えず顔を引きつらせた。

「ちょっと、そこへ座ってお待ち下さいな」

慇懃《いんぎん》無礼《ぶれい》にいってやって、宅悦は店の小娘に茶を持って来るようい付けたが、桃助はそんな宅悦をよそに、治療を終えいましも駕籠に乗り込もうという女の後ろ姿に視線を注いではなさなかった。宅悦としては、それもいっそう気分が悪く、「お茶を」と、一段大きな声でいった。

「お、こいつは有り難《あ がた》い。ちょうど温けぇのが欲しかったんだ」

桃助は湯呑みを、女中の手からもぎ取と、少しぬるめの茶を喉をならして一気に飲み干した。

「なあ、宅悦さん」

「なんです?」

「や、いまそこで、俺とすれ違いになったのは誰だい?」

桃助の視線は——駕籠はとっくに発してしまったのに——茶を飲む間も、そういう時も、依然《いぜん》、往《おう》来《らい》の方へ向けられていた。

——そんなに今の女房が気に入ったのかしら。

宅悦はいよいよ嫌な気分になって、「桃助さんもなかなか目敏《めざと》いじゃねえですか」と、少し鎌をかけてみた。桃助はやっとこちらを向いたが、案外目や眉を動かすことはなく、「まあねえ」とだけいった。

「ありゃあ、お武家《ぶけ》の奥様でさ。……初めはね、ひとの紹介だとかでここへ来たんですがね、ちょっとお疲れの御様子で、この頃はよく来られんです。さ、ここへ寝て下さい」

いいながら宅悦は、さっき女が横になっていた布団は片付けさせ、新たに敷かせたくたびれた煎餅布団へ桃助を促した。

「けど、あの駕籠へ乗り込む楚々《そそ》とした様子も良かったし、薄紫色の着物も嫌味がなくてよかったねえ」

「あなた、着物の良し悪しなんて判るんですかい？」

「判るさ。……それにここ——」桃助は、自分の右のこめかみの辺りをとんとんと人差し指で軽く叩き「あれもかえって艶めかしいじゃねえか」と、いった。

「……ああ、一度でいいから、あんな武家の女房と寝てみてえ」

「へえ。そうですねえ」と、宅悦は気のない返辞をしてやったが、「いやだあ、桃助さんも旦那さんもいやらしい」という小娘の甲高い声で、その剣付きは雲散《うんさん》するかの如《ごと》く効力を失ってしまった。

「で――、お武家の奥様って、どこかの旗本《はたもと》の？」

「いや、そこまではいきませんよ。亭主はしがねえ浪人者でさ。この御時世《ごじせい》じゃ珍しくもありやせん。何をして稼いでいるとは聞きやせんが、まぁたいした稼ぎはないんじゃございませんか。でもまぁ身重《みおも》の身体を大切にしなきゃなんねぇと、揉み療治代を滞らせたことはありやせんよ」

「ふうん、ありゃ身重かい。しかしさ、いくら駕籠《かご》通いとはいえ、身重でここまで来るんじゃ大変だろうに。お前えさん、通いはやらねえんだな」

桃助はまるで女がどこからやって来るのか知っているような口振りだったが、それはあんまりさらりとした口調だったたし、彼へのむかつきが大分《だいぶ》先に立っていたから、宅悦がそこへ思案が行ったのは、随分《ずいぶん》あとになってからであった。

「へい、まあ。昼の間だけの仕事ですし、あっちを初めてから、ここの人手も少なくしちまったんでね。どうしてもと頼まれりゃあ行かねえこともありやせんが……昔、何ていったかなあ――。やはり同業で……。そう、宗悦《そうえつ》っていいやしたよ。その按摩がね、さる貧乏旗本《はたもと》の屋敷へ呼ばれやして、どういう経緯《いきさつ》があったか存知《ぞんじ》やせんが、殿様の勘気《かんき》を蒙《こうむ》ることがありやしてねえ。見るも無惨《むざん》、なますのように切り刻まれ、あげく葛籠《つづら》へ詰められて川底へ沈められちまったってえ話があったんでさあ。あっしなんか、小心のなかでもさらに小心の方ですからね。もうどうにもおっかなくて――話を聞いてからこっち、通いはしねえことにしたんですよ。なに。

そんなことをしなくても、ここは初めから結構儲《もう》かりやしたからねえ」

「御家人長屋《ごけにんながや》や武家地《ぶけち》を避けるだけじゃいけねえのかい？」

「だめだめ。さっきもいいやしたがね、当節は浪人が溢れかえってる御時世だ。そこらの裏長屋にだって、稼ぎもねえくせに、頭だけは奉公《ほうこう》時分のまんま小賢《こざか》しくって気位《きぐらい》の高え奴なんぞごろごろいるんです。うっかり呼び止められて家族の治療だけさせられて『謝礼は後日必ず』なんて常套《じょうとう》文句で突っ返された仲間も多うおざいやしてね」

「しかしさ、そうはいってても、あんな女が居る家なら、ちょっと考え直すって手もあるんじゃないのかい？　ありゃあほぐし甲斐もあろうからねえ。つ、つ。宅悦さん。ちょっと揉みがきついよ」

自分が心動かされた女に、この男も関心がある——何ともぞっとしない話だった。

——ただ……。

永年こっちの商売をして来た上、浅草での商売柄、女の身体に対しては（見慣れすぎて）人より醒《さ》めてしまっていると自分では思っていた。が、

——こう、気持ちを掻《か》き乱す女というのも、まだあったのか。

と、宅悦は驚かされたものだ。

ひと目、件の女房の顔を見て、

——右目の脇の赤痣《あざ》に、何か心を掻き乱された。

いざ、もみ療治をはじめてみると、肉付きもその柔らかさも自分好みであることが判った。こうまで触れることが出来るのに、これ以上は思い通りにならぬもどかしさが、いつも宅悦を苛《さいな》んだ。

——あの声だって。

透《す》き通るようで、聴き心地が良い。「最近、よくいらっしゃいますねえ。何かご心労などおありですか？」とある時、問うと、女は、「ええ。ちょっと」そう得《え》も言《い》われぬ美しい声でいった。

「こう凝《こ》り方にも、仕事からくるものと、心の疲れからくるものがおざいやしてね。……どうも奥様は、心の方かららしい」

「そんなことが判りますの？」

「そりゃあ、長くこの仕事をやっていますとね——。やっぱり何かお悩みがあるのですねえ」

「え、ええ。実は妹が——いえ、前にも話したかしら。血は繋《つな》がってはいないのだけど、妹のように小児《こども》の時分から可愛がって来た娘がね……父上と一緒にどこかに越してしまって、行方《ゆくえ》がわからなくなってしまったの。悪い人と因縁があったんじゃないかって——そう、思うと夜寝ることもおぼつかなくて」

「その話は聞きやしたが、でも心配は無用にって——便りはくるんでしょ。あんまり悪い方へ考えるのは良くありませんぜ。まあ確かに、行き方を報せねぇのは奇妙じゃございますけれども……」

「ありがとう。そうよね。便りはあるんだもの」

と、女は伏し目がちにいった。

宅悦は、この女の翳《かげ》りをいつでも取り除き、なぐさめることが出来たのなら、男としてどんなにか誇らしいだろうと思った。

自分とて、この桃助と五十歩百歩の劣情《れつじょう》を抱いた事実は認める。が、彼よりも自分の方が真摯《しんし》にあの女を想っている……宅悦は、そこに気付き、そう考えることで――この薬屋と同じ女を想っているという――居心地の悪さを幾らか解消した。

「さ、終わりましたよ」

「いや、すっきりしたよ。どれもう一仕事しようかい」

桃助は立ち上がると、蛇《じゃ》の目紋《めもん》の入った薬箱を背負い、この藤八五文薬も相方がいねえとどうも決まりが悪くてね、といい、やがて出ていった。

彼はさりげなく直助のことについて鎌をかけたようだが、宅悦は「そんなもんですかねえ」といったきり他に何も話さず、桃助が出て行ってからフンとひとつ鼻を鳴らした。

＊

「藤八ー」

「五文ー」

「奇妙！」

ひとり声を張り上げながら、桃助の猿橋右門は、やっぱりどうも自分は隠密には向かないな、と思った。相手の女がこちらの顔を知ってるではなし、なのにあんなに動揺して――動揺を隠すため、いつもよりおどけて、ついに宅悦との会話は、あの赤穂浪人・民谷《たみや》伊右衛門《いえもん》の女房の話題から離れることが出来なかった。何かを隠そうとして、能弁になるから、大方人は墓穴《ぼけつ》を掘るのだ。

――はじめの方で何を口走ったか、どうも思い出せねぇなぁ。探索に障《さわ》るようなことはいわなかったっけ。

――しかし、世間は狭い。まさかあんなところで民谷の女房と遭《あ》おうとは……。

雑司ヶ谷と護国寺だ……遠くはないが近所とも違う。自分が書きたいもののために、この数ヶ月桃助は色々策動《さくどう》してきた。が、こうして思いがけない場合もあるのだから、大胆に振る舞うのも、時に自重《じちょう》した方が良いと改めて思ったものだ。

「藤八ー」

「五文ー」

「奇妙！」

九　元禄十四年の大石東下り

東海道を下り、元赤穂藩筆頭家老《あこうがろう》・大石内蔵助良雄《おおいしくらのすけよしお》が品川宿に着いたのは、元禄十四年十一月三日のことであった。赤穂城開城後、彼は一度、城下外れの尾崎村に腰を落ち着け、そこで江戸・播磨《はりま》に便の良い土地をよくよく見定めた上、赤穂御崎《みさき》から海路大坂に出、京・山科《やましな》へ移り住んだ。この地において、これまで堀部安兵衛らと書状のやり取りがなされていたが、先だって、過激な江戸組を慰撫《いぶ》するために遣《つか》わした者らが、かえって堀部派に論破されるという事態に陥《おちい》り、大石内蔵助はとうとう自ら動き出した。これが浅野内匠頭《たくみのかみ》の刃傷《にんじょう》事件後はじめての東下《あずま》りであった。

むろん、この東下りは、吉良を討つためのものではない。一部には、これに過剰に反応する向きもあったが——少し、赤穂浪士たちを観察してみれば、その気運が未《いま》だ醸成《じょうせい》していないことは判然としていた。

「泉岳寺《せんがくじ》への墓参と御家再興《おいえさいこう》運動のための下向《げこう》」

と、公言する大石内蔵助その人も——言葉通りの金の使いぶりを見れば——どうやら二心《にしん》はなさそうだった（この頃大石内蔵助は、内匠頭の弟・大学長広《だいがくながひろ》を盛り立て浅野家の再興《さいこう》を目論《もくろ》んでいた。吉良《きら》の「家」

が生き続けるなら、浅野の家も生かされてしかるべきであり、また上野本人《こうずけ》は内匠頭相当の処罰があってしかるべきと考えていた）。また、諸方に散っている隠密たちの調べによれば、上方の「人」も「軍資金（らしきもの）」も、大方、大石内蔵助が握ったまま……。よって、武器調達にだれかれが走ったという形跡も一向《いっこう》にないのだった。敵・味方を問わず、この頃は、総じて緩慢《かんまん》な空気が漂っていた。だから、依然《いぜん》として民谷伊右衛門《たみやいえもん》も、

——来るときが来た。

とは、思っていない。

「赤穂を出て来た時、自分はどんなつもりであったか……？」しかし現在となっては、その時の気勢はだいぶ削《そ》がれてしまったよう、思う。民谷伊右衛門は、腕にも才覚にも自負はあった。だからこそ、まず、四月の赤穂で、

「どのような事態に立ち至ろうとも、大石様に従いまする」

と、約束した神文血判状《しんもんけっぱんじょう》を差し出したのである。が、大石内蔵助は、籠城論《ろうじょう》・殉死論《じゅんし》を彷徨《さまよ》ったあげく、開城論《かいじょう》に落ち着き、結果的に「生きる」道を宣言した。

自身の人生に大きな失速感を覚えたのは、このときである。「赤穂を捨てよう」と、いささか事を急いだのは、やはり堀部・奥田兵左衛門《へいざえもん》・高田郡兵衛《ぐんべえ》らに口説き落とされたからに他ならない。堀部は「籠城論却下」を留《とど》める術《すべ》なしと見ると、予《あらかじ》め目を着けておいた、武芸達者の家を幾度も幾度も訪ね歩き——その者らを誘い出すため、こういった。

「この俺が、必ず大石内蔵助を動かしてみせる。いや、大石殿にはさむらいとしての脈がまだある。確かに今のところは大学様御安否《ごあんぴ》の件ばかり申されているが、過日俺は、当人の口から、その先の覚悟を聴いた。だから籠城合戦《ろうじょうかっせん》が否決となったはいかにも無念だが、今回はただ、この俺も神文血判をしてひきさがることにした」

四月十四日、赤穂入りした堀部安兵衛《やすべえ》は、早速籠城合戦論の盛り返しを謀《はか》った。が、「家中《かちゅう》が離《り》散《さん》しかかっている現在《いま》、それは無理だ」という考えに大方の者は落ち着いており、彼は、大石との膝詰《ひざづめ》め談判を決意した。会ってひと通り憤《いきどお》りをぶちまけると、大石も今回の裁定が見直され、大学様の件が上首尾《じょうしゅび》となれば、浅野家の面目は立つのだと、持論を展開。「いやいや、仮に御家再興の運びとなったとしても、吉良を生かしておいて、どうして大学様が人前に立てましょう？　第一、御家再興《おいえさいこう》など望み薄ではありませんか！　すでに四十余の大名家が取り潰しとなり、なかに一藩でも再興がかなった家がありますか？」というと、大石は、柔和な顔にはじめて僅かな凄みを加え、

「後《のち》の含《ふく》みもある。今度ばかりは退《ひ》け」

そう答えたという。

「のう伊右衛門。御城《おしろ》明け渡しを決し、再興論《さいこう》も潰《つい》えたとして、その上で含《ふく》むところとは何か？　どう考えても吉良を討つより他にあるまい。……大石殿の胸には、やる気がくすぶっているものと俺は見た。ただその火種を燃え立たせる風がないのだ。ならばこの俺が風になる。なって見せよう……」

堀部は確かその様に嘯《つぶや》き、果たして伊右衛門もそれに乗った。いわれてみれば——当代将軍の性格からして、一度潰した家の再興は、あり得ないような気もした。江戸へ出る道々、多くの大道芸人達を見かけたが、彼らは皆、腰に大小を差していた。幕府に睨《にら》まれ取り潰された家が四十数家、浪人者が五万人を数え、彼らはそのなれの果てであったろう。明らかに大道乞食《こじき》の数は、十数年前より増えていた。

伊右衛門は妻を伴《ともな》って東海道を下るうち、

「自分も居合《いあい》抜きなどを見世物《みせもの》にして、投《な》げ銭《せん》を乞《こ》うようになるのだろうか」

と、ふと、思った。

父・伊左衛門《いざえもん》の代から世話になっている傘屋の徳右衛門《とくえもん》という人物がいる。江戸へ着いて真っ先に訪ねたのは彼の家だった。「傘作りの人手は足りているんですがねぇ……お父上様の代からのお付き合いですし——」徳右衛門はいった。

父ともども昔傘を造っていた経験があるのを買ってもらい——どうにか——彼は江戸の町に潜り込んだという風であった。この頃のお岩と、どんな会話を交わしていたか、ほとんど覚えていない——。

雑司ヶ谷の一軒家は庭もあったし畑も付いていた。広い庭は、紙を貼った傘の糊《のり》を乾かすためのものである。いまだに傘といえば珍しいもので、雨の日は笠《かさ》と蓑《みの》でしのぐ者が圧倒的に多かった。蛇《じゃ》の目《め》傘に紅葉《もみじ》傘……単に雨よけばかりでなく、それは金持ちの持つ高級品で、手間賃《ちん》も日雇いよりはまだ良かった。

どうにか立ち回って生活の不安が薄れ出す——と、他のことへの小回りがひどく利かなくなったように感じられた。

いまや周知の如く、推進力となるはずの堀部は——半ばはその英雄性、半ばは威圧を以《もっ》て幾人かの同志を繋《つな》ぎ留《と》めて来たが——次第に不得手《ふえて》な交渉力を露呈《ろてい》し、とうとう《本丸《ほんまる》》たる大石の心を掴《つか》むに至《いた》らず、「やらぬなら暴発するぞ」と、ほとんど脅迫に近い形で、この十一月、大石を江戸へ引っ張り出した。岡目八目《おかめはちもく》。

——真《ま》っ向《こう》から正論をぶつけるだけで、人の心が動くものか……。

と、伊右衛門などは端《はた》で見ていて思った。

堀部の交渉は、よくいえば「豪傑らしい」し方だが、反面、微塵《みじん》も芸がなかった。そのくせ、妙に楽天的なところがあって、はじめは六月の浅野内匠頭《たくみのかみ》百箇日法要までに、大石を加えた仇討決行が出来る、と本気で説いていたのである。現在《いま》思えば、伊右衛門も一刻《いっとき》その言葉を信じ、麻疹《はしか》にでもかかったように熱に浮かされていた。が、江戸へ出て、傘屋徳右衛門《とくえもん》の庇護《ひご》を受け——満たされないまでも——他の同志より早く生活の目処《めど》が立ってくると、不思議なもので、今度は守りの姿勢が顕《あらわ》れてくる。熱のせいでまともに見られていなかった妻のことも次第に省《かえり》みるようになり、「そもそも自分は何のために血判を押したり、吉良を討つ談合に加わっているのか？」と、迷いが見え隠れしだすのだった。己《おの》れでは、腰が引けたとは思わぬが、思い切りは確かに悪くなっていた。

何となく、赤穂を飛び出した折の充実ぶりが薄れ出し、堀部、奥田らの拙《つたな》い交渉に腹が立つようになる……。といって自分にだって、大石と渡り合う術《すべ》はなく、気付けば、ほとんど目の前の生活だけを、相手にしているような日々に陥《おちい》っていた。大石内蔵助が江戸入りすれば、一気に気勢があがると、かねて堀部、奥田、高田はいうが、現実的に何も進捗《しんちょく》してないことを思えば、「果たしてそうか?」と疑いたくなる。

十一月十日。(堀部にしてみれば)念願の会合は、芝三田松本町——元浅野家出入りの日雇人足頭・前川忠太夫《まえかわちゅうだゆう》方で行われることになった。ここは大石内蔵助が江戸の宿と定めた場所でもある。前川忠太夫に限ったことではないが、商人・町人でありながら、過去赤穂藩と縁があったという経緯から、浪士に肩入れする者は少なくなかった。堀部は、彼らを「義商」などと持ち上げ、相手もそういう美名に酔って、好んで危ない橋を渡りたがるきらいがあった。

「当日江戸組は、一刻(約二時間)前には前川邸に集まれ。巳《み》の刻じゃ(午前十時)」

と、堀部から厳命があったので、渋々伊右衛門はこれに従った。ここは大石の宿だが、その日、彼と彼の一党は、御家再興《おいえさいこう》の周旋《しゅうせん》のため、午前中いっぱい出払っており、堀部は相手方(大石ら)より早く近しい者を集め、何となく気勢をあげておきたかったのだ。が——案の定。集まっても何をするということはなかった。

ふと、見回せば、武林唯七《たけばやしただしち》と高田郡兵衛《ぐんべえ》がまだ来ていない。武林はあれからよく伊右衛門のもとに出入りするようになり、同志の生活こと、吉良《きら》の動静《どうせい》など、見聞きしたことを語っていくようになった。

「民谷さん、元勘定方《かんじょうがた》の山野辺彦十郎《やまのべひこじゅうろう》さんのことですが……」

その日も木刀稽古で伊右衛門に打ち据《す》えられた武林唯七は、土間の上がり框《かまち》で太腿のあたりを擦りながら、ひとりの同志の名を口にした。

「最近、我々と距離を置いているように思われたので、浪宅《ろうたく》の方を訪ねてみますと、そこはもう引き払われておりまして……」

武林唯七はいった。

「隣に住んでいた老婆に仔細《しさい》を訊《たず》ねますと、いまは——いまは、芝の箪笥町というところへ引っ越し、奥方とまだ十七の娘に春をひさがせて飢えをしのいでいるのだとか。何でもそこは夜鷹《よたか》ばかりが住まう長屋が多いのだとか」

武林はひどく衝撃を受けていたようだった。伊右衛門も彼よりは冷めていただろうが、自身の顔が能面のように強ばっていくのを感じていた。

「山野辺は……脱盟《だつめい》するつもりだろうか」

伊右衛門が問うともなくいうと、武林は「おそらく」と頷《うなず》いて、同志のどなたも行方を知らされていなかったそうですからと続けた。

——そうだ、今の内に山野辺一家のことを安兵衛に話してみるか。

と、伊右衛門は思い立ち、会合に先立ち手持ち無沙汰《ぶさた》気味の堀部安兵衛を「少し、話がしたいのだが」と、庭へ呼び出した。堀部は、同志の脱落しかかっているのを聞いて、激怒するかと思ったが、意外にもそういう雲行きにはならなかった。

ただ、「なるほど。良い折に報せてくれた」と、おぼえず呟《つぶや》いたようだった。伊右衛門には、その意図するところがすぐに解った。彼は「このままだらだらと同志間の統一を欠いていると、いつまた山野辺彦十郎のような、不幸な脱落者が出るか解りませんぞ」と、大石にたたみかけるつもりに違いなかった。

芸のない豪傑肌のくせに、ときに下らぬ計算をする堀部の思考が伊右衛門はすっかり嫌になってしまった。

嫌になった……と、いえば、もうひとつ。

大石内蔵助が前川邸へ帰って来てからのことだが、どういうものか、自ずから座敷の座り方に厳《げん》然《ぜん》たる「身分《みぶん》」がよみがえっていた。大石の千五百石を筆頭に二百石取までが奥の間。二百石未満が次の間。そして、極軽輩や元無役の者らは、廊下・庭での見張り役を申し付けられた。もう少し、この座の状況を詳しくいえば、奥の間は、大石、奥野将監《おくのしょうげん》（組頭千石）、河村伝兵衛《かわむらでんべえ》（足軽頭四百石）、進藤源四郎《しんどうげんしろう》（足軽頭四百石）、岡本次郎左衛門《おかもとじろうざえもん》（大阪留守居四百石）、原惣右衛門《はらそうえもん》（足軽頭・鉄砲頭三百石）、潮田又之丞《うしおだまたのじょう》（馬廻・国絵図奉行二百石）、堀部安兵衛《ほりべやすべえ》（馬廻・御使番二百石）、高田郡兵衛《たかだぐんべえ》（馬廻二百石）——および特例として——奥田兵左衛門《おくだへいざえもん》（武具奉行百五十石）までが詰め、次の間には、中村勘助《なかむらかんすけ》（馬廻・書物役百石）、中村清右衛門《なかむらせいえもん》（近習百石）、大高源吾《おおたかげんご》（中小姓・金奉行二十石五人扶持）、武林唯七《たけばやしただしち》（馬廻十五両三人扶持）、勝田新左衛門《かつたしんざえもん》（中小姓・札座横目十五石三人扶持）……そもそも家格などによって人物を差別するなど馬鹿馬鹿しい限りなのだが、こうして見回してみれば、あとは何と下士・軽格の多いことか。

武士以外生きる方法を知らないという、一種頼りない顔ぶれであった。

会合は昼から始まった。自分も腕ひとつの人間と心得ているし、面倒で長ったらしい会談は好まない。伊右衛門は、

「俺も見張り役を引き受けよう。いや、それが良い」

と見栄をきって、廊下の柱を背もたれに、腰を下ろした。

堀部は終始臨戦態勢。やがて戻った大石の表情も――柔和な趣きは崩さぬが――遠巻きからでも強《こわ》張《ば》っているよう見えた。当然そうなるだろう、と、誰もが予期していたが、お互いの主張は平行線を辿《たど》り、堀部、奥田、高田らの声は険《けわ》しさを増していく一方だった。山野辺《やまのべ》一家のことも、そんな流れのなかで触れられて、伊右衛門は思わず顔が引きつった。堀部は、まったく彼が想像した通りのことを並べ立て「正義は自分たちの主張にこそある」といわんばかり、大石に詰め寄《よ》った。伊右衛門は廊下で、奥の間の声だけを聞いていたが、堀部の一挙手一挙手が見えるようだった。

伊右衛門は、不愉快なことがあると、伏し目がちになり、表情を殺してゆく癖がある。しばらくして武林唯七が、自分のことを心配そうに眺めているのに気が付いて、彼は、「なんでもない」という代わりに、少しだけ口の端を持ち上げた。と――突然。

堀部は立ち上がると、奥の間と次の間のあいだの襖を勢い込んで閉ざしたものである。……後から思い遣《や》るに、堀部らは、自分たちの激昂《げきこう》した見苦しい姿を下の者らに見せたくなかったのかも知れない。が、

「信じられないことをする！」

と、その時伊右衛門はいよいよ腹が立った。《同志》と、平時は呼び合うくせに、これは明らかにその同志を蔑《ないがし》ろにしている……伊右衛門は思った。結局、「同志は誰であれ同列」などというきれい事は、この場には存在しなかった。

――御家再興《おいえさいこう》結構！　が、万が一のため、吉良を討つ相談も今からしておくべきかと存じます！

奥の間の模様《もよう》を遮断《しゃだん》されて、次の間の面々もさすがに困惑の色を隠せないようであった。

ただ、もともと堀部・奥田らは、地声が大きい。（大石の声は聞き取りづらくなったが）襖を閉めたところで彼らの声は筒《つつ》抜けだった。

――御家老《ごかろう》は、御舎弟《ごしゃてい》・大学《だいがく》様の成り行きを見届けられた上と思し召され、時を待つと申さるるが、我らにいわせれば、それは大学様に事寄《ことよ》せ、君臣《くんしん》の礼儀《れいぎ》を無くしていると存じます。仮に大学様の件が上首尾《じょうしゅび》に終わったとしても、我々は吉良《きら》めを見逃しはしませんぞ。

――うぬ！　我ら譜代《ふだい》を前に新参《しんざん》、外様《とざま》の己《おの》れら如《ごと》きが何たる雑言《ぞうごん》！　取り消せぇ！

いったのは大石の取り巻きのひとりで過去伊右衛門も世話になった、あの奥野将監《おくのしょうげん》らしい。声音は相当立腹の様子であった。堀部安兵衛は元禄八年からの奉公《ほうこう》。奥田兵左衛門《おくだへいざえもん》はだいぶ古いが、元

は浅野内匠頭《たくみのかみ》の父・長友《ながとも》夫人の輿入《こしい》れの際に随行《ずいこう》してきた侍で、婚礼がなったのち、浅野家の家来になった。高田郡兵衛《ぐんべえ》は、堀部や伊右衛門と仕官《しかん》の顚末《てんまつ》が似ていて、宝蔵院流槍術《ほうぞういんりゅうそうじゅつ》の腕前を買われた男であった。奥野ら父祖の代から奉公している者からすれば、いずれも「己れらに浅野家の何が解る！」という相手だったに違いない。が、

――取り消しません！

いったのは奥田兵左衛門らしかった。

――そもそも、大学様が御閉門《ごへいもん》の内に我らが鬱憤《うっぷん》を晴らせば、結果、それが世上の評価を得、大学様も許されて、人前に立てるようになるとは思いませぬか？　仇討《あだうち》が何よりも先にござる！　それでこそ君臣《くんしん》の礼儀《れいぎ》も立ち、大学様御《おん》ためにもなると愚考《ぐこう》致します。

――おのれ、奥田！

が、奥野の怒りを遮ったのは大石だった。「仇討《あだうち》だと？」あとで聞くところによると、大石は物静かに、そう聞き返したそうである。このところ江戸組の面々は、便宜上《べんぎじょう》、吉良を討つことを、

《仇討》

と、称することがあった。はじめにこの言葉を用いだしたのは、内匠頭側近《そっきん》の片岡源五右衛門《かたおかげんごえもん》、田中貞四郎《たなかていしろう》、磯貝十郎左衛門《いそがいじゅうろうざえもん》らであった。彼らもまた、吉良を狙う元赤穂藩士であったが、堀部らが唱えるそれとは些《いささ》か趣が異なっていた。彼らは皆、内匠頭の側《そば》に仕え重用《ちょうよう》されて来ただけに、自分たちを特別視する言動が目立ち、「本当に殿のご無念が理解できるのは我々だけだ」と事ごとに

いった。

「殿様はずっと吉良の傲慢無礼《ごうまんぶれい》に堪《た》えて来られた。無念じゃ無念じゃと饗応《きょうおう》のお役目を仰《おお》せつかってからずっといっておられたが、吉良は殿に刀を抜かせるまで追い詰めたに違いない。結果殿のみが、その掛《か》け替《が》えのないお命を落とされた。よって吉良を討つことは我らにとって仇討なのだ！」

しかし、彼らの言葉は当初あまり重くとらえられなった。あまりに自己顕示《けんじ》が過ぎ、他を見下していたからである。堀部達も結局反《そ》りが合わず、吉良を討つという目的を同じにしながら、いまに至るも交流は完全に断絶していた。磯貝十郎左《いそがいじゅうろうざ》は一度堀部らとの合流を画策《かくさく》したことがあったが、「お主らはものの道理がわかっておらん！」と堀部に一喝《いっかつ》され、いまは町人となって細々と暮らしているらしい。片岡一派も思う様ひとあつめが出来ず、息を潜《ひそ》めざるを得なくなっていた。

ただ――。吉良によって直接内匠頭が殺されたわけではないのだから、《仇討》というのは言葉違いな気もするが、広義において内匠頭が憎んだ吉良は敵（仇――カタキ）といえなくもない。なによりこの二字は、耳あたりが良く馴染みやすかった。いつからとはなく、堀部一派も極めて自然に「仇討についてだが――」と、普段の会話で用いるようになっていたし、当初無視していた片岡らの思想が、堀部らの思考をいまや浸食《しんしょく》しているようにも思われた。

――お主らは何を……。

「ん、ん？　今、御家老《ごかろう》は何といった？」

次の間からこちらに控える者は、たまりかねて皆聞き耳を立てた。伊右衛門はこういう時、あまりガツガツと前へ出るのを潔しとしない。それゆえこれ以降の会話は、大方、次の間の大高源吾が聞き取ったものを、会合後に聞くことになった。

——……。武庸《たけつね》（堀部）。では、その仇討とやらの計略を巡らすとして、まず何から話したら良い？

——まず、期日におざりましょう。左様《さよう》、諸々の準備も考慮し、来年三月中がよろしいかと。

——三月、のう。

——はい。

——しかし、それで良いのか？

——と、申しますと？

——特に期限を三月と定めることもあるまい。三月より前であっても、時節《じせつ》至らば、吉良を討つ件、話し合うことに否やはないぞ。大学様の御安否《ごあんぴ》が落着《らくちゃく》したら、いつなりと、幾らでもその話をしよう。だから現在は、期限を設けよというお主らの存念を、曲げてはくれぬか。

大石内蔵助は、ゆっくり、言葉を辿《たど》るようにいったそうである。以前、大石は「大学様の件が成ったら、出家《しゅっけ》して亡き殿の菩提《ぼだい》を弔《とむら》っても良い」と堀部への手紙に書いたことがあった。が、その意思はもはや大石に無いのだろうか？　神文血判を差し出した頭領が出家などしたら、一味の立つ瀬がなくなってしまう。このときの大石の言葉を、伊右衛門は、出家する気はないと受け取った。

——曲げることはなりませぬな。

大石はだいぶ折れかかっているよう感じるが、堀部は、「曲げられぬ存念《ぞんねん》を曲げてはくれぬか」という相手に、しかしにべもなく応えた。

――我らが三月中と申すのは理由のあることでござる。何ぶん、三月は亡君《ぼうくん》御一周忌の前後でござる故《ゆえ》。

――う、む。

――まずは、三月決行とお決め下され。私《わたくし》めもそれまでに、つてを頼りて吉良家の動静を探り、仇《かたき》の内情をつまびらかにしておきましょう。

――つてとは？　そのようなものがあるのか？

――無いこともござらぬ。

――うむ。それは？

――左様。例えば、幕府隠密《おんみつ》など……。

――……。

――あの手合いは、こちらの動静も探っておりましょうが、敵方の事情にも通じていると存じます。

「あっ」と伊右衛門には少し思い当たることがあった。

その隠密の名は、きっと猿橋某《なにがし》というのだろう。実は堀部が、前に二、三度ほどこの男の話を江戸組の面々にしたことがあった。「俺の眼から見れば隠密とはあんな間抜《まぬ》けでも務《つと》まるのか、と、いった程度のものであった」……堀部はそう得意気《とくいげ》にいい、「ただ、我らが見張られていることは肝に銘《めい》じ、以後行動に注意されたい」と、その折、付け加えた。

——やはり、隠密に見張られておるのか。ま、上方《かみがた》でも、思い当たることはあるがの。

大石がいうと、堀部は不敵に笑ったらしい。

——と、申して、彼奴《きゃつ》ら動きも冬の蝿が如《ごと》く鈍うござる。無論、隠密はあの者だけではござるまいが、おそらく他も五十歩百歩。今日この会合の中身を知るために、床下に潜り込もうなどと、そんな大層な度胸と術《じゅつ》を持った者は、まずございますまい。

——……。

——ま、腐っても相手は直参《じきさん》。近付くにはそれなりの配慮が要りましょうが、そういうつても、あるということでござる。ただしもし、不幸にして、三月中に吉良の動静が明らかとならざる場合は、一両月は見合わせ、一層互いに精を出し、探索《たんさく》に励《はげ》みましょう。兎《と》も角《かく》、このような儀《ぎ》は、期限を切って評議せぬことには同志一党の心底《しんてい》も定まらぬというものにござる。三月中決行！　いかが？

それから長い沈黙があった。そしてとうとう大石は、

——まず、三月ということで話を進めてみるか。

と、いったらしい。

——よし、出来た！

そんな奥田兵左衛門《へいざえもん》の嬉々《きき》とした声を聞いて、大高源吾《げんご》が襖を一尺《いっしゃく》（三〇センチ）ほど開け、「三月決行の旨、お聞き届け頂けましたか」と、控《ひか》え目に訊《たず》ねた。ここから先は伊右衛門も、居ながら奥の間の声を聞くことが出来た。なかからは「うむ」という声がかえって来たが、いったのはやはり堀部であった。伊右衛門はこの時、空を見上げて大きく息を吸い、ひとつため息をつくと、ぼんやりお岩の懐妊のことを思った。

十　浪士の焦燥

武林唯七《たけばやしただしち》を見ていると、「感じ入りやすい性質《たち》なのだな」と思う。彼も生活のため、人足仕事に明け暮れていたから、訪《おとず》れはそう多くなかったが、剣気・戦気を鈍らせたくない一心で民谷《たみや》伊右衛門《いえもん》の浪宅へしばしば顔を見せるようになった。一度稽古で、腕を折ったことがあったが、《仇討《あだうち》》は、まだ先――と既に腹を括《くく》ってしまっていたためか、武林は、存外《ぞんがい》取り乱しもしなかった。ただ「この身体《からだ》でも出来る仕事を探しませんと……」と、額に脂汗《あぶらあせ》をにじませながらポツリといったのが印象的であった。腕が利かないうちは、彼はわざわざ雑司ヶ谷までやって来て、同志のことをよく語って行った。元来、伊右衛門は、同志との付き合いに淡泊な方であったから、武林が同志間のことを知る良い情報源となった。同志のことを語る武林の顔には沈痛の色がよく浮かび、「侍に似ぬ豊かな表情の持ち主だ」と思われた。

一時期、彼は、山野《やまの》辺《べ》彦十郎《ひこじゅうろう》という元赤穂藩勘定方《かんじょうがた》の話しをよくした。「山野辺さんに限らず、浪人の辛さを解っていない方が多すぎます。国許《くにもと》から出て来られた方たちは特にそうだ」「一概《いちがい》に辛いものともいえぬがな……」と、民谷伊右衛門が返す。前にも同じような話しをしたように思われた。

「民谷さんは浪人の辛さをご存知ですし、こうして傘をはって堅実に暮らしておられる。奥方《おくがた》も針を近所の者に教えておられますし、いつお子が生まれてもよろしいでしょう」だが、私や――それに山野辺さんのようにうだつの上がらない侍は分配金ばかりがいざというときの頼りです。赤穂開城の砌《みぎり》に頂戴《ちょうだい》した、あの金が底をついたら、どう生きていったものか見当もつきません、と、武林はいった。

「山野辺は元勘定方で算盤《そろばん》も相当立つ。町家で生きて行けぬこともあるまい。むしろ半端な勘定方で、傘張りしか出来ない俺の先行きの方があやしい」

「どんな職であれ、人余りなのですよ、この江戸は……。そして何よりこの姿、この両刀が手放せない。農工商の者たちに頭を下げることに壁がある。山野辺さんもそういった人間です」

加えてあの方は――。長屋に住みながら武士の矜持《きょうじ》を捨てきれず、この物価高の江戸で食事も「まとも」でなければ気が済まず、当初は衣服も折り目正しいものばかり。表に向かってはまるで変わらず奉公している侍のように見せておりました。そんなことに何の意味があるのか。さすがに私でもそう思った。高の知れた分配金をご自身とご家族で浪費し続け、「金など残しておいて何になる。どうせ我らはまもなく吉良《きら》を殺して、自らも死ぬのだ」と嘯いておられました。

冬。

＊

また武林が山野辺彦十郎のことをぽつりぽつりと語りだした。

「山野辺さん、やはりあの方の暮らしぶりには無理があった」

《仇討》が延《の》び延《の》びとなり不安が胸をかすめだしたときには、貧乏神がすぐそこまでやって来ていたのです。私は、自分の浪宅《ろうたく》を山野辺さんのところからそう遠くない場所に定めておりましたから、暮らしの様子は時折《ときおり》耳にしておりました。あそこは、十七になる娘御《むすめご》に、育ちざかりの男の子が三人……ご家族が多いから……。はじめは赤穂以来の奉公人《ほうこうにん》まで通わせてまともに作らせていた食事がだんだん粗末《そまつ》になり、いまはひとも抱えきれず、奥方と娘御が慣れぬ手つきで食事を作っておりまする。それもひとりあたまの米は、茶碗一杯などは到底無理で、赤《あか》子《ご》の握りこぶしほど。「味噌汁も、味噌が勿体なくていつもすましのようになってしまいます。子供たちに少しばかり滋養をつけさせたくとも、ご公儀《こうぎ》の御《お》膝元《ひざもと》はさすが生類《しょうるい》憐《あわれ》みの目が厳しくて卵がひとつ四十文（約八〇〇円）ですものねぇ――」と、奥方が笑っておいででした。それでいて山野辺さんは長屋《ながや》にこもって刀や槍の手入ればかりをしている。それはいい、それはいいのですが、私はあの家を見ていると、妙に腹立たしくて。ああ……ひとという者は、かくも己《おの》れで思っているほど賢明《けんめい》ではないのだな、と、あの時思い知らされました。

「ほう」

民谷伊右衛門《たみやいえもん》は、単に粗忽者《そこつもの》かと思っていた武林が案外《あんがい》堅実なことをいうので、少し感心したというように彼のことを見た。

*

大石内蔵助《くらのすけ》の本心は、しかしあの会合をもってしても、誰にも解らなかった。内蔵助というひとは、赤穂開城からこちら、自身の「輪郭《りんかく》」を消してしまっているようにさえ思われた。江戸から上方へ戻り——私財六千両と噂される金を大尽《だいじん》遊びに費やし出したのもこのころからだが——それだけ派手に遊んで見せても、心あるひとにはそれが内蔵助のはっきりとした「輪郭」だとは思われなかった。

《里《さと》げしき》——大石内蔵助作

更《ふ》けて廓《くるわ》のよそほひ見れば　宵の燈火《ともしび》うちそむき寝《ね》の　夢の花さへ散らす嵐のさそひ來《き》て　閨
につれ出すつれ人男　余處《よそ》のさらばも猶《なお》あはれにて　裏も中戸をあくる東雲《しののめ》　送る姿のひとえ
帯《おび》　解けてほどけて寝乱《ねみだ》れ髪の　黄楊《つげ》の合黄楊の小櫛《おぐし》も
さすが涙のはらはら袖に　こぼれて袖に　露のよすがの憂《う》きつとめ　合こぼれて袖に　つらき
よすがのうき勤《つと》め

同志の窮状《きゅうじょう》を余所《よそ》に、大石内蔵助は、伏見の《撞木町《しゅもくちょう》》なる色町へ足を運ぶようになっていた。自作の唄の「つらきよすがのうき勤め」にあやかって、人は彼を「憂《う》き様《さま》」とか「憂《う》き大尽《だいじん》」と呼ぶそうである。単に遊女のもの悲しい姿を唄ったものか――そんな女同様、哀しい玄《くら》い道を歩まねばならぬ我が身を嘲《わら》ったものか……いずれか知らん、大石の遊興《ゆうきょう》の様子がちらほら江戸まで伝わって来た頃、堀部安兵衛たちは幾度か会合で「大石はずし」を論ずるようになっていた。

この日、上方《かみがた》同志・吉田忠左衛門兼亮《よしだちゅうざえもんかねすけ》（六十二歳）と同・近松勘六行重《ちかまつかんろくゆきしげ》（三十三歳）が（元禄《げんろく》十五年）三月五日に江戸入りを果たし、「明日にも面談したい」と、申し出があり、江戸組の面々は本所松坂町五丁目、堀部安兵衛が仮のよすがとして構える町道場に集まっていた。

吉良上野介《こうずけのすけ》は昨年中に隠居・家督《かとく》相続が認められ、屋敷も、呉服橋御門内《ごもんない》から江戸のはずれ……両国橋を渡った本所一ツ目町に、幕府の命で移されていた。堀部安兵衛は、それを追いかけるように吉良邸間近の松坂町に移り住み、長屋三軒ぶち抜いたささやかな町道場を構えた。安兵衛はこのころから変名を用い出し、堀内流剣術・長江長左衛門《ながえちょうざえもん》道場の看板を掲《かか》げていた。「……となりは何をする人ぞ」と歌われた本所は、いまだ新興地といってよく、歌の表す通り、ある意味もっとも都会的な土地柄であった。が、高官が江戸城間近から両国橋の向こうへ屋敷替えを命ぜられるというのは、とりもなおさず左遷《させん》であった。吉良家親類筋の上杉家が独自の密偵《みってい》を用いて調べあげたところ、本所・浅草の私娼《ししょう》街、髪結《かみゆ》い処、湯屋《ゆや》などから、吉良にまつわるおぞましい噂がまきちらされ、加えて某《ぼう》幕府隠密《おんみつ》の報告書が、その噂の裏付けとなって、吉良に隠居・屋敷替《か》えを勧める空気が、一気に高まったのだという。

曰く、その噂とは、

「吉良は、浅野侯《こう》の美しい奥方に年甲斐もなく懸想《けそう》し、密《ひそ》かに文など送っていた。困り果てた奥方は浅野侯に相談をし、浅野侯はご老中・御目付《おめつけ》に申し上げるぞと吉良に詰《つ》め寄《よ》った。吉良はこれを逆恨《さか》みし、勅使饗応《ちょくしきょうおう》の指導役であるのをいいことに、連日浅野侯を罵《ののし》り、嘘の指導をし、これに堪《た》えかねた浅野侯がついに刃傷《にんじょう》に及んだ」

と、いうものであった。安兵衛はじめ浅野方も同様の噂を掴《つか》んでいた。事実ならいよいよ吉良を仇《かたき》と見なす大義名分《たいぎめいぶん》もでき、「ぼんやりとした理由でかの老人を付け狙《ねら》わずとも済《す》む」といった見解も同志間にはあったが、主家の醜聞《しゅうぶん》にこれ以上深入りはできまい、というのが大方の空気で、安兵衛以下、江戸組の首脳は、刃傷の原因を語ることを勉めてさけている趣《おもむき》もあった。

ただ安兵衛は一度だけ、ひどく渋い顔をしながら、

「世間が我らの味方をしてくれるのは助かる」

そう、ぽつりといっていたのを民谷伊右衛門は聞いた。だが、それは、「吉良を討つ真意を曲解されてもやる意義はあるのか」という、迷いの表情とも受け取れた。

大衆はこれで、吉良と浅野の喧嘩が一層盛り上がることを喜ぶだろう。だがこの国の道徳を司《つかさど》る儒学者《じゅがくしゃ》たちは、見苦しい喧嘩の種《たね》があり、見苦しい血みどろの闘争に決着したとしか見ないかも知

れない。堀部安兵衛という男は、猪武者《いのむしゃ》のような武断派に見えてその実、思慮する男であることを伊右衛門は知っていた。似合わぬ策《さく》を弄《ろう》すると、ひどく愚か者のようにも思われるが、常に行動の根っこにあるのは、よく生き・よく死ぬことへの執着であった。そんな男だから、「浅野と吉良の大喧嘩」という、どこの誰とも知らぬ他人がつけた道筋を、あとから辿《たど》るのが我慢しかねるのである。

安兵衛はいまや、自身納得のいく道筋に戻りたい一念から、すっかり動きの鈍い男になっていた。伊右衛門にはそう思われた。そんな安兵衛をこのごろは奥田孫太夫《まごだゆう》がよく責めた（奥田孫太夫……もと兵左衛門《へいざえもん》。この頃から父の通称を取って『孫太夫』を名乗るようになっている）。高田郡兵衛《ぐんべえ》は、いまその傍《かたわ》らにいない。高田は、親類にあたる某旗本《ぼうはたもの》への養子縁組がここに至り決まっていた。彼自身の言によれば、以前から養子の声がかかりはあったのだが断り続けていたところ、昨年暮れごろから、その理由を厳しく追及されるようになり、ついに《仇討《あだうち》》の計画があることを漏《も》らしてしまったのだという。高田に養子縁組を持ち掛けていた旗本は、「同じ旗本として吉良殿が討たれるを見過ごしに出来るか」といい、また「おぬしとわしは親類にあたる。一族のなかにそのような反逆者《はんぎゃくしゃ》があれば、我らにも厳しい罰があることを知らぬのか。赤穂《あこう》の一党から身を引き、わしが養子となれば、彼らの計画は聞かなかったことにしよう」ともいった。高田郡兵衛は、それでやむなく脱盟を決心したという話であった。

「だが本当にそうか――。あやつ浪人になったくせに伊達者の気性が捨てられずにおったから……」

高田に対する悪口雑言《ぞうごん》を思い付く限り口にして、やがて疲れたといったように奥田孫太夫がいった。このとき吉田・近松両人の到着が些《いささ》か遅れていた。いつもの通り車座になった江戸組同志は、上方《かみがた》に居る大高源吾《おおたかげんご》からの幾通《いくつう》かの書状《しょじょう》を、穴が開くほど読み返していたが、ちと文字が見え難《にく》いといい出す者があって、大方ははじめて時間の経過を知った。一同申し合わせたように武者窓から外を眺めると、陽《ひ》は沈みきる直前で空を朱に染めていた。

「燭台《しょくだい》を……」と、この座でかつて一番身分が低かった横川勘平《よこかわかんぺい》が立ちかけたが、堀部は「いい、いい」と彼を留めると、自ら立ち上がり、台所へ向かった。江戸藩邸の明け渡しをきりに、武道の意気地を天下に示すと金鉄の志を立てた堀部安兵衛は、早々妻・おきちとは別居しており、引越してからこちら飯炊《めした》き婆も雇っていない。二百石取・馬廻《うままわり》役で上士に数えられていた堀部安兵衛のなれの果てであった。

みる間に、闇は道場内を浸食《しんしょく》し尽くし、間もなく安兵衛が百目蝋燭《ひゃくめろうそく》を立てた燭台を一本持って帰って来た。百目蝋燭の火勢は流石《さすが》に凄《すさ》まじく、天井を焦《こ》がさんばかりであったが、その日の闇は、誰の眼にも、ひどくこびりつく性質のものも映り、道場の端々は一層暗く沈み込んでいくよう思われた。

明かりが届ききらぬのは、単に火勢が足りぬからばかりではあるまい。敵方の内情《ないじょう》探索や武器の調達が覚束《おぼつか》ないというならまだ気持ちの建て直しも利くが、やる・やらないの大石との書状のやりとりで、昨年十一月から現在まで無為《むい》に時間を浪費《ろうひ》したかと思うと、皆やり切れない思いがするのだった。

「吉田殿は上方同志の総意を伝えるため下向《げこう》したのだというが、岡島八十右衛門《おかじまやそえもん》は脱落し、岡野《おかの》金右衛門《きんえもん》、矢頭長助《やとうちょうすけ》は病……本当に足並みは揃《そろ》っているのであろうな！」

まだ岡島八十右衛門は「脱落」と決まってはいなかったが、この数ヶ月、彼は実兄である原《はら》惣右衛門《そうえもん》との連絡さえ怠りがちで、疑心《ぎしん》が暗鬼《あんき》を生んでいた。

大石内蔵助から時折届く書状――また原からの書状によれば岡島は「病」であるという。が、高田の一件を思い返すと、誰がどんな理由で「脱落」に陥るのか想像も付かない。その上、大石内蔵助の目付のつもりで送り込んだ大高源吾が、現在はすっかり大石に懐柔《かいじゅう》されたかの如《ごと》き書状を送ってきたものだから、仇討《あだうち》の見通しはまったく立たなくなっていた。

大高はいう。

――原様はじめ、早急に仇討を願う者たちは、「大学様《だいがく》御取《お》り立《と》てが成ってからでは公儀《こうぎ》に借りが出来、仇討などとても為《な》しかねます。まず、仇を討ってこそ人の心は動き、大学様御安否《ごあんぴ》の件も進捗《しんちょく》するというものでございます」と大石様に申し上げました。が、大石様は「断然、御家再興《さいこう》が先。それが後でも仇討は出来申す」といい譲《ゆず》りません。

――大石様はまた申されました。「ただ今、御家再興成るか成らぬかの沙汰《さた》を待たれる大学様は、御閉門《ごへいもん》の御身《おんみ》の上《うえ》であるが、おしなべて三年もすれば開門《かいもん》（閉門解除）の沙汰もあるものじゃ。よって長くとも――昨年（の閉門の沙汰があって）から数え、三年先には御家再興の件は決着していようと存《ぞん》ずる。……いやいや、しかし、三年待てとは申しますまい。ひとつの目処《めど》として、仇討は亡君《ぼうくん》御三年忌でいかがでござろう。大学様御安否を見届けぬままでは、それがし何とも残念ゆえ、これだけはどうか聞き届けてもらいたい」と。

――我らもなかなか承服しかね、三度四度と論争がございましたが、結局大石様は揺るがず、それがしも大石様には頑強な性根が備わっているものと見極め申した。

――思うに、上方《かみがた》同志抜きでは、此度の大事は無理でありましょう。大石様は江戸にて申された通り、御家再興の件が早く決着をみれば、即、仇討をしても良いといい、そこに変わりはありません。ならば、しばし待たれるのが得策でございましょう。

「――大高め！　まさか、彼のこと故――変節したのでも、腰が引けたのでもあるまいが」

「……やり切れぬ。やり切れぬわい」

初老の同志が、泣き崩れそうな声でいった。

高田郡兵衛の脱落は決定的であり、かつて赤穂で籠城《ろうじょう》論を炎の如《ごと》く唱えた《忠勇の士》――岡島八十右衛門が崩れかかっているという。それを聞かされただけでも、心が折れそうなのに、この上「待て」の命令が下され、皆、耳を疑わねば、とてもやっていられなかった。分配金の枯渇《こかつ》は遠い日の話ではなく、「吉田忠左《ちゅうざ》殿の口から真実を聞くまでは……」大高や原が送ってくる手紙だけで、《現実》というやつを見極めたくはなかった。

「上方連中は大方腰抜けばかりと見える！　安兵衛、お主この頃分別《ふんべつ》が過ぎるぞ。かの老人が、もし隠居した勢い、米沢《よねざわ》上杉家へ引き取られたら何とする。いや、それより懸念されるのは、老人が、その歳ゆえ、天寿を全うしたら何とするつもりじゃ！　斬ろう安兵衛。もし吉田・近松が本当に仇討を待てというなら彼らを斬って、我ら武士道の血祭りにあげよう。な」

奥田孫太夫がそういいながら安兵衛に詰《つ》め寄った。安兵衛は笑ったともつかぬ不思議な表情で同志を見回すと、自分の右脇に置いてあった刀身二尺四寸の大刀を左脇に置き換えた。小柄な堀部には少し余るような長い刀である。――高田馬場以前から魂《たましい》と磨いてきたそれは、寛永《かんえい》時代の旗本奴《はたもとやっこ》よろしく毒々《どくどく》しい（所々塗りの剥げた）赤鞘《あかざや》に納まっていた。ひと度《たび》抜けば、それには堀部の剣気が宿り、小柄な彼の身体との対比で、地獄の番人が持つような大鉈《おおなた》にも見えるという。

奥田の言をいれるのか……と、伊右衛門はじめ誰もが緊張した面持ちで安兵衛を見た。間もなく、数人が道場へ向かって廊下を歩いてくる足音が聞こえた。いまここへ上がり込んで来る者らは、他にはあるまい。堀部の視線は、誰よりも早く道場の入り口へ注《そそ》がれていた。入り口に黒い影が三つ立った。

その中で、一番背の高い男が、

「大きな声じゃのう。通りまで聞こえておりましたぞ」

と、しかし優しげな声音《こわね》でいった。世の中の酸《す》いも甘いも噛み分けた、落ち着いた老人の声であった。三人はゆっくり、道場の中央で車座になっている人々の方へ近付いて来た。三十半ば、眉毛のつり上がった男は、（春には少し似合わぬが）白の涼しげな小袖を着ていた。これが、近松勘六《ちかまつかんろく》である。

年は近松と同じほどで、少しばかり髱《たぼ》がゆったりし、どこかおっとりした表情の小柄な男が、吉田忠左衛門の組付《くみつき》である元足軽《あしがる》・寺坂吉右衛門《てらさかきちえもん》。その二人の先を歩いて来た――茶木綿の着物に、《丸の内花菱《うちはなびし》》の定紋《じょうもん》が入った打裂羽織《ぶっさきばおり》をはおった――白髪の人こそ、大石がかねてから片腕とも頼む吉田忠左衛門である。着物も、拵《こしら》えが黒一色の両刀も大層武骨《ぶこつ》な様子だが、それだけに、彼が左手に持つ、一輪挿《ざ》しの白椿がよく映えていた。吉田は、すすめられた場（堀部安兵衛のすぐ右手）に座ると、手に持った竹製の一輪挿しを一同に披露し、まず「どうかな？」といった。それから、花を安兵衛に向けるように座の中央に置くと、大分江戸組の面々も、気勢を削《そ》がれた感があった。安兵衛は、しかし、無遠慮に太刀を左脇に置いたまま、「さっそく上方の総意とやらをお聞かせ下され」といい、一寸《ちょっと》膝を進めた。

その問いの答えは、これまで幾通《いくつ》かの書状《しょじょう》を以て、すでに言及《げんきゅう》されているはずであったが、吉田忠左衛門は再度説明するのを面倒がる様子は微塵《みじん》も見せず「……では御《ご》一同に申し上げる。仇討はあくまで、大学様御安否《ごあんぴ》――および吉良《きら》様に相応の処罰が下った事を見届けた後。長くとも、来三年忌が限りと思し召せ」と、よどみなくいった。

先ごろから、ひとり何やらぼやいていた老武士――確か半年ほど前に赤穂から出てきた佐藤伊右衛門なる男だが――彼がまた「やりきれぬ、やりきれぬわい！」といって、その場に泣き伏した。垢《あか》じみた顔、白髪の交じった髪や髭、欠けた前歯。月代《さかやき》はのび放題、着物もつぎだらけで、浪人の手本のような風采《ふうさい》であった。

「もう待てませぬ」感情を押し殺した声で奥田孫太夫《まごだゆう》は反目した。

吉田は答えていう。

「が、待ってもらわねば、江戸と上方《かみがた》は決裂しますぞ」

「それもまた──ひとつの道と存ずる……」

誰がいつ太刀を抜くか。上方同志・近松勘六《かんろく》は、自分の刀を一応右脇に置いたものの、誰よりそれを近くに引き寄せ身体《からだ》を固くしていた。

「そもそも、大石様は本当に討ち入る気がおありなのか？　聞けば、このごろはまた昔の遊びぐせが出て伏見撞木町《しゅきちょう》なる悪所《あくしょ》へ足を運ばれるようになったとか……。たまの息抜きかは存じませぬが、明日の飯にも事欠く我らには、このこと、ちと聞き苦しゅうござる。──大高源吾《げんご》あたりは、それでも大石様には『大根《おおね》の忠義』があると申しておりますが、吉田様はどう見ておいでで」

「奥田殿。大石殿の心底をそう疑われては、この先の話は出来ますまい。さほど信じられぬなら、なぜ、今日《こんにち》三月をむかえるまで、奥田殿・堀部殿御自身は上方へ参られなかったのじゃ？　江戸に留まられたのじゃ？」

「──う、む」

「さほど、急ぐなら大石殿の首に縄を打ってでも、引っ張って参る覚悟はなかったか？　なんなら、大石殿との縁を、現在ただ今絶ちきり、これより突出《とっしゅつ》する腹はないか？」

吉田は、あくまで静かに言葉を次いだ。

「──や、許されよ。江戸組を束《たば》ねる者が、そう妄《みだ》りに動けぬことを重々《じゅうじゅう》承知した上で申すのです。表に出てきた言葉というやつが、決してその人が考えるすべてではない。ただ今は、疑いの言葉を発せられた奥田殿も、だからまことは、胸のどこかで大石殿を信じているものと、ワシは思う……。でなければ、もっと手前勝手に独り走りしていなければ嘘だろう」

奥田孫太夫は意外なことをいわれたものだから、複雑な表情になって、

「し、しかし、真実近ごろは、遊女町へ通っておられるのですか? と、すれば──大石様の御《ご》頭領《とうりょう》としての器を疑いたくもなりまするる!」

「あの人はな……」

吉田忠左衛門はちょっと言葉を詰まらせた。そして、しばらく考えてから、

「あの人は、弱い人なのだ。だから、酒を呑み、遊び女を侍《はべ》らし憂《う》さを晴らすのさ」

と、いった。

「なんと……。吉田様までがそのように──。では、その御心弱い御方に我らが御頭領が務まりますか? 仇討《あだうち》ができますか?」

「ま、お聞き──」

吉田はゆっくり、自分の言葉を確かめながら、以下のようなことを語った。

「大石殿はな、十九という若年《じゃくねん》で家と職を継ぎ見習い家老《がろう》になられた。それ故『あんな若造に

なにほどのことができるのか』『家政《かせい》を任せて良いのであろうか』などと、事ごとに陰口を叩かれたものじゃ。だから心労が重なると、大石殿はよく、酒と女に逃げるようになった……が、ここからがあの人の不思議なところでもあり、天賦《てんぷ》の才ともいえるのだが——あの人はそれだけ、自分の足らないところを、よく知る御方《おかた》になられた。女がいなければ——自分はとても自分独りで折れた心を立て直すことは出来ないだろうと、ワシに申されたことがあったな。城にあっても、できぬことはできぬといい、よく人の知恵を借りられる御方になられた。無論、誰《だれ》彼《かれ》かまわず弱さを見せるような御方ではないが、自分独りの力をおごるような人でも決してない。若くして家老《かろう》となったあの方は、ひとをおろそかにして先の道はなかったのだ。だから、大石殿というひとは、誰かを——誰かの心を踏みにじることがどうしてもできない。——人を非難する性質の者は、自分の賢さを信ずる故《ゆえ》、己も知らず平然と人との縁を絶ち切り、逃げたいときも己をさらけ出せず往々ただ酒色に溺れてしまうものじゃ。が、大石殿は、ちと違った。御自身がお逃げあそばされたとき、己を救うのは自分の才覚ではなく、周辺の人であることに気付かれたのではないかと思う……あの人は城の侍にも、遊女にも、わけ隔てなく、常に手を合わせる心を持って接する御方じゃ。や、これは勝手にワシがそう評するのだが……あの人の言葉の裏にはな、どんな言葉にも、誰かとともになければ居られないという淋《さび》しい心が匂《にお》うのだ。……弱さとはつまり、その辺りを指していうのだが、逆を申せば、それは、周囲の人とともにあり、彼らの心を受けとめる受け皿たらん、という意思のあらわれでもある。ワシは、その一点で以て大石殿にすべてを委《ゆだ》ねておる。畢竟《ひっきょう》、そういう匂いを感じた故《ゆえ》、堀部殿、奥田殿、そこもとらも大石殿との繋《つな》がりを切らぬよう振る舞っているのではないのかな？　おそらく……性分として、大石殿は人をないがしろにすることが出来ぬ御方だ……。意見の対立こそあれ、そこもとらに送られて来た書状のなかに、ただの一行でも、そこもとらを見限るような下りがあったかな？　や、言葉の上ではあったか知らん、が、大石殿は貴公《きこう》らとの音信を途絶《とだ》えさすことはなかったはずだ」

安兵衛は、吉田が持って来た一輪挿しを凝視し、すっかり沈黙していた。承服《しょうふく》はしきれぬ点もあるようだが、それより自分で自分の心が解らぬという風でもあった。

「重ねてお訊《たず》ねいたすが、ではなぜ、九分九厘《くぶくりん》まで却下されるであろう、御家再興《さいこう》と吉良《きら》殿への相当の処分（吉良家断絶《だんぜつ》）を幕府に嘆願《たんがん》し続けるのです。無意味ではありませぬか？」

「奥田殿。仇討ちを志す者がすべてではない。真実、御家再興《さいこう》を願う赤穂《あこう》侍もいるのだ。大石殿はその者たちも見つめておるのだ。それに――」

「それに？」

「いや、これは、ワシがわずかに感じたということで、ちと言葉にはしづらいな――。また折りを見て、話すこともござろうから、いまは忘れて下され。……ただ、大石殿が嘆願された通りの沙汰が下されても、又、そうでなかったとしても、あの御方は仇討を志す人々の心を無にはは出来申さぬ。お信じなされよ。このワシもな、侍としての行きがけの駄賃《だちん》に、死出の山への一番槍《やり》を望む者でおざれば、必ず仇討が成るよう尽力《じんりょく》致し申す」

そう吉田が請け負うと、安兵衛はやっと、

「御無礼《ごぶれい》の段《だん》、平《ひら》に……」

と、小さな声でいい——太刀を右脇に置き直した。しかし大方《おおかた》は、そんな安兵衛に冷ややかな視線を投げかけていた。

十一　同行二人――内匠頭と堀部安兵衛

《安兵衛独白《どくはく》》

殿さま刃傷《にんじょう》ご切腹の直後には、吉良《きら》邸に討ち込んで斬り死にするはずであったこの俺が、亡君《ぼうくん》ご一周忌を過ぎてなお生きておる。侍が間をはずすとは何と惨《みじ》めなことであろう。いちどきりならまだしも、大勢の同志を巻き込んで二度三度と生きながらえてしまったことが口惜《くちお》しい。無為《むい》に生きてしまうと、「いったい俺はなぜ生きているのか」と、気づけばそのことばかり自問している。わがことながら、信じがたいたるみじゃ。幼いころから剣を学んできたのは、「たるみ」から生ずる迷いに染まらぬためであった。

この世はわずかでも立ち止まれば、不安や悩みといった魔物にとりつかれる。それが恐ろしゅうて、剣に打ち込み、奉公《ほうこう》してはお役目に打ち込んできた。悩み苦しむなどということは無為徒食《むいとしょく》の坊主あたりの専売《せんばい》で、見ろ、侍とはかくも迷わぬものぞと、胸を張って生きていることが、いわば俺の矜持《きょうじ》であった。しかし図《はか》らずも、大石内蔵助《くらのすけ》の優柔不断のために俺は立ち止まるはめに……。

図《はか》らずも……。

図らずも……。

いや、本当にそうか。俺はいま自分自身にまで嘘《うそ》をついてはおらぬか？　立ち止まったのは誰彼《だれかれ》のせいではなく、やはり俺自身の意図《いと》によるのではなかったか？

亡君《ぼうくん》ご切腹の当初、刃傷の真相はまるでわからなかった。だのに幕府は加害者というだけで、殿を悪人と決めつけ、その家を潰《つぶ》し、結果三百の家臣とその家族が路頭《ろとう》に迷うこととなった。その決めつけが何とも腹立たしゅうて、理非曲直《りひきょくちょく》を糺《ただ》させるため俺は命を捨てる覚悟を決めた。聞けば、ご当代（徳川綱吉《つなよし》）は、お若い頃、ある藩の御家騒動を裁かれた折、実に英邁《えいまい》に、公平な判断により裁かれたという。ならば、今回はなぜ、裁きを急ぎ誤《あやま》られたのか。

年をとられて短気になられ、ご判断が曇られたか。それとも悪名高《あくみょうだか》い御側用人《おそばようにん》どもが、やはりご判断を曇らせているのか。誰かの利害が絡んだかも知れぬ。疑い出せばきりはない。わからぬ。しかし、わからぬからこそ今回の裁きの有り様は糺《ただ》さねばならぬと俺は思った。そこには充分正義はあると自信に満ちていた。吉良を討てば強権《きょうけん》の幕府も驚き慌て、再審《さいしん》はあると思われた。大石殿もその根っこにおいては、俺と同じ考えであろうと睨《にら》んでいた。大義《たいぎ》も筋目《すじめ》も、あのひとは弁《わきま》えているとにらんだればこそ、誓詞《せいし》血判《けっぱん》の盟約《めいやく》をこれまでやぶらずに来たのだ。

いや待て。待て！　どうして口をひらくと、自分はこうも己れを正当化し、行動のたるみをひとのせいにしたがるのか。吉田忠左《ちゅうざ》殿もこの前の会合でいうておったではないか。己《おの》れの決めたことに一点のやましいこともないのであれば、吉良を殺すこと自体、問題の外……ただ斬り込んで死ぬだけで足りていたのだ。

急に……妙な噂が、まことしやかに世間に流布していたな。瑤泉院《ようぜんいん》さま（浅野内匠頭《たくみのかみ》夫人）に吉良が横恋慕《よこれんぼ》し、ために吉良《きら》・浅野の喧嘩・刃傷に発展したのだとか何とか。ばかな。世間とは何とばかなのだ。そんな話しはわれら一度も聞いたことはなかった。殿さま御側《おそば》に仕えておった片岡源五《かたおかげんご》右衛門《えもん》も磯貝十郎左衛門《いそがいじゅうろうざえもん》も「そんなことはなかった」と、強く否定しておる。にもかかわらず、噂というのはおぞましきもので、死体に群がるうじのようにわいてでて、実態までも持ちはじめる。ついには下層の同志までその噂を信じ「まことならば吉良を討つ大義名分《たいぎめいぶん》が立つ」などといい出す始末じゃ。禄高《ろくだか》が低いと思考まで卑《いや》しいように思われて、いっとき下士《かし》たちと言葉を交わすことさえ嫌悪していたが……いや、これは考えを改めねばなるまい。上士《じょうし》に数えられる高田郡兵衛《ぐんべえ》があの通り呆気《あっけ》なく脱盟《だつめい》してしまい、下士のなかにも武林唯七《たけばやしただしち》や横川勘平《よこかわかんぺい》といった清廉《せいれん》の武士もおったのだ。ひとは肩書きや貧富でなぞはかれぬものぞ。三十余年も生きてきて、今更《いまさら》何を血迷っておるのだ、俺は。

もし本当に天というものがあるとして、だ。なぜいま我々は——否、俺は天の味方を得られぬのだ。俺の生き方の何が間違っているというのか……。何が……。いま、こうして悩まねばならぬも天の配剤《はいざい》なのか。やめろ！　お主らどうしてそうこの俺を睨《にら》むのだ。お主は父や兄に討ち入りの秘密を漏《も》らさぬため腹切って死んだ萱野三平《かやのさんぺい》か。お主だな、娘を苦界《くがい》に落として脱盟《だつめい》したという山野辺彦《やまのべひこ》十郎《じゅうろう》は。お主も、お主も、そうやって恨みがましい眼で俺を見るのは、俺の口先に騙《だま》されたといいたいからか。何とかいえ！　黙っていて批判をしているつもりか。お主らとて一個の男であり侍であるならば、進退は己《おの》れ自身で決めたはず。それをそうやって俺のせいにするのは卑怯千万《ひきょうせんばん》な振舞いぞ。やりたければ……お主らの信念によって好きに突出《とっしゅつ》すれば良いではないか。前原伊《まえはらい》助《すけ》を見よ。不破数右衛門《ふわかずえもん》を見よ。勝田、杉野、武林《たけばやし》、倉橋を見よ！　あやつら俺に見切りをつけて浅草あたりでこそこそと一派を結んでおるではないか。彼らはもう、ひとりで歩き出しておる。そうして恨みがましい眼で俺を見ているうぬら。あやつらこそ、本当の侍の姿だとは思わぬか。

滑稽《こっけい》なり堀部安兵衛《やすべえ》。己れひとりが賢いようにたちふるまってきたあげくがこの孤独じゃ。一介の剣客にすぎぬこの俺が、どうして一党を統率するほどの力量を備えていよう。高田馬場で人を斬ったことがあるという勇名と、人を統率《とうそつ》する才覚とは本来別物であったはずなのに、俺自身、人気と人望を混同していたことが身の不運。「人を斬ったことがある」……武士が武士に抱くそんな単純な憧憬《どうけい》が、俺を江戸組の長にしていたに過ぎぬ。だのに、俺までどこかでいい気になって、他人より偉いように振る舞っていたことがいまやひどく滑稽に思われる。周囲の連中も、人斬りでしかない俺の無能・無策にようやく気付き出し、離れていったというところかな。いや、いまはそれで良い。吉良を殺す理由を見失いかけている俺が、謀《はかりごと》をめぐらしたところで実《じつ》は得られぬであろう。いちど虚勢をはってしまった者の哀しさ……ただただ黙っていたくとも、引っ込みどころが難しい。まったく、下手にひとによく見られようなどと思うと、かえってうまくいかないことばかりが起こる。ひとを扇動《せんどう》しているうちに、ひとの上に立つことばかりに夢中になっていたような。

こうして独りになって「誰彼が憎い」「誰それのせいでこんな羽目《はめ》に陥《おちい》った」などと周囲を恨み続いていると、世間の道理に合わずとも、無性に無茶なことをしたい気持ちに駆《か》られることもある……。

あるいは殿も——。


あ、あ……！

何としたこと。俺はいま、はじめて、心から殿のお苦しみを思い遣《や》ったのではないか。殿のことを心配しているようで、真実ところ俺は殿の孤独、お苦しみを見落としていたのでは……。遅かったぞ安兵衛！　刃傷《にんじょう》の数日前、殿に二百畳の畳替えを仰せ付けられたとき、俺は殿の苦衷《くちゅう》に気付いていたはずだ。気付いていながら、心の奥の奥では、この大役を果たせば、外様《とざま》の俺が藩中でひろく認められるのではないかと、そればかり期待していなかったか——。

不公平な裁きを見過ごしにしては「我々の」面目が立たぬ……。「俺の」生きざま、「俺の」死にどころ……俺、俺、俺、俺と、いまのいままで、殿に寄《よ》り添《そ》う真心《まごころ》があったのか？

殿はなぜ、俺はおろか御《お》側役《そばやく》の片岡、磯貝《いそがい》にさえ、ご刃傷に及《およ》ばれる前、

「つらい」

と――愚痴《ぐち》を申されなかったのか。大名とて武士だからか。いや、いや。殿は俺たちを見つめながら、心の最も奥の方で、頼むに足らない侍と思われていたのではないか。御心《おこころ》の「支え」には到底足《た》らない侍と……。

口先では、忠義の奉公《ほうこう》のと、殿のために振る舞っている己《おの》れを演じられる。だが、俺は、殿様のそのままのお姿を……弱さも何もかも、ありとあらゆるご性質をひっくるめたそのままの殿を、果たして認めていただろうか？　武士とは斯《か》くあるべしという俺の価値観を押し付け、心折れかかっている殿にきつく冷たい視線を向けたことはなかったか――？

いや、いや。もうやめろ、安兵衛。この期に及んでこれ以上自分を偽《いつわ》るな。あった……そういう視線を殿に向けたことはあったのだ。軽口でもいい、冗談めかしてでもいい。殿様の愚痴を、弱さを汲み取れるほどの度量《どりょう》をもった侍が、たった一人でも、あの三月十四日以前、お側《そば》におったならば、殿はあと半日の辛抱《しんぼう》ができたのではないか。一切飾《かざ》らなくてもよいお姿をそのまま認められる侍が江戸藩邸におったなら……。

ひとはひとを認めまた認められて世に立つことができる。一にも二にもただただひたすら相手を認め信ずることが、そのひとを正道に立たせる唯一無二の途《みち》なのだ。

そうであろう、なあ安兵衛。同志の信を失って――なお武士の矜持《きょうじ》を捨て得ぬこの俺は、独り悪い方へ悪い方へものを考え、ひとを憎み、どんな無茶をしても許されるとさえ思いあがっておったではないか。誰にも認められぬということは、かくもひとの心を、迷いの道に踏み込ませる。俺はいい——俺の孤独は、これからいくらでも自身の手で始末《しまつ》をつけられる。が——殿。迷い苦しまれ刃傷に及ばれた殿の孤独はどこで救われるのだ。

仮にその刃傷の原因が——まことに畏れ多いいい様ながら——到底世間の認め得ぬ迷妄邪心《めいもうじゃしん》によるものであったにせよ、そこに陥らざるを得なかった殿の辛苦を、身内たる我らが酌《く》まざれば、いったい誰が認めてやれるというのだ。

殿への憐憫《れんびん》・同情？　いいやこれはそんなものではない！　どんな言葉も言葉にしてしまっては「身内」とはいえぬ距離が出来てしまう。え、ええい！　ただ、ただ、いまいちど、殿と一緒に歩みたい。殿がひとり迷いのなかへ踏み込まれても、戻って来られることをひたすら信じて見つめていられる家来《けらい》でありたい。

彼岸《ひがん》の殿と此岸《しがん》の家臣では、それは到底かないませぬか。……かなわぬ、かなわぬよなぁ。

ただもし、この想いがいくらかでも届いておりましたら、これだけはお聞き下され。仮にこののち、刃傷の真相が明かされることがあり、殿に非ありと世間が申しましょうとも、この安兵衛いちにんは、「それは偏《ひとえ》に家臣たる我が身の不徳」と申しましょう。殿とそれがし……同行二人《どうぎょうににん》。受ける非難があるならば、それは等分でなければなりませぬ。

やはり吉良《きら》は討たねばならんのか。

ふ……ふふ。

「殿と同じか、それ以上の非難を我が身に受けるため、吉良を討つ」そんな無茶苦茶な理由は、世間の誰も納得すまいなぁ。そのためにこれからあと何人・何十人が死ぬのか、計り知れぬのだから、「浅野の家臣は──堀部安兵衛は義《ぎ》を踏《ふ》み外しとうとう狂ったか」と嘲《わら》うかも知れん。が、ご生前《せいぜん》、殿の御心中《ごしんちゅう》を真に顧《かえり》みることなく苦しめたこの俺が、我が身のみ「潔《いさぎよ》く死のう」などと企《たくら》むのは決して許されることではない。

俺は堕《お》ちねばならぬ。そのとき傍らに、同志と呼べる者があるか否かは最早別のはなしだ。

＊

道場の真ん中で独座していた安兵衛は脇に置いてあった大刀を取り上げた。冷え冷えとした道場の床板に鐺《こじり》を立てると、ターンと高い音が響き渡った。その一刀を腰に差し真一文字に抜き付ける。ヒュっと、いつに変わらぬ音がしたが、安兵衛はその刃筋にわずかながら乱れを見止めた。

──堕《お》ちる。……世の中の目を気にせず進む。

「できるか、俺にそんなことが」殊《こと》に高田馬場以来、他人に賞賛されることには慣《な》れていても悪くいわれることには慣れていない我が身である。「世間からいかに曲解されようとも平然としていられるか？」──分厚い壁を断ち割るように、安兵衛はもう一度、真っ向から刀を振り下ろした。

十二　或る浪士の妻

去年の事件などすっかり忘れてしまったかのように整然と江戸入りを果たした勅使《ちょくし》・院使《いんし》の一行《いっこう》を遠巻《とおま》きに眺めながら、奥田孫太夫重盛《まごだゆうしげもり》は自身とその周りに起こった余りに激しい変化に、改めて思いを馳せた。

「思えば去年、あのご一行をお迎えする中心には我ら浅野家家臣団が居《お》ったのだ。それが今年は、ご勅使がどなたかすら存《ぞん》じ上げぬというのだから……」

加えて元禄《げんろく》十四年の三月には侍姿であったものが、いまや腰には守り刀一振《ひとふり》、月代《さかやき》をのばし茶筅髷《ちゃせんまげ》の医者姿となり市井《しせい》に息を潜めている。

去年「殿の仇《かたき》を討つ機会を待つのだ」といって早々酒屋《さかや》に身をやつしてしまった磯貝十郎左衛門《いそがいじゅうろうざえもん》を、「まったく悠長《ゆうちょう》な奴」と、安兵衛《やすべえ》らと鼻でわらっていたものだが、結局、自分も同じ途《みち》を辿《たど》らざるを得なくなっていた。安兵衛は「長江長左衛門《ながえちょうざえもん》」と変名《へんめい》し町道場主を装っているし、八百屋・米屋・扇屋等になりすまし、町人姿がすっかり馴染《なじ》んでしまった同志もいる。「世を忍《しの》ぶ仮の姿」といえば聞こえは良いが、半《なか》ば以上は生活のためであった。主家没落に伴《ともな》い分配された金をうまく使えた者は少ない。店を構《かま》えることが出来た者は、やはり在藩《ざいはん》のころから算勘《さんかん》の才に長けていた者ばかりであった（もっともどの店も、長屋の一部屋を商店に替えた程度のものであったが）。上士といわれた人々ほど堅実性を欠き、なかで自尊心の強い者ほど貧困に陥るのが早かった。

安兵衛、孫太夫はぎりぎりその「自尊心」を抑え込み転身し得たといったところだが、利益よりも人情で《客》と接してしまうため儲《もう》けは皆無《かいむ》に等しかった。孫太夫は現在、深川黒江町の裏長屋に「骨接ぎ・西村清右衛門《にしむらせいえもん》」の看板を掲《かか》げている。娘のお良《よし》と、養子に迎えた奥田貞右衛門《おくださだえもん》は、夫婦して孫太夫のすぐ隣に住んでいた。

孫太夫は荒稽古で有名な堀内源太左衛門《ほりうちげんたざえもん》道場の出身で骨折や打ち身患者の応急治療は日常茶飯事《さはんじ》であったから、世を忍ぶにあたりその経験を活《い》かそうと考えたわけだが、養子の貞右衛門も、医家であった近松家の出身だったため「清右衛門助手・西村丹下《にしむらたんげ》」を名乗っていた。

奥田貞右衛門は、二十五歳。近松勘六の弟で、孫太夫の養子となった彼もまた赤穂浪士のひとりであった。昨年、亡君《ぼうくん》百箇日法要が終わったころ、彼とお良との間には、嫡男《ちゃくなん》の清十郎《せいじゅうろう》が生まれていた。鬼の孫太夫――「五十五にもなって血気な若者とばかり交わりたがる」と揶揄《やゆ》された孫太夫だが、初孫の誕生にはさすがに頬が緩《ゆる》んだものである。

「かわいい。かわいい。没落前に生まれてなまじ良い思いをするよりも、はじめから浪人の子として生まれて来る方が潔《いさぎよ》いわい」

と、不思議な強がりをいいながら、孫太夫は清十郎に頬ずりした。そんな様子を見て、お良がわ

っと泣き出した。「たわけ。何をそのように泣くか」と孫太夫が問うと、お良は眼を腫らしながら、

「これからこの子をどうやって育てたら良いものか……」

と、いった。医者の看板を掲げた現在でさえ渇渇《かつかつ》の生活であり、加えて家の男どもは近く死ぬことを前提に生きている。残されるお良の不安は孫太夫にも痛いほど解った。

「ばか！　生きる気になれば何でもできるわい」

お良は実の娘であるだけに、孫太夫の叱り方はいつも言葉を選ばなかった。

「お米の払いが滞っているのです。今度の治療代は何とかお金で――」

と、お良に懇願《こんがん》されたこともあったが、そのときも相手が野菜でしか払えぬというから孫太夫は「それでよろしい」と応えてしまった。お良は皮肉を込めて「お米屋も野菜で払いが出来ましたら良いのに」といった。孫太夫は冷たく投げかけられた視線に癇癪《かんしゃく》を起こし、お良の胸ぐらを掴みあげると、二度、三度となく打擲《ちょうちゃく》した。

在藩《ざいはん》時分から娘を呵責《かしゃく》なく叱り飛ばす光景はよくあることであったが、浪人生活と仇討《あだうち》とが暗く圧し掛かっているいまでは、父娘の間に埋めようのない溝《みぞ》を生じさせるばかりであった。「皮肉《ひにく》をいう間《ま》があったら、お主も何か稼ぎを見つけて来れば良い」「清十郎が乳《ち》離れしておりましたら私とて……」「乳を与え面倒を見てくれるような女も本気になって探せばこの近くにおろう！」「父上はいつもそんな勝手ばかり――」

「何ッ！」

お良はこのとき、いつになく恨みがましい眼で孫太夫を睨《にら》み付けた。

「父上も貞右殿《さだえ》も、大義《たいぎ》のための会合などと称してよく家を空けられますが、そんなとき家に残された女どもがどれほどの不安を抱いているか——考えたこともございますまい！」

「いうな！　亡君《ぼうくん》の大恩《たいおん》に報いんがためぞ」

「民谷伊右衛門《たみやいえもん》様のご妻女《さいじょ》が羨《うらや》ましゅう存《ぞん》じます。身重《みおも》の体をあんなにも旦那様に気遣《づ》って頂いて……」

「武家の女子に似ぬ浅ましい雑言《ぞうごん》、許さぬぞ。大体あの男、どういうつもりか知らぬが、同志と向かい合う態度がどうも冷ややかで気にくわん。その女房に男子の気概《きがい》を削《そ》がれておるのではないか」

「そうは存じませぬ」

「伊右衛門が家の話は良い。お主はいったい何がいいたいのじゃ」

「私とて……。身重の頃から口入屋《くちいれ》には何度となく通いましたが、人余《ひとあま》りの昨今《さっこん》、望みの職などなかなか就けぬのです。この子をどなたかに預けるにせよ、やはりお金が要るのですよ」

「ワシらが悪い、世間が悪い——そういいたいのか。何とのうそれらしいことをいっておるが、昔からお主の性根には自主自立の気概が欠けておる。どうしようもないと口走る前に、考えられるだけのことを本当にやりきっているか思い返してみよ！」

お良は、さらに何かをいおうとしたが、それをぐっと飲み込んだ。

＊

元禄《げんろく》十四年が暮れるころ。

荷車の下敷きになった若者の骨を接いでやったあと、ふと思い出したように、

「お良と清十郎はどうした?」

と、孫太夫《まごだゆう》は貞右衛門《さだえもん》に訊《き》いた。貞右衛門は少しぎくりとして、

「ああ。あの男が急に担ぎ込まれてきたものですから失念しておりました。清十郎は隣で大人しく寝ているようです」

隣にちょっと聞き耳を立ててからいった。

「何じゃ。お良はまたお主に清を預けてどこぞへ参ったのか」

「はあ。過日の親父殿のお叱りがよほど堪《こた》えたと見えまして……。年の瀬《せ》にもなりますれば方々《ほうぼう》への払いも済ませねばなりませぬから、必死に稼ぎ口を探しているようです。此度《こたび》は叱らずに、どうか誉めてやってくださりませ」

「ふん。亭主に子供を押し付けて家を空けるような女房をどうして誉められる?」

「それを申してはお良の立つ瀬がござりませぬ。曲《ま》げて……」

貞右衛門はお良の顔色をうかがいすぎる、と、孫太夫は内心思ったが、それは口には出さなかった。

「なかなか大変なようでございます。元赤穂家中の方々に知恵をお借りしようにも、皆ご自分

の生活に手一杯で、そのようなゆとりはないらしく……」

「誰とは申さぬが、妻女《さいじょ》を夜鷹《よたか》に落とした同志もいるそうじゃな。もっともそのような者を最早同志と呼ぶ気もせぬが」

孫太夫は苦虫《にがむし》を噛み潰したような顔をしながらいった。桶の水で手を清め顔を上げると、貞右衛門の表情がいよいよ強《こわ》ばって見えた。

「どうした貞右《さだえ》……。今日は様子がおかしいぞ」

「さようなことはございませぬ」と、貞右衛門はいうと、孫太夫の顔をほとんど見ずに清十郎の居る部屋へと戻って行った。結局年の瀬の払いをほとんど踏み倒すようにして元禄十四年は暮れた。孫太夫自身、何度きっちり代金を取ろうと思ったか知れぬが、患者たちに手を合わせられると、「金を……」という決意が萎えてしまうのだ。ご政道《せいどう》がよくないから貧しい人々が溢《あふ》れるのだ、と、いうは易いが、どんな世の中でも、まっとうにかつ逞《たくま》しく渡世《とせい》している者は確かにいる。お良への説教ではないが、現在の貧しさは、自身が人間の叡智《えいち》に触れ得《え》ていないから招いたものと思えなくもなかった。

年が明けて間もなくしてから、清十郎が高熱を発した。「医者を！」といった自分が医者の格好をしているのに気付き、孫太夫はひどくきまりの悪い思いをしたが、見栄を張ったところで骨接ぎ医では、手の施しようがなかった。

貞右衛門にはいささかか心得があったらしく、孫太夫よりはるかに落ち着いて見えたが、清十郎に白湯《さゆ》を飲ませつつ眉間《みけん》には深い陰《かげ》りが浮かんでいた。「貞右、いかんのか？」と孫太夫が問うと、「いえ、今はまだいかぬということはないのですが、薬が要りまする。その道の医者にも見せた方が……」

「やはり金か──」

孫太夫は同志幾人《いくにん》かの顔を思い浮かべたが、ただでさえ全員の生活が苦しい上に、仇討《あだうち》の足並みが揃《そろ》わぬなか、仲間内にもギクシャクとした空気が漂っており、金の無心《むしん》など到底できる雰囲気ではなかった。五日経っても熱はひかず、衰弱はだれの目にも明らかで「流行病《はやりやまい》を併発しておらねば良いのですが──」と、貞右衛門は清十郎の頭を撫《な》でながらいった。自室に戻ってしばらく腕組みしていた孫太夫は、それまであえて意識すまいとしていた押入れを見遣った。中から孫太夫自身の大小と、預かっていた貞右衛門の大小を取り出すと、彼は何時《いつ》までもそれを凝視していた。ちょうどこの頃、同志・高田郡兵衛《ぐんべえ》が脱盟《だつめい》するやも知れぬという噂が聞こえて来ており、孫太夫の怒りは頂点に達したていた。

「大石めが愚図愚図《ぐずぐず》しておるから見たくもない人間の醜態《しゅうたい》を見、せんでも良い苦労をしておるのだ──。安兵衛も近頃は女々《めめ》しゅう思案なぞするようになって江戸組の頭には似つかわしくなくなった。このままでは同志の結束《けっそく》は保《たも》てぬぞ！」

しかし鬼の孫太夫がどんなに凄《すご》んでも、企ての頭脳を、安兵衛なり内蔵助に預けてしまっていた哀《かな》しさが、いつも付いてまわった。「どうする」もう一度刀へ眼を落とし自問する。だが、こればかりはどうしても思い切ることが出来なかった。

＊

その様子を窓から覗《のぞ》く者があった。お良《よし》である。彼女はその時はじめて孫太夫がどこに刀を隠していたのかを知った。某《ぼう》同志の妻は、

「良人《おっと》は、刀ばかりは断じて売らぬ決意から、菩提寺の墓穴《はかあな》深く厳重に封印をして埋めてしまいました」

と、いっていた。孫太夫もそのくらいのことはしているかと思ったが、もと武具奉行《ぶぐぶぎょう》百五十石、武辺で鳴らした父だけに遠くに隠すのは不安でならなかったのだろう。――しかし、一度は「清十郎のためにあの父が……」と思わされただけに、再び刀を押入れの奥にしまい込んでしまった様子には憤《いきどお》らずにはいられなかった。

お良は自分の着物も、櫛《くし》も簪《こうがい》も売れるだけは売ってしまい、金目《かねめ》の質種《しちぐさ》はもう何一つ持っていない。「あれだけ大事にしている刀だもの……一振《ひとふ》りでも売れば医者代・薬代を支払って余りが出るくらいの金はできるだろうに」――と、思う。

「いや、本当にその日が来るのか知れない決起より、清《せい》の命の方が大切なはず。父に断ればダメというに決まっている。ここは自分一人の考えで……」

お良は決心し、次の日には、脇差《わきざし》一振りを金に替《か》えていた。

それはよく見知っている夫・貞右衛門の脇差で――拵《こしら》えは粗末《そまつ》だが――刀身には素人目《しろうとめ》にも判る、名物《めいぶつ》の凄味《すごみ》があった。しかし、女ひとりで売りに行って足元を見られたか、刀剣屋はお良の解らない言葉を幾《いく》つも並べ立てせわしく算盤《そろばん》を弾くと、「これだけですな」といって二両差《さ》し出した。

お良は「結構です」といってそれを受け取ると、その足で医者のもとへと向かった。往診代と薬代を先に払ってしまい、「どうかツケにしてやったということにして下さい」と頼み込んだ。

「何もそんなに必死に頼まれずとも、先に御代は頂いておるのじゃ、造作《ぞうさ》もなきことにござる」

と、医者はいった。孫太夫も貞右衛門も存外ひとの良い男たちだった。二人は、清十郎の命が助かる安堵感からか、医者とお良の言葉を鵜呑《うの》みにした。清十郎の熱が下がって、お良は一層気を入れて職を探しだした。刀を売ったことが発覚して殴られても構わないと思っていたが、あの父なら斬るかも知れないという恐怖がわき起こっていた。

孫太夫は夫の貞右衛門に向かって「もし近松が大石寄《よ》りの考えの持ち主ならば、たとえお主の兄でも斬るぞ」といっていた。そういう父なのである。お良は足に幾《いく》つも血豆を作り草履の擦り切れるまで仕事を探し続けた。なるべく時をかけず、「両《りょう》」という金が作れる仕事……。わずかでも稼げればいいというなら、女中でも乳母《うば》でも身の置き所はあったのだが、ホンの少しの行き違いが最悪の筋書きに繋《つな》がってしまったように思われた。

「山野辺様の奥様と娘御《むすめご》、佐藤様の娘御、津山様の娘御――」

赤穂《あこう》浪士の妻女たちの間では暗黙《あんもく》のこととして、それだけの女が既に苦界《くがい》に落ちたと噂されていた。なかで佐藤伊右衛門の娘は、お良と仲が良く、孫太夫に知れたら佐藤伊右衛門の進退にも関わると案じたお良は、貞右衛門に清十郎を頼み、職探しに託《かこつ》けて彼女に足抜けを促《うなが》していた時期もあった。

「足抜けなどと大仰《おおぎょう》な。いまは繫《つな》ぎの取れる場所だけ知らせておけば、迎えが来て、男と引き合わせてくれるのです。吉原や岡場所《おかばしょ》のように身を拘束されているわけではありません」

彼女は開き直って冷たくいった。それでも知れたら同志間《かん》で障《さわ》りがあろうから――と、しつこく問答したところ、ついには、

「お良様も本当にお困りになったら、汐留《しおどめ》の於《お》志《し》賀《が》稲《い》荷《なり》で待っていてご覧なさい。きっと声を掛けてくる男がございましょうから」

と、かえって勧誘を受けてしまったものである。貞右衛門は「もう深入りせぬ方が良い。そういう性根《しょうね》の女だったのだと割り切るしかあるまい。俺も忘れるからお前も忘れよ」とため息交じりにいった。

三月――お良にとっては義兄にあたる近松勘六《ちかまつかんろく》と、大石内蔵助《くらのすけ》の片腕と目される吉田《よしだ》忠左衛門《ちゅうざえもん》が江戸へ入った。まだ具体的な動きは見られなかったが、吉田の来訪は決起に現実味を加えるものであった。

お良は居たたまれず、件の刀剣屋へ向かった。ちょうど商談中で暖簾《のれん》越しに中を覗《のぞ》くと客と思しき男が手にしている脇差は、紛れもなく自分が売ったものであった。主人は「拵えもなかなかのも

のでございましょ。拵え込みで十五両ではいかがです」お良は仰天した。いかに拵えが良くなったからといって、どうして二両で買われた刀が十五両になるのか。

幸い客は貞右衛門の刀を買わなかったが、お良は、客が帰るのと入れ違いに店へ飛び込むと思いつく限りの文句を並べ立てた。半狂乱の有様に亭主も青ざめ、お良の肩を掴むと信じがたい乱暴さで表へ叩き出した。

お良は声をあげて泣いた。ようやく歩き出しても涙が止まらず、気付いたときには、汐留の於志賀稲荷の前でうずくまって途方《とほう》に暮れていた。

《忠臣蔵外伝》

隠居・屋敷替えの沙汰《さた》が下されたあと、吉良上野介《きらこうずけのすけ》にそれ以上刃傷《にんじょう》の責任を問う動きは見られなかった。一方、浅野内匠頭舎弟《たくみのかみしゃてい》・大学長広《だいがくながひろ》には、広島浅野本家へ永《なが》の御預《おあず》けという沙汰《さた》が下された。幕府はこれにより、刃傷の見直しをするつもりがないことと、浅野家再興《さいこう》が完全に潰《つい》えたことを天下に示した。

浅野浪人たちの動きが忙しくなりだした元禄《げんろく》十五年夏――。

お良は、貞右衛門の刀を買戻し、前と同じ拵《こしら》えに見えるよう造り直させて、そっともとの押入れへ戻しておいた。

眼を細めた。

三々五々《さんさんごご》、同志たちが上方《かみがた》を出立しだしたころ、久しぶりに、貞右衛門は自慢の刀を取り出して

「さすが近松家伝来の名刀じゃ。ついこの前研ぎに出したばかりのような。お主ももう料理屋の女中働きは慣れたのか。少しずつ蓄《たくわ》えも出来てきたと聞くが」

「ええ、ええ」

「実はな。御方様《おかた》（内匠頭夫人・瑶泉院《ようぜんいん》）が、ご自身の御化粧料《おけしょうりょう》を我らが企てのために御用立てて下さってのう。分配金のなかから我ら思い思いの得物《えもの》を購《あがな》うこととなった。よっていざ仇討《あだうち》となった場合、わしはこの刀をお前のために遺《のこ》してゆく」

「えっ！」

「この刀はな――あの正宗の作風とよく似ておる。なかごに銘《めい》を彫《ほ》り込んで売れば、母子がしばらく食べられる金は得られよう。そうそう清《せい》を助けてくれた医者への支払いもまだ済んでおらぬのであったなぁ。それもこの一振りでどうにかなろう。何もしてやれぬ不甲斐《ふがい》ない亭主であったが、御方様のおかげで最期《さいご》にこれだけはしてやれる」

貞右衛門は満面の笑顔でお良に大小を手渡した。

「さようですか。御方様がそのようにお気遣《づか》い下されて――」

ありがたいことです。といいかけたが、お良はそれ以上の言葉が出てこなかった。

四谷怪談の段

十三　四谷左門の回想

元禄《げんろく》十五年、主君《しゅくん》・浅野内匠頭《たくみのかみ》の一周忌を過ぎて間《ま》もなく、元赤穂《あこう》藩目付《めつけ》・四谷左門《よつやさもん》は、両国橋近くの雑踏《ざっとう》の片隅で、筵《むしろ》の上に正座して独り瞑目《めいもく》していた。

その日。浪人暮らしの疲れがたまっていたせいか、ひどい睡魔《すいま》が襲って来て、左門は菰《こも》に包んだ大小を右膝の下に置いてうつらうつらと舟を漕《こ》ぎ出していた。目の前に置かれた御椀《おわん》にはまだ十文《じゅうもん》と金は入っていない。ここに座り出して七日――はじめはひどく情けなく恥ずかしいと感じていたが、そういう気持ちが薄れていくのは案外《あんがい》早かった。

まだ五十を少し越えたばかり。「赤穂開城《かいじょう》の際、あんな目に遭《あ》っていなければ人足《にんそく》仕事でも何でもして世を忍《しの》んだものを」と、左門はよく天に恨み言《ごと》を吐《は》いていた。

幕府の命で出張《でば》って来た脇坂・木下両家へ赤穂城の明け渡しが決定し、家臣総出でその仕度を進めていた時分、目付《めつけ》衆には「城内に勝手に住まっているお犬様の数を調べておくように」と、大石内蔵助から命令があった。バカバカしい話だが、これも五代将軍の御世《みよ》ならではのことで、脇坂家からその報告書を提出してほしいという依頼があったのだそうな。

左門もこのとき、龕灯《がんとう》を片手に縁の下まで潜って調査に精を出していた。夕刻。その日も同じように調査をしていると、暗闇の中から爛々《らんらん》と輝く二つの瞳《ひとみ》を左門は見とめた。そちらへ龕灯を向けると、身を横たえた大きく真っ白な犬が牙を剥《む》いて唸《うな》り声をあげている。腹のあたりを見ると、白やブチの子犬らが乳を吸っていた。

——ちっ。このようなところで子を産みおって。

左門は子供の数を勘定《かんじょう》するのも面倒になり、一度は「適当に報告してしまおうか」と思ったが、結局目付の生《き》真面目さが出て、「すぐ済むからな」などと語りかけつつ白い母犬の方へ近づいて行った。

後になって「どうしてあそこで引き返してしまわなかったのか！」と、左門は幾度《いくど》も悔し涙にくれた。まだだいぶ距離はおいていたつもりだったが、母犬は猛《たけ》り狂って左門に飛び掛《か》かって来た。慌てて龕灯《がんとう》を捨て脇差《わきざし》に手をかけたが、母犬は見事と思えるほど的確に左門の右腕に食らいついて来た。

物凄い力に驚きつつ——組み合いながら縁の下から出ると、左門の悲鳴で同役たちが何人か駆《か》け付けて来た。ひとりが刀に手を掛けて助けようとする。と、またひとりが、

「阿呆《あほう》！　いまこのときにお犬様を斬り捨てたら大問題だぞ。水だ！　桶に水を入れて参れ。お犬様に浴びせかければ引き離すことができる」

と、いった。

果たして数刻後、左門は城内の一室で手厚《てあつ》い治療を受け横になっていた。あれから左の太腿も二

箇所噛まれ、歩行まで困難になっていた。

元禄十四年、四月十九日。赤穂城は戦火に巻き込まれることなく明け渡された。娘・岩《いわ》を嫁にやった民谷伊右衛門《たみやいえもん》が、堀部安兵衛《やすべい》らの誘いを請け、江戸へ戻って吉良上野介《きらこうずけのすけ》を討つという――。左門は、

「後生《ごしょう》だ！　江戸へ着いてしばらくあれば、必ず傷も癒《い》える。ワシもその一挙《いっきょ》に加えてくれ」

と、懇願《こんがん》した。

「御志《おこころざし》はかたじけなく存《ぞん》ずる」

民谷伊右衛門はいった。

「それほどの義心鉄腸《てっちょう》を目《ま》の当たりにし、それがしの魂《たましい》も奮《ふる》い立ち申した。これにて必ず義父上の分まで二人前の働きが出来るものと存《ぞん》じます。江戸のことはそれがしに任せて、義父上は御身体《おからだ》をお大事に――」

しかし左門はその言葉を聞き入れなかった。「堀部のところでは、七十の坂をとうに越えたあの弥兵衛《やへえ》翁ですら義盟《ぎめい》に加わっておるというではないか。働き盛りのワシがどうして後《おく》れをとって良いものか！」といい張って、ついに伊右衛門を折れさせた。

伊右衛門は、江戸での住み家を探すためと称して一足先にお岩とともに赤穂を発ち、左門は駕籠《かご》で江戸へ向かうこととなった。さすがに（お岩の妹にあたる）お袖《そで》との二人旅では不安であったから、左門は、お袖の許婚である矢頭右衛門七《やとうえもしち》（十五歳）に一度は同行を頼んだ。しかし右衛門七は、

「下士《かし》のため分配金も少なく路銀《ろぎん》が捻出《ねんしゅつ》できませぬ」といい、病がちな父と母の行く末も見定

めなければならなかったので、泣く泣く左門の申し出を断った。代わりに伊右衛門が同行者の段取りをつけ、赤埴源蔵《あかばねげんぞう》と矢田五郎右衛門《やだごろうえもん》が一緒に江戸へ向かうこととなった。

「お袖殿、右衛門七がこと残念でござったな」

と、道々赤埴がお袖をからかった。

「あれは若年《じゃくねん》に似《に》ず、中条流《ちゅうじょうりゅう》の相当な遣《つか》い手でな……」

「ほう。まだ前髪《まえがみ》も取れたばかりと聞くが、大したものだな」

「ああ。大したものだ。過日、奥村道場でともに汗を流したが三本中一本取られた」

「えっ？　赤埴がか。そりゃ大したものだ」

と、矢田五郎右衛門は目を丸くして見せた。

「いずれは義兄弟になるやも知れんといって、あの民谷が密かに仕込んでいたとも聞く。平常《へいじょう》無敵流《むてきりゅう》は他流者と稽古はしないといっていたのだがな」

二人のひとかどの武士たちに娘の良人《おっと》たちを褒《ほ》められて、駕籠のなかの左門も悪い気はしなかった。

「伊右衛門、待っておれ。右衛門七、早く江戸へ参れ。父子三人、仲良う死のうぞ」

大方《おおかた》予想はしていたことだったが、左門は江戸へ出る路銀《ろぎん》で——駕籠代《かごだい》も含め——八両二分《ぶ》も使ってしまい、着いたらすぐに医者の世話にもなって懐《ふところ》具合はさっそく寂しくなりはじめていた。特に彼を苛立《いらだ》たせたのは、傷が思いの外深く、「右手も左足ももう元の通りには動かせないだろう」といわれたことであった。杖《つえ》をついて、たまの同志の会合に出席する。と、『足手まといめ』とでもいいたげな同志の視線が痛かった。

「父上。路銀と医者代で内証《ないしょ》は苦しくございませぬか。手ごろな裏長屋を見つけたつもりでございますが、牛込での暮らしは如何《いかが》です？　私どもは幸い夫婦とも稼ぎがございますから――」

と、伊右衛門に幾《いく》らかの金を差し出されたこともあったが、左門は激昂《げきこう》してこれを断った。

「無礼者！　一家を構える者に何たる不躾《ぶしつけ》なふるまいじゃ。ワシがお主に援助をすることがあっても、お主からの援助を受けるいわれはない！　そんなことに気をまわしている暇があったら、吉良《きら》の討ち方でももう少し真剣に考えよ」

「はっ。恐れ入りました」

伊右衛門はいいながら深々と頭を下げた。左門はあれから、あのときの金包みをまざまざと夢に見ることがあった。目覚めると、「そんなに金が恋《こい》しいのか……」と、我ながら浅ましく思えてならなかった。お岩夫婦の近くに住んでいては――身体の利かないこともあり――甘えが出て、どうにも気持ちが挫《くじ》けてしまいそうでいけなかった。お袖とふたり相談して、上野の方へ移り住んだのは、元禄十四年の晩秋であった。

日影が少しずつ動き、西陽《にしび》がじりじりと左門の額を焦《こ》がした。垢じみた衣服に、ねっとりとした汗がまた染みこんでいくのが解る。しかしどうにも瞼《まぶた》が重く、この日はなかなかそこを立ち上がる気になれなかった。

……暑い。

……熱い。

＊

いつの間にか左門は火事場を駆《か》けていた。十五年前、彼がまだ江戸詰《づ》めで三十代の壮年だった頃である。誰もが惚れ惚れするという勇壮な赤穂《あこう》浅野の火事場装束《しょうぞく》。馬上、青年大名の浅野内匠頭《たくみのかみ》が凛々《りり》しく采配《さいはい》を振るい、家臣たちに次々と指示を出していた。

「急げ！　急げ！　その長屋に火が燃え移る前に取り壊せ。これ以上大火にしてはならぬ！」

片岡隊は焼け出された人々を溜池《ためいけ》の火除《よ》け地まで案内せい。一刻《いっこく》を争うぞ」

次から次へとよくぞあれだけ適切な指示が出てくるものだと、左門は感心しながら自身の若い主《しゅ》君《くん》をながめていた。この日未明《みめい》――汐留の御家人長屋から出火した火は、播州龍野《ばんしゅうたつの》・脇坂藩の下屋《しも》敷《やしき》へも掛《か》かりそうな勢いで、浅野家は、脇坂家とは本領《ほんじん》が隣接しているよしみもあり現場へ急行した。

「音に聞こえた浅野様の大名火消。まこと迅速で心強う存じます」

脇坂家の江戸家老までが上屋敷《かみやしき》から出てきて内匠頭に礼を述べた。

「うむ。万が一というときは我が家臣の指示に従い、速やかに避難願いたい。なぁに、ここまで火は届かせはせぬ――」

内匠頭は、自信たっぷりに豪語し、果たして脇坂家下屋敷は類焼《るいしょう》を免《まぬか》れた。左門は、片岡源五《かたおかげんご》右衛門《えもん》らとともに、もっとも危険な火事場を往来し逃げ遅れた者がいないか確かめてまわっていた。と──左門の耳に、「もうし、もうし！　どなたか……！」という声と、赤ん坊の泣き声が聞こえて来た。「三村」と表札の掛かった御家人《ごけにん》屋敷に飛び込むと、燃え落ちた家の建材の下敷きになり、下半身から背中を焼かれ息も絶え絶えなその家の妻女《さいじょ》が、濡れた着物にくるんだ赤子を必死に守っていた。

赤ん坊の口には手拭がそっとあてられており、終始この親が煙を吸わせまいと這って移動をして来たせいか、赤子の泣き声には驚くほど力強さがあった。が、母と思しきその女は、子供のために自身が煙を吸わないようにする手立てを講じえず、もはや虫の息になっていた。

「何という母の英知じゃ。安心せい。この子は助かるぞ」

女は薄く笑ったようであったが、《於志賀稲荷《おしがいなり》》と刺繍《ししゅう》された守り袋とともに赤子を左門に手渡すと間もなく息を引き取った。

翌日、三村家の焼け跡から女の夫と思われる男の焼け焦げた遺体が見つかった。四谷左門は、赤子を──女の子であったが──ひとまず鉄砲洲《てっぽうず》の浅野藩邸に預けると、焼け跡にとって返し、三村の親族を探して回った。左門は、「卒時《そつじ》ながら──」と、呆然《ぼうぜん》としている三村家の向かいの家の者に、と、訊ねた。

「三村ご夫妻のご親類といった方は……」

「三村殿はご夫婦ともご両親は亡くなられ、親類といわれますと……さて──」

問われた御家人《ごけにん》はたどたどしく答えた。

「何と、それではあの娘は天涯孤独《てんがいこどく》となってしまったわけか」

憐れに思った左門は、あの母の、死に際の美しい目がどうしても忘れられなかったこともあり、娘を自分の養女とし、名は守り袋のなかに生年とともに記されていた通り「袖《そで》」と呼んだ。左門はこの頃妻と死に別れていたが、お岩がすでに家のことを何でもこなせる年になっていて、お袖の面倒も母親代わりになって見てくれた。

三人はやがて赤穂へ移り住んだ。お岩は、お袖の良き姉であり母であろうとする余《あま》り、何でも卒《そつ》なくこなせるようになった半面、同性から「かわいげがない」と陰口をいわれるような一種鋭さを身にまとった娘になっていた。お袖も実の姉妹と思えるほど、姉によく似た雰囲気を備えていたが、年下の矢頭右衛門七《やとうえもしち》を婿《むこ》に迎えることに決まって少し人柄が丸くなったように思われた。

お袖は子供のころから自分が四谷家の実の娘でないことを知っていた。その事実を伝えておくべきか、左門はさんざん悩んだが、彼女の実母が忘れ去れてしまうのが、「何とも忍びない」と、思い至り、事実を打ち明けることにした。江戸を発つにあたって彼は《於志賀稲荷神社縁起《えんぎ》》を調べ上げ、縁起とともにお袖に真実を話し、「この守りは決して手放すな」と、教え続けた。

「よいかお袖。昔――慶長《けいちょう》の頃の話だがな、お志賀《しが》という女が、まだ家屋《かおく》もまばらな江戸汐留あたりに居を構えた」

お志賀は、川崎の百姓の出だというが、近隣の村にも聞こえた美女で、かねがねその美貌を、片田舎に埋もれさせたくないと願っていた。とりあえず、年々活気の増す江戸へ行けば何らかの途《みち》も拓《ひら》けようかと思い、彼女は親の制止《せいし》も聞かず出てきたわけだが、果たして、その美貌は或《あ》る豪商の目にとまり、その妾《めかけ》におさまることになった。が、そこの主には正妻がいる。あっという間にお志賀は正妻を差し置いて主の長男を生んだが、こうなると正妻の悋気《りんき》はいよいよ抑えが利《き》かなくなった。能にみる《般若《はんにゃ》》さながら、ついには妾・お志賀の呪詛《じゅそ》を企《くわだ》てる始末《しまつ》。

家内を掻《か》き乱すことは決して本意でなかったお志賀は、ひとり身を隠そうと決心した。長男は家の大事な跡取りであるから手放さねばならなくなったが、離れてみると息子が、あの正妻にいびり殺されはしまいか、夜も昼も心が落ち着かない。

そんなある日の晩、お志賀は小児《こども》のころ、寝《ね》物語に聞かされた『御伽草子《おとぎぞうし》』の挿話を、ふと思い出した。

稲荷明神の使役《しえき》である、木幡《こばた》の狐の姫で「きしゆ御前《ごぜん》」という容顔美しく詩歌・管弦にも秀《ひい》でた狐がいた。そのきしゆ御前、「近頃は鷹犬《たかいぬ》と申す我らの天敵が家々に多く見受けられるようになった故《ゆえ》、人里などに想いを馳《は》せてはならぬ」という、親の諫《いさ》めも碌々《ろくろく》聞かず、十六歳の時、「三位《さんみ》中《ちゅう》将殿《じょうどの》」なる——光《ひかる》源氏にも劣らぬ——美しい人間の男と恋に落ちた。

程《ほど》なく二人の間には男の子が出来、それから二年ばかりの歳月が恙《つつが》なく過ぎたが、進物とて、あるひとが三位中将殿に、美しい犬を献上《けんじょう》したことがあった。正体を明かせば狐であるきしゆ御前は驚き嘆き、

「どうやら私の幸せもこれまでか――この家を出るより仕様があるまい」

と、自分の産んだ子に後《うしろ》ろ髪《がみ》を引かれる思いであったが、ついに中将《ちゅうじょう》殿が留守中に都を去ることにした。

別れても　またも逢《あ》う瀬《せ》のあるならば
　涙の淵《ふち》に　身をば沈めじ

とは、きしゅ御前が都を出るとき詠じたものだという。

なんと、お志賀自身と同じ業《ごう》を背負った狐の姫であろうか。しかしその姫も、父母狐のもとへ帰り嵯峨野に庵室を結んでから、稲荷明神に一心に息子の幸せを願ったお陰か、息子は末繁盛、満ち足りた生涯を終えたと物語は結ばれていた。

この話を思い出してから、お志賀は自分も稲荷明神に祈ろうと心に決めた。が、稲荷明神の使役である狐ならいざ知らず、自分のような不徳な者がいまさらただ手を合わせても、望みが通ろうとは思われない。彼女は、一片の布地に丁寧に丁寧に息子の生まれた日、名前、その横に想い人である自分の名前を刺繍し、供物《くもつ》とともにこれを百日、汐見町の稲荷明神に捧げ、百日後、それを守り袋へと納めた。

商家の奉公人に「どうか息子に渡して下され」と頼み込み、それからも信心《しんじん》を怠らなかったが、その甲斐あってか、もとから繁盛していた店は、さらに発展したと伝えられる。これはな、「爾来《じらい》、御志賀稲荷《おしがいなり》はな、子供の繁盛――身内の繁盛を願うと御利益あるとされている。お前の母が、お前を想っていた証《あかし》だ」

親の贔屓目《ひいきめ》か知らん、お袖は左門の目から見て、なんら文句のない娘であった。が、教え込んだ出自の秘密を、意図せずお袖が「四谷家への義理」と感じているらしいことが、左門は常々気に掛《か》かっていた。

「お袖、そのように他人行儀に振舞わずとも良い……。お前は紛《まぎ》れもない四谷家の娘ぞ」

左門は夢うつつにそう呟いた。

「おい、浪人。てめぇ頭にきちまっているのか？　言葉が通じるならきっちりこっちを見やがれ！」

その声で睡魔が飛び去ると、時刻はすでに逢魔ヶ刻《おうまがとき》に差し掛《か》かっているようであった。「爺ィ！立て！」周囲を見回すと、左門は五、六人の男に取り囲まれていた。なかで、分別《ふんべつ》ありげな初老の町人が左門の目の前に立つと、

「ご浪人、お前ぇさん、誰に断ってここで乞食《こじき》をしてなさるんで？　当節《とうせつ》、非人《ひにん》でねぇのなら、乞胸《ごうむね》のお頭の鑑札《かんさつ》が要《い》るんですぜ」

と、いった。左門は慌てて菰《こも》に包んだ大小を抱え込んだ。歯向《む》かうつもりなど毛頭なく、ただ大切な刀を取り上げたばかりだが、勘違いをした男のひとりが、「やろう！」と左門を蹴《け》倒した。

十四　幕府隠密の蠢動

「桃助《ももすけ》」こと猿橋右門《さるはしうもん》と雲井大助《くもいだいすけ》は、夜毎《よごと》、賭場《とば》や泥棒市《どろぼういち》がひらかれる例の貧乏旗本《はたもと》の屋敷を久しぶりに面会の場に用いた。柱や襖、畳――天井も何も灰色に見えるオンボロ屋敷だが、そこに集まった悪人たちは、その日に限って、誰もかもが色彩豊かで輪郭《りんかく》がハッキリしているように見えた。

――俺たちはどう見えるのかな。

二人して話しながら、侍姿の雲井大助が、町人姿の右門に徳利《とっくり》から酒を注いでやる――。「ずいぶんその姿が板に付いちまったねぇ。久しく大小を腰に差《さ》してねぇんじゃねぇか？」と、大助がいうと、右門は、

「そんなもん……」

と、鼻で笑って、喉《のど》をならして酒を呑んだ。

「今日は祝杯だ。さ、お前ぇも存分《ぞんぶん》に……」

右門は気持ち良さそうにいった。この旗本屋敷はある意味世間の不条理が集まったような場所である。

蚊を叩きつぶした者・犬を軽く叩いただけの者が、島流しになったり、悪くすれば獄門《ごくもん》──晒《さら》し首になっている世の中で、この化け物屋敷に巣食《すく》う連中は見逃されている。目付《めつけ》も、いやその上も、意図してこういう場所を幾《いく》つか目こぼししていた。江戸の暗部の情報を吸い上げたり、ときにはここから幕府に有効となる流言・噂話を流したりするためである。百両という金を公費として受け取り、頬をゆるませながら、

「まさか俺たちがでっちあげた吉良《きら》と浅野の噂話を、公金を使って撒《ま》き散《ち》らしていいってんだから──」

嬉しくなるじゃねぇかと桃助右門はいった。

幕府政治の根幹にある方針は、徹底した秘密主義と一度下した裁定は決して覆《くつがえ》さないというものであった。武家の頭領《とうりょう》たる将軍家、そして幕府は、決して「自分が誤っていた」と、いってはならなかった。その強硬な態度こそが、諸大名を犬の如《ごと》く服従させる「畏怖《いふ》」の源《みなもと》だった。

ところがその幕府が、赤穂《あこう》浅野の城および領地没収の際、誰の目にも明らかな過《あやま》ちを犯した。

──朝廷の使者を迎える大切な行事において抜刀《ばっとう》・流血沙汰《ざた》を起こした浅野内匠頭《たくみのかみ》に、将軍・綱吉《つなよし》は激怒し、その荒ぶる様子に畏《おそ》れをなした為政者《いせいしゃ》たちは慌てるあまり、赤穂藩へ「御家断絶《おいえだんぜつ》・領地《りょうち》没収《ぼっしゅう》」を正式に告《つ》げる使者を立て忘れてしまったのである。

「御家断絶と決まったらしい」という親戚筋《すじ》の手紙だけで、ハッキリした沙汰《さた》が判らぬまま、大石内蔵助《くらのすけ》たちは右往左往《うおうさおう》させられた。そして城受け取りの軍勢と諸藩警備の軍勢がぐるりと赤穂を

取り囲んだとき、その沙汰が真実であることを彼らは覚《さと》ったのである。刃傷の経緯《いきさつ》も明らかにされず、御家取り潰《つぶ》しの正式な手続きもなされないまま彼らは故郷を追われた。不満は吉良に——というよりも、むしろ公儀《こうぎ》に向けられていることは、冷静な分析を以って見れば誰の目にも明らかだった。

大公儀《だいこうぎ》は、赤穂浪士がご政道《せいどう》への不満から吉良を殺し、裁定の見直しを迫《せま》ることを極度に恐れた。一度下した決定を覆《くつがえ》したら、公儀《こうぎ》の威厳《いげん》が保《たも》てぬと信じたためである。そこに——桃助右門《うもん》がでっちあげた——刃傷《にんじょう》は、吉良・浅野の極《ごく》私的な喧嘩という構図が浮かび上がって来た。幕府はそれを隠れ蓑《みの》とし——自らの不手際に人々の意識が向かないよう——「喧嘩として煽《あお》れ」と、猿橋右門に命じた。為政者《いせいしゃ》たちは、裁きの公平性は、吉良を隠居させ、その屋敷を江戸の僻地《へきち》に移したことで保《たも》ったつもりで、

「あとは知らぬ存《ぞん》ぜぬを決め込むぞ」

と、いう空気を強くにじませていた。

吉良《きら》・浅野の醜聞《しゅうぶん》を広めるために賜《たまわ》ったという大金を見せられ、雲井大助もさすがに驚いた。彼も醜聞を広める片棒をすでに担がされており、右門の舌先で「御家人《ごけにん》にあるまじき道」も随分《ずいぶん》歩まされた。いま——貧乏徳利《どっくり》の脇には、猿橋右門《うもん》が書き溜めた《種帳《たねちょう》》が置かれていた。「筆で真実を創《つく》り上げる」といった右門の言葉が実現しようとしている。

「売れるかね、赤穂浪士の苦心譚《たん》なんてものが……」

「売るさ。それが俺の夢だ」

右門は自信に満ちた顔でいった。

「……。それにしてもうまくねぇのは牟岐《むぎ》の権兵衛《ごんのひょうえ》だったな。あいつの足取りはまださっぱりなのかい？」

と――雲井大助が訊《たず》ねた途端《とたん》、右門の表情が一気に掻《か》き曇った。

＊

「まだだ！」

つい先頃の話だが――、
牟岐権兵衛（変名を直助《なおすけ》）が、宅悦の地獄宿《じごくやど》で働いていた《お雪《ゆき》》という源氏名《げんじな》の女を身請《う》けして行方《ゆくえ》をくらませていた。しかもその金は、探索《たんさく》費用の一部と、岡村藤八《とうはち》のところの金を盗んだもので、合わせて四十両《りょう》にものぼっていた。

「俺が預かりの公金を藤八の親方に握らせて、どうにかあっちは黙らせるつもりだが、一手でも差し遅れるとこっちもどんなとばっちりを受けるかわからねぇ」

昔、岡村藤八もいっていたが、御小人目付《おこびとめつけ》や黒鍬《くろくわ》は職掌柄《しょくしょうがら》、自ら辞めるというのが難しい。藤八は煩雑《はんざつ》な手続きを歴《へ》て、どうにか希望通りの町人となったわけだが、結局いまでも公儀御用《こうぎごよう》の手伝いはさせられていて、隠密《おんみつ》の尾《お》を断ち切れずにいる。この事実が御上《おかみ》に伝われば、牟岐権兵衛だけでなく右門にも追っ手がかかり「屹度糾明《きっときゅうめい》」の上《うえ》厳罰に処《しょ》されるだろうことは想像に難《かた》くなかった。

「お頭の関口勘蔵《せきぐちかんぞう》は、権兵衛のことを何といっているんだ」

「いまのところは何とも――。『牟岐《むぎ》の足取りを調べて回ったのですが、どうも赤穂《あこう》の浪人どもに捕まってしまった――ということも考えられます。もう生きているかも分かりません』と報告しておいたら、ほれ、あの人も面倒《めんどう》を嫌う人だから、それきりあまりうるさくいって来《こ》ぬ。ただ大金が絡《から》んでいること故《ゆえ》、必ずそうであることを立証せよと釘を刺されておるがな」

「ふーん」

「あのひとは昔、牟岐《むぎ》が三月《みつき》も行方《ゆくえ》をくらませたときも、あいつの家が潰《つぶ》れるのを防いでくれた。ま、そのときのことを思い出して、今回もどうにかなるんじゃねぇかと思ったわけだが――」

「よくもそう次から次へと嘘がいえるものだ。お主、この事件が起こってからどれだけの嘘をついた。よく口が曲がらぬものだと感心する」

「ふん。この世はな、どいつもこいつも嘘つきさ。今日ほめて、明日悪く言う人の口――ってな。自分を大きく見せたり悲壮がったり、他人を持ち上げたり貶《おとし》めたりして、みーんな事実よりも芝居がかって生きてるのさ。手垢のついた真実もどきがごろごろしているこの世の中で、わざわざ真実なんぞ求めたがる馬鹿《ばか》どもの気が知れねぇ」

「そういう小難《こむずか》しいことをいってはぐらかすなよ。お前ぇと牟岐の話をしていたんじゃねぇか……。そういや牟岐がいなくなったあの三月《みつき》のことをよく知らねぇな。あいつがスレ出したのは確かあの頃からだったんじゃねぇか」

「お前ぇも長い付き合いの割りに、本当に友達のことに関心がねぇんだな。──ああそうだよ。あいつは今じゃ仲間内で一番の馬鹿だが、お役に就《つ》いたのも嫁を娶《めと》ったのも子供をもうけたのも一番早かった」

「うむ」

「だが嫁を亡くしたのも早かったな。産後の肥立《ひだ》ちが悪かったところへ疾風《はやて》にかかってあっという間だ。それでもまぁ、可愛い娘もいたことだから、あいつはそれなりにお役目《やくめ》熱心だった。まだ無役《むやく》だった俺たちとは違ってな──。十五年前、隠密御用《おんみつごよう》で丹波《たんば》笹山へ行ったとき、牟岐は山道で迷って崖から落ち、土地のソマビトに救われて命を拾ったんだ。ようやく帰って来たのは三月《みつき》後さ。ところが帰ってみたら、組屋敷は火事で焼けてしまっていて、娘を預けた御家人夫婦は焼け死んじまっていた。娘の遺体は見つからなかったが、大の大人も助からなかったんだ、赤子も死んじまったに違いないと、誰もがいってなぁ……。まぁ無理もないことだが、それから見る間にあいつは付き合いづらい男になって行った。根が真面目なだけに曲がり出すと性質《たち》が悪い」

「『俺には娘が死んだということがどうにも信じられん』と、あの頃よくいっていたっけ──」

「ただでさえ、子のことを思わぬ親は居ぬ上に、あそこは珍しく惚れ合ってくっついて出来た子だったから……。牟岐にしてみりゃ、したくとも子育て出来なかった妻の分まで、しっかり育ててやろうという思いもあったろう」

「……」

「まぁなんだ、赤穂から戻って来て以来、迷惑をかけられてばかりで、今度という今度は顔を見たら必ず殺してやるくらいに思っていたが――いま、あいつの女房の顔を思い出したら、『どうか権兵衛を許してやって下さい』と手を合わせられている気がしてきて、何だか妙に冷めたな。あまり悠長《ゆうちょう》に構えていられる状況でもねぇんだが――」

「……。すまん」

「何が？」

「いや、折角《せっかく》気持ちよく飲んでいたところに水をさしたような気がして……」

「なに、いいさ。どの道思案しなきゃならないことだから――。お前ぇにも最初に頼みごとをして以来、随分《ずいぶん》無理をいって来たような気がするが、不満があるならいってくれ。牟岐のようにふっと居なくなられるのは御免だ」

「あいつには何だかそんな思い切ったところがあった。いまの俺にはそんなものはねぇさ――」

「また赤穂浪士の妻女《さいじょ》がひとり……稲荷明神を頼って来るかも知れねぇ。五のつく日に当たったらまた面倒《めんどう》を見てやってくれ」

「ああ……」

雲井大助は少し酒を口に流し込みながら応えた。

はじめに猿橋右門が、

「赤穂浪士の妻や娘らに春をひさがせよう」

と、思い立ったとき、浪士らが貧苦で餓死《がし》でもせぬように——という彼なりの義侠心《ぎきょうしん》もあったように思う。彼らのことを調べてまわる内、どうも甲斐性のない侍ばかりである実情が見えてきて——大石内蔵助《くらのすけ》の腰が重い現在《いま》——何とか食い繫《つな》がせなければと思ったのだ。

「宅悦《たくえつ》か、宅悦の知り合いのところで面倒を見てくれるかも……」

右門がだめもとで話を持ちかけてみると、やはり宅悦は良い顔をしなかった。

「まぁ、並《な》みの女じゃ面倒《めんどう》は見やせんぜ。ご存知《ぞんじ》か知りませんが、いまじゃこの世界も人余りでしてね。ちょんの間で《両》という金が稼げるってぇ誤解がはびこってから、お武家のご妻女まで通いで稼がせてほしいとやって来る。時代も変わりやしてねぇ。ほんの十年前までは、素人《しろうと》なんぞ入り込める世界じゃなかったんですが、素人の初心《うぶ》なところが良いってゆう男が、あっしらの想像以上に多かったんですねぇ。女もそんな空気になかなか敏感であっという間にいまのようなダラク・フハイの世の中でさァ。へへへ。——いいですかい、桃さん。女の身体《からだ》さえありゃあ売れるってご時世《じせい》でもねぇんです。女が余りゃあ、客だって眼が肥えて選《え》り好みをするようになる。特別きわどい趣味にも応えられる女とか、初心《うぶ》なようで何でもこなす女とか……。そういう女なら、稀《まれ》に二十・三十という金を半年もしねぇで稼いじまうのも居《お》りやすがね」

「……。とにかく連れて来る。その上でいまの話を女どもにしてやってくれ」

「あ、あっしがですかい？」

「うすうす感付いてるようだが、俺のやっていることにゃ、そうさ、ちょいと大きな後ろ盾がついている。あんまりむげに断らねぇ方が良いなァ……」

「そんな殺生な――。元手だけかけて全く売れなかったなんてこともザラなんです。勘弁して下さいよ」宅悦は半ば泣き声でいったそうな。桃助右門は、それをまったく無視するように地獄宿を飛び出すと、早速ふところから、豆本大《まめほん》の覚書《おぼえがき》を取りだし、赤穂浪士の住処《すみか》と家族構成を読み返した。

「山野辺彦十郎《やまのべひこじゅうろう》……か。ここはガキが多くて既にして生活が苦しそうだったな。娘もいるようだし、この辺からあたってみるか」

桃助はこのとき遊び人の扮装で、買い物に出た山野辺の妻を待ち伏せ、町で偶然すれ違ったように装《よそお》って声を掛けた。

「……ちょっとよろしゅうございますか？」

落ちぶれ果てても武士の妻だ。逆鱗《げきりん》にふれて「無礼者！」などと、町中で騒がれることも覚悟していたが、彼女は少し目を泳がせてから、「あのそのお話しをもう少し詳しゅう……」と、桃助右門を人気のない裏路地へ促《うなが》した。あとで右門は、

「俺もこれで武家ってものに、美しい幻想を抱いていたのかも知れねぇ。あのときぐらい自分のウブな部分を嘲《わら》ったこたぁねぇよ」

と、吐き捨てるようにいったものだ。

宅悦は、思いがけない上玉《じょうだま》を連れて来られて、手のひらを返したように喜んだという。しかし一度客をとって、良心の呵責《かしゃく》に堪《た》えられなくなった山野辺の女房は、驚くほどあっさり彦十郎に秘密をばらしてしまった。「斬り殺されるかと思いました」山野辺の女房は、淋《さび》しい笑みを浮かべて桃助にいったそうだが、それからしばらくして、宅悦のもとを訪れたこの夫婦は、

「それがしの目の届かぬところで、妻が誰とも知れぬ男と同衾《どうきん》しているかと思うと、気が狂いそうになる。妻が客をとっている最中、隣の部屋にそれがしを控《ひか》えさせてはくれまいか」

と、相談を持ち掛けた。宅悦は呆《あき》れて、それから太い溜め息をつき、同席していた桃助に恨みがましい視線を向けた。

「うちはそんなことのために、部屋を余らせちゃおりやせん。どうしてもってんなら、倍の化粧代と着物代、それと部屋代を頂《いただき》やしょうか」

結局宅悦のもとで働き続けるという話はまとまらず、宅悦が紹介する別の働き口で、初回の化粧代等は返済することになった。

「芝の簞笥町の方に、あっしの知り合いで夜鷹《よたか》長屋をやっているのがおりやす。そこの長屋に住んでいる女は大家からみーんな夜鷹でございやしてね。ご浪人夫婦も住んでいると聞いておりやす。ええ、なんでもそういったご夫婦は奥方が客を取っている間、旦那が用心棒で近くに控えているんだそうで——。どうです。その長屋に空きがありやしたら、あっしが口を利《き》きましょう」

山野辺夫婦はそれを了承し、やがて家族ぐるみで引っ越して行った。桃助はその越していく背中を見つめつつ、「あの男、もう義士の列へは戻れまい」と直感した。

「なかなか加減が難しいが——それでも赤穂浪人らに飢え死にされるよりは……」

——それに宅悦にも今回の穴埋めをしてやらにゃあ気の毒だ。

桃助はその後、さらに女たちを口説いてまわったが、暫くは空回り続け——途中から網にかかった浪士の妻たちに、

「お前ぇさんたちのように生活に苦しんでいる人が居たらな、汐留の《於志賀稲荷《おしがいなり》》へ来るようにいってくれ。そこの境内《けいだい》の灯籠《とうろう》に、俺と会いたい希望の日時を二、三記してな、そっと置いておくんだ。見張りもたまにゃあ立たせるから、そいつに直接話しても良い——」

と、いい含めるようになった。

「……」

「で、おかげで俺ぁその見張り番までさせられて、いまじゃ侍のナリをした忘八《ぼうはち》だ」

「まったく悪い友達をもったなぁ」

桃助右門は他人事のようにいった。しかしすぐに真面目な顔つきになって、「嫌かい？」と訊いた。

「……まぁいいさ……」

雲井大助は仰向けに寝転ぶと灰色の天井を眺めながら眼を細めた。

十五　不浄役人

「ねぇ……。赤穂《あこう》のご浪人衆は本当にやる気があるの？」

「さあねぇ。御小人目付《おこびとめつけ》の連中とだらだら奴らのことを調べちゃいるが、俺の知る限りじゃ、どいつもこいつもしけた浪人ばかりさ。だいたい頭領《とうりょう》と目されている大石内蔵助《くらのすけ》が京・大坂で色狂《ぐる》いってんだから、江戸の連中は相当やる気を削《そ》がれているようだぜ」

「ふうん。でも案外根強く赤穂の連中に味方する声もあるようだけどね」

「誰がいうのかね、そんなことを……」

「旦那様の話だと下は町人から外様《とざま》の御大名《おだいみょう》衆まで――」

「物騒《ぶっそう》な話だ。――ところでお前、なんで赤穂浪人の話なんか……」

現在《いま》は町人姿に身をやつしている北町奉行所隠密廻《きたまちぶぎょうしょおんみつまわ》り同心《どうしん》・秋山長兵衛《あきやまちょうべえ》が怪訝《けげん》な顔をして訊《き》くと、年増《としま》だが艶《つや》のあるお槙《まき》が、

「あのお嬢様《じょうさま》がね――」

と、不忍池の青々とした蓮の葉の向こうに見える、出会茶屋《であいぢゃや》を指《さ》していった。

「どうもご執心《しゅうしん》なんだよ。赤穂のご浪士に」

「ン？　いったい誰？」

「何年か前に、女の子をさらって逃げた浪人者を斬り捨てて、あの堀部安兵衛《やすべえ》と並ぶくらい有名になったのが居ただろ？」

「国許《くにもと》で勘定方《かんじょうがた》だった民谷《たみや》伊右衛門《いえもん》……」

「そうそう。この前ね、四万六千遍《べん》の日に、西海屋《さいかいや》揃って浅草へお参りに行ったんだよ。そのとき付き添《そ》っていた医者の市谷《いちがやび》尾扇《せん》がね、昔その有名人の顔を見たとかで、ちょうど浅草寺へ来あわせた民谷伊右衛門を見つけたのよ。『ほらお嬢様。あれが当代一、二を争う剣豪の民谷伊右衛門でございますよ』とか何とかいってさ。そうしたらその日からお嬢様の目付きが変わってしまってね。あなた、知ってたかしら？　お嬢様には悪い女友達がいて……そうそう、同じ蔵前の越後屋さんのお嬢様――。あのお嬢様も、うちのお嬢様と一緒で男漁りが唯一のご趣味なのよねぇ」

いつもの繰《く》り言《ごと》だが、

「ちっ、たいそうなご趣味だねぇ」

と、秋山長兵衛は自分の首筋をなでながら苦笑した。

「その越後屋さんのお嬢様、このまえ何とかいう役者を、ようやくものにしたとかで……あたしなんかは、ちっとも好かない優男《やさおとこ》なんだけど、お梅《うめ》お嬢様ったら、それを聞いたらひどく悔しがってねぇ」

「越後屋の娘に自慢できる男を探していたところ、目の前に現れたのが、当代一、二を争う剣客《けんきゃく》の民谷伊右衛門だった……と」

「そう」

「当世風の優男が好みなんじゃねぇのかい、お梅も」

「役者に役者で対抗したって芸がない……って」

「芸ねぇ……」

「ねぇ、民谷伊右衛門って、あなた知ってる?」

「住んでいるところも誰と暮らしているかもな……。うん。そうだ、民谷といえば、確か亡君《ぼうくん》一周忌のあたりでガキが出来ていたな」

「あらやだ、男の子? 奥様くらいは居ると思ったけど、子供が居たのねぇ……。やっぱり今度のお嬢様のわがままはちょっと難しいかしら」

「おいおい。本気か。西海屋はお梅の――そのご趣味ってやつを知っているのかい?」

「さぁ。最初はあたしも内心びくついていたけど……。いまはもう誰もが知ってるけど、表には出て来ない秘密ってやつかしら。でも民谷伊右衛門に気があるってぇことは知っているわよ。何せ一緒にご参詣《さんけい》ってぇときに、お梅お嬢様の様子がガラリと変わってしまったんだから――」

「……」

「でも驚いたのはそのときの旦那様の言葉よ。『四万六千遍の日に孫娘に好きな男が出来たというのは観音様のお引き合わせに違いない。家運長久のお告げならば、あの浪人を孫の婿《むこ》に迎えても良い』って」

「ええ！　あの大店《おおだな》の婿にか？　かぁー、西海屋喜兵衛《きへえ》も娘夫婦に死なれてやきがまわったか──。だいたい西海屋は吉良《きら》家出入りの札差《ふださし》だろう。赤穂の浪人なんぞ婿に迎えたら、得意先への義理が悪いんじゃねぇのか」

「とりまきの尾扇《びせん》も同じことをいっていたわね。でも旦那様は──」

「いや金の力でそれほどの剣豪でも切り崩してみせようじゃないか。手練《てだ》れひとりでも、討入《うちい》り前に脱盟《だつめい》させることが出来たら、どれほど付人衆《つけびとしゅう》の助けになろうか……。うまくいけばこれは、お得意先に義を貫いたことにもなる。これはワシなりの商人道だ」

「──って、こう仰るの」

「ふうむ」

「あたしもね、乳母として十七年、西海屋の旦那様にはお世話になったけど、何をどう間違ったのか、あのお嬢様の男漁りに肩入れするようになってから、すっかり気持ちが疲れちまってね。──早くお嬢様を落ち着かせて家業に専念させるのが、あたしの最後の忠義だと思っているの。それにこれは旦那様が、尾扇に冗談めかしていったことだけど、もし民谷伊右衛門を赤穂の仲間内から抜けさせる妙案を思い付いたら、百両くれるって……。百両あったら何ができる?」

「何って――何さ?」

「ねぇ。あたしだってもう今年で三十五よ。御店を辞めてさ、根岸あたりにあなたを迎える小さな寮でも買ってさ……。いいのよ。あなたと奥様は与力《よりき》の上村様の仲人《なこうど》で一緒になったんでしょ。だからこれ以上の無理はいわないから、もう少し私たちが一緒に居られる時間のために、ちょっと知恵を貸してよ」

お槙にそっと袖をつかまれて、秋山長兵衛は何だか情けない気持ちになってうな垂《だ》れた。

＊

一代限《かぎ》りの不浄役人《ふじょうやくにん》――。

元来が妾《めかけ》を持てる身分ではない。が、長年馴《な》れ合ったお槙の身体《からだ》を手放しがたく、秋山長兵衛はずるずると付き合いを続けているのだった。

「ここらで何とかしてやりてぇ」

「だが何が出来る?」

数日経った非番《ひばん》の日、秋山長兵衛は雑司ヶ谷と市ヶ谷の間をどこへ行くともなく彷徨《うろつ》きながら考えていた。あの日――お槙と一緒に出会茶屋の近くまで行ってみると、事を済ませてすでに店を出ていたお梅と、ばったり出くわした。相手はただ頑強そうなだけの魚売りだった。

「もういいわ、行って……」

お梅はお槙に一両渡させると、若者を犬のように追い払い、秋山の方を向いてちろりと舌を出した。垂らした髪を玉結びにし、目に鮮やかな紅の振袖。帯を流行の吉弥《きちや》結びにし、左右に垂らしたその帯の端を蝶の羽のようにひらひらさせながら、お梅はふわりと秋山の方へ近づいて来た。

「お祖父様には内緒ね」

「いわねぇさ。だがちょっと男との切れ方が雑じゃねぇのか？　お前ぇほどの器量になりゃあ、ぞっこん惚れ込んで割り切った付き合いのできねぇ男も出てくるだろう。いやだぜ、五つ六つの洟《はな》垂れ時分から知ってる娘の検屍をするなんざぁ」

「大丈夫よ。誰だってみんなこんなもの。お金まで渡して文句をいわしゃしないわ。お説教は誰からもされたくないの。解るでしょ、秋山さん。――逆に私からいわせてもらいますけど、秋山さんはもうちょっと甲斐性をみせて、お槙を何とかしなさいよ。こんなところで油を売っていたら、そのうち二人とも白髪《しらが》頭よ」

お梅はころころと笑いながら、お槙の手をひいて人混みのなかへ消えて行った。

気付けば、秋山長兵衛の足は麹町の御家人長屋へと向かっていた。ここに住まう御小人目付《おこびとめつけ》たちは昔、汐留に住んでいたが、大火事があったのを機に江戸城間近のこの地へ移って来たのだった。

真剣に考えるほどのことではなかったかも知れないが、西海屋喜兵衛《きへえ》の冗談話というのが何となく頭から離れず、

――猿橋か雲井なら、何か知恵の足しのなることでも知っているかも……。

などと思い、秋山長兵衛はここを訪ねた。果たしてこの日、猿橋右門は珍しく在宅であった。

「よう秋山さん。どうも無沙汰をしましたね。その後、赤穂浪人のことで何か変わったことはありますか?」

「浅野大学《だいがく》が広島本家へお預けになり、浅野家再興《さいこう》はなくなった――というのは、しかし、そちらの方がお詳しいでしょうな。それと前後して堀部安兵衛《やすべえ》ら江戸急進派《きゅうしんは》の何名かが上方《かみがた》へ向かったらしいという話は掴《つか》んでおります」

「堀部らはここを発つとき浅野大学お預けの裁定を知らなかったはず。この報が上方へもたらされたとき、彼らの間でどんな離合集散《りごうしゅうさん》が見られるか……」

「桃助」という薬売り姿の猿橋右門《さるばしうもん》は、心なしか楽しげな表情でいった。

秋山長兵衛の目から見れば、猿橋右門も雲井大助《くもいだいすけ》も、また(とんと姿を見かけなくなったが)牟岐《むぎ》権兵衛《ごんのひょうえ》も、どこか不気味《ぶきみ》さの漂う男たちだった。皆口《くち》を揃《そろ》えて「武芸も何もからきしで……」という。御小人目付《おこびとめつけ》の間では彼らは劣等感を味わう側か知らん、目の配り、身のこなしは、自分の知る隠密《おんみつ》廻《まわ》り同心と比べても相当「できる」側に属するように思われた。

いまも備忘録を取り出して、自分では到底調べの及《およ》ばないようなことを桃助右門は話している。

「岡野九十郎《くじゅうろう》……ああこれは、先頃亡父の名を継いで岡野金右衛門《きんえもん》と名乗っておりますが、かの者は本所の吉良《きら》邸を改築した、大工の棟梁の娘に近づいておりましてね――。おそらく娘をたらし込んで吉良邸の絵図面を手に入れようとしているのでしょう。この岡野とともに、元赤穂藩絵図奉行《えずぶぎょう》の潮田又之丞《うしおだまたのじょう》も随分活発に動き回っておりまする。……勝ち負けは論の外――ただ突っ込めば意義はあるという考え方から、いま彼らは必ず勝つ方へ方針を切り替えているように思われます。あの貧苦のなかで、それでも胆力《たんりょく》のあるものは、我々顔負けの隠密《おんみつ》活動を致しておりますよ」

そういえばこの前、夜なき蕎麦《そば》屋に変装し、屋台を吉良邸近くに出した大胆なのもいましたなと、桃助右門は付け加えた。

――そうまで執拗《しつよう》に吉良上野介《こうずけのすけ》を狙っているのか。

慣れない手つきで蕎麦を作り、目が異様に鋭い蕎麦屋を想像すると、何だかそれは御伽話《おとぎばなし》のようにさえ思われた。

「なるほど……」

――いま赤穂の連中は、それほど敵の内情を探るのに必死か。

《吉良家出入りの西海屋《さいかいや》》

《赤穂浪士・民谷伊右衛門《たみやいえもん》》

秋山長兵衛は、桃助右門に聞こえないほどの小さな声で、手持ちの駒《こま》を名を呟《つぶや》いた。

民谷をどう西海屋に引き合わせるか……ぼんやりとだが、ひとつの絵図が秋山の頭のなかで描かれ出していた。

十六　背水の伊右衛門

堀部安兵衛《ほりべやすべえ》が「山科《やましな》へ行く」といい出したのは、元禄《げんろく》十五年六月半《なかば》ば頃のことであった。「山科」というからは大石内蔵助《くらのすけ》と何かしら談合を持つために違いないが、何となく気持ちが離れていた二人だったので、民谷《たみや》伊右衛門《いえもん》は——行ってどうするのだ？——とさえ訊き返さなかった。

安兵衛も口では、

「江戸のことを頼む」

というのだが、その眼はあくまで冷ややかで、礼節上断《ことわ》りをいれたに過ぎないことはすぐに感じ取れた。この頃の安兵衛は誰にも決して阿《おもね》らず余計《よけい》な主張もせず、ただ「自分」を生きているという雰囲気があった。

安兵衛とは距離を置きたいと思っていた伊右衛門だが、それでも安兵衛が江戸を離れてみると、ひどい寂寥感《せきりょうかん》を覚えずにはいられなかった。あの奥田孫太夫《まごだゆう》ですら世を忍《しの》び、変名を用《もち》い、《仇討《あだうち》》にむけての準備に尽力《じんりょく》しているのに、自分はどうか？　両刀も置かず自侭《じまま》な時間を過ごしていると、この広い江戸にさえ、自分の居場所がないように思われた。

伊右衛門が泰然自若《たいぜんじじゃく》を装い、同志間《かん》で特別な存在のように振舞っていられたのは、同じ匂いがする安兵衛が近くに居たからだったのだ――と、今更《いまさら》ながら気付かされたのである。

「この俺が本当に吉良《きら》邸へ討ち込む日など来るのだろうか。武士の掟《おきて》は掟として、人間がかほど人を恨むということに意味があるのだろうか？」

奥の間《ま》から、この三月に生まれたばかりの伊織《いおり》の笑う声がする。添《そ》い寝しているお岩《いわ》があやしているのだろう。お岩は産後の肥立《ひだ》ちが悪く、暑くなってから輪を掛《か》けて痩《や》せてしまい、いまだに床上げが出来ない状態であった。伊右衛門は、家計を支えるために一層傘張りに専念しているのだが、ふと手を止めて、箪笥《たんす》の上にこしらえた仏壇に視線を向けた。

そこには《民谷伊左衛門《いざえもん》　享年《きょうねん》五十四》《民谷玖磨《くま》　享年二十二》と記された二つの位牌《いはい》が安置《あんち》されていた。「玖磨《くま》」というのは伊右衛門の母の名だが、伊右衛門が二歳の正月を迎える前に「病でこの世を去った」と、父には聞かされていた。

その男は、突然、伊右衛門の前に現れた。

表で和紙を張ったばかりの傘を乾かしていると、笠を被ったひとりの武士がツツジの垣根《かきね》越しに伊右衛門に軽く会釈《えしゃく》をした。

「どなた？」

男は、すべるように庭まで入ってくると、

「こちら民谷伊右衛門殿のお宅に間違いござるまいか」

と、いった。妙な足捌《さば》きをする男だったが、身なりは大名家の留守居役《るすいやく》といっても通じるほど立派なものであった。

「いかにもそれがしが民谷伊右衛門でござるが、まずそちらから名乗られぬのは礼儀に適《かな》っておりますまい」

「平《ひら》に。それがし、旗本《はたもと》・浅野美濃守長恒《みののかみながつね》家来にて、右筆《ゆうひつ》を勤めます、三浦十太夫《みうらじゅうだゆう》と申す者にございます」

「美濃守長恒……さま」

「手前《てまえ》主人の名はお聞き及びでしょうか？」

聞き覚えがあった。去る十一月、大石内蔵助《くらのすけ》が江戸へ入った際、浅野家再興《さいこう》の周旋《しゅうせん》を頼んだ人々のなかに確かにその名前があった。

「ご家老《かろう》（大石）のご縁続きでもある――」

「おお、左様《さよう》。左様」

三浦十太夫は、急に打ち解《と》けたように笑いながらいった。

「して、その美濃守様ご家来が、それがしに御用《ごよう》とは、いったい……？」

伊右衛門が物腰軟《やわ》らかく対応していたせいだろうか、三浦十太夫は大《たい》した思慮もせず、「実は――仇討《あだうち》の件で……」と、いきなり核心《かくしん》的話題へ入った。

その瞬間――、

伊右衛門は全身から殺気をみなぎらせた。三浦十太夫は、ギョッとして足をよろめかせた。彼は垣根の戸口に寄り掛《か》かりつつ、

「ご、ご無礼仕った。順を追ってお話致したき儀《ぎ》がござる。まずは、まずは話をお聞き届け下さるまいか――」

と、いった。

「信用して頂くため、手前《てまえ》主人の名前を明《あ》かし申したが、これはそれがし一存《いちぞん》で持ち掛《か》けた話と思って頂きたい」

三浦十太夫は少し憚《はばか》りながら、

「お手前とて、いまだ、赤穂浪人仇討を強く熱望される方々がいるのを存《ぞん》じておりましょう。例えば幕政《ばくせい》の不条理に憤《いきどお》る外様《とざま》諸大名――。いや、それ以前にそれがしは、大石様と縁続きの家に仕《つか》える者として、何かお役に立てまいか、と。故《ゆえ》に今日は朗報《ろうほう》をお持ちした次第。あくまでそれがしの一存でござるが、まあ、まずは、その剣気《けんき》を納めては下さるまいか……」

と、やっとの様子で続けた。

三浦十太夫が逃げ出す風でもなく、必死に何事かを言わんとするので、とりあえず伊右衛門は三浦を家へ招き入れた。意図するところは兎《と》も角《かく》、主家筋《すじ》の者には違いない。

「かたじけない」

三浦はホッと息をついたものである。

「まだ、お手前を信用したわけではないが……」

「結構でござる」

奥の間をそっとのぞくと、いつしかお岩と伊織《いおり》はともに小さく寝息を立てていた。「妻が伏《ふ》せっていて何のおもてなしも出来申さぬが――」と自ら茶を煎《い》れてすすめた。

「で――」

例の件に関する話とは、と問うと、三浦十太夫は、

「まず確認させて頂きたいのだが、民谷殿は四万六千遍《べん》の日、浅草におられましたかな」

と、いった。

「いかにも。参りました。左様《さよう》、あのときは……」

あのときは――、
細々ながら送られてきていたお袖《そで》からの音信が途《と》絶《だ》えており、お岩が大層心配していたため、浅草寺まで足をのばしたのである。

身体の利かなくなった舅《しゅうと》・左門《さもん》はひどく頑《かたくな》な性格になり、伊右衛門が金銭的援助をしようといっても、決して聞き入れようとはしなかった。ばかりか、お袖とともに行き先も告げず、どこかへと越してしまったのである。おそらくあの舅《しゅうと》のことだから、一度周囲に甘えてしまうと、仇討《あだうち》の決心まで萎《な》えてしまうと思ったに違いない。そのときお岩は、すでに相当な不安を口にしていたのだが、身重《みおも》でもあったし、「心労は赤子《あかご》によくない」と、伊右衛門は――ちょっと過保護すぎるくらい

に——考え、努めて平静な態度を装《よそお》っていた。「会合があれば、舅殿に会うこともあろう」と、ひとつことを繰り返したり、(その後お袖からの便《たよ》りも来るようになったので)「ほれ、このお袖からの便りにも、息災《そくさい》にしておると書かれているではないか」と、説得してみたり……。

お袖の便りを運んでくるのはいつも子供であった。しかし、「どこから来た?」と尋ねても、お袖は、その都度《つど》ちがうところから言付けているらしく、皆いうことがバラバラなのであった。最後の便りを運んで来た子供が、浅草寺の仲見世《なかみせ》で頼まれたといっていたのを思いだし、伊右衛門は藁《わら》にもすがるような思いで、お袖を探しに出掛けたのであった。

「左様。あの日は、ちと人を探しておりまして……」

「ほう」

しかし、三浦十太夫は、伊右衛門の事情に、さほど関心を抱かなかったようである。

「確かに、参ったが、それが一体仇討と……いや、我々が仇討をするなどという世間の噂と、どういう関係があるのでござる?」

「まあ、順を追ってお話し申そう」

三浦十太夫は一口茶をすすり、唇を湿すと、続けていった。

「我が浅野家は、俸禄《ほうろく》の米を受け取り金に替える仕事を、浅草の札差《ふださし》・西海屋喜兵衛《さいかいやきへい》に委託《いたく》しております。実はこの西海屋、吉良少将《しょうしょう》殿の米も扱っておりましてな……」

「……」

「それがしなどは、個人の付き合いで西海屋と親しくしておるのですが、ここに年頃の孫娘がおるのです。お梅と申しまして、五つ六つの洟《はな》垂れ時分から存《ぞん》じておりますが、これが気付けば恋などをする年頃になっておりまして」

「だから?」

三浦十太夫は、スッと制止するように伊右衛門の前に手を出した。

「そう急《せ》かすな。実は、その西海屋の孫娘がそなたにぞっこんの思《おぼ》し召《め》し――」

「何!」

伊右衛門は奥で横になっている岩に気を使いながら、「貴公《きこう》、俺をからかっているのか」といって三浦を睨《にら》んだ。

「なんの、からかってなどおるものか。ここまで話せばワシがいわんとする筋は、もう察しがついているのではないか。大工の娘をたらしこもうと必死の岡野金右衛門《きんえもん》、潮田又之丞《うしおだまたのじょう》、蕎麦《そば》屋に身をやつしている杉野《すぎの》十平次《じゅうへいじ》、いずれも吉良《きら》邸の内情を知るために、武士にあるまじきことまでして探索《たんさく》を進めているのではないか?」

――どうしてそれを!

と、口走りそうになるのを、伊右衛門はぐっと飲み込み、冷ややかな表情を保ち続けた。が、三浦十太夫は、すべてを見透かしているという風にさらに畳《たた》み掛《か》けて来た。

「ワシがなぜそれを知っているのかという不審《ふしん》はもっとも。しかし、三好《みよし》浅野家(内匠頭夫人実家）を筆頭に、浅野の親類筋は、お手前方《てまえがた》にひとかたならぬ同情の念を抱いているのでござる。そこを察して、あの堀部安兵衛《やすべえ》なども、瑤泉院《ようぜんいん》様に密かな助力を願っていることを知らんのか。つまりお手前方のやっていることは、我らのような親類筋《すじ》有志の間では、公然の秘密なのでござる」

「……」

「西海屋の孫娘は、そこもとにぞっこん。喜兵衛《きへえ》自身も孫娘の想いは知っておる。そこにつけいって西海屋に潜《もぐ》り込めば、吉良少将《しょうしょう》の情報も何か得られるのではないかな。どうだ？」

「もそっと声をこらしていただきたい。妻に……妻に聞こえる」

「ああ、それは申し訳ない」

とってつけた様に三浦は小さな声でいった。

「が、悪い話ではあるまいが。何、吉良の様子について色々と聞き込むついでに、一寸《ちょっと》、喜兵衛の孫娘の相手をしていれば良いのでござる」

「しかし、な……」

――そんなことがうまくいくものか？　よりにもよって、自分は妻のある身。いか様にしても……。

なかなかにえきらない伊右衛門に、三浦はとうとうチッと舌打ちをした。

「何をためらっておるのだ。そのようなことでは、お手前方の企てなどとても成就せぬぞ！」

「……」

「まあ、奥方のことをおもんぱかっているそなたの気持ちは解らぬではない。だが、この様な好機、逃す手はあるまい」

いつしか、三浦の口調は、かなり居丈高《いたけだか》なものになっていた。まるで伊右衛門が、探索に消極的なため、同志間《かん》で肩身の狭い思いをしていることまで知っているようであった。「同志と相談してから──」と、危うくいい掛けたが、唯一まともに話を聞いてくれそうな堀部安兵衛《やすべえ》は江戸を離れていて今はいない。平時から仲間と親身に付き合って来なかったため、どこかでこの三浦を怪しいと思っていながら、彼のいうことすべてのウラを取る方法など、誰に相談を持ちかけたら良いのか見当も付かなかった。現在はあの武林唯七《たけばやしただしち》さえ、堀部・奥田そして自分と距離を置いているようで、新たな一派を立ち上げようとしているほどであった。

「だいたいそのお梅なる娘は、それがしのどこを──その、見初《そ》めたと申すのか……」

「さあ、複雑な経緯があったのやも知れぬし、まさに一目惚《ぼ》れということもござろう。それがしもそんなことまでは知り申さん。直接お梅に会って問い糾《ただ》してみたらよろしかろう」

「さてそれは……」

「何をそう迷われるのか。天下無双の剣客・民谷伊右衛門がまさか仇討から腰がひけているわけではあるまい」

──この男、俺を挑発している……？

伊右衛門はぎりぎり顔には出さなかったが、「つまらぬ面倒事を持ち込みおって」とはらわたの煮えくりかえる思いであった。

「まあこれは、拙者の落ち度といえなくもないが、平時なんとかお手前方に協力したいと思うておったところ、西海屋が面白い話をし出したのでつい舞い上がってしもうてな、『浅野ゆかりの民谷の居所ならそれがしツテを頼って解るやも知れん。望みとあらば十日もせぬうちに当人を連れて参ろうか』というてしまったのだ。同志とはかってどうするかを決めるのも結構だが、あまり悠長《ゆうちょう》に構えていては相手の懐《ふところ》に踏み込む機会を逸《いっ》するぞ」

「待たれよ。どういうことだ。相手はそれがしの素性《すじょう》を知った上でそれがしに会いたいというておるのか」

「おお知っておるとも。金と孫娘の美貌でそなたを切り崩し、吉良家に義理立てしてみせると豪語しておったわ。金と色香が勝つか――そなたの金鉄《きんてつ》の志《こころざし》が勝つか――ここで逃げては凶賊《きょうぞく》斬《ぎ》りのそなたの勇名が泣くぞ」

おもしろ半分――単に騒動を煽《あお》るつもりでいっているのかとも思ったが、そこまでいい切った三浦十太夫の眼は存外《ぞんがい》真剣で、「いかがじゃ！」とさらに膝を進めていった。伊右衛門は腕組みをして三浦を無視するように瞑目《めいもく》した。と、その暗闇のなかに――はじめあれほど慕っていたのに――やがて自分に軽蔑するような眼差しを向けるになった武林唯七の顔が浮かんで来たのであった。

十七　四谷左門の末路と直助権兵衛

「この親父《おやじ》、侍《さむれ》ぇのナリをして俺たちの上前《うわまえ》をはねるたぁ、太《ふて》ぇ奴だ！」

「おいここじゃ人目がうるさい。そこの溜池広場まで引っ張って来い」

「ご容赦《ようしゃ》……ご容赦下されたい。落ちぶれて身体《からだ》の利《き》かない浪人者が、このようなことをしていると噂に聞いて、深い思慮もせず――。お手前方《てまえがた》のなかにもそのような作法《さほう》があったとは知らなかったのだ」

「おお、あるともさ。青天井に草筵《くさむしろ》……寝床を一緒にし働きどころをともにすりゃあ、バッタ・コオロギにだって付き合いはあらぁ！　てめぇ侍ぇのくせしてそんな道理も弁《わきま》えねぇのか。泥太、目太八、ずぶ六、この親父が二度と悪さが出来ねぇよう、存分に筋骨《すじぼね》を抜いてやれ！　おう、それからな、あそこで何日稼いだか知らねぇがけじめはキッチリつけにゃあならん。その菰《こも》の中身は刀だろう。そいつも忘れず取り上げておけ」

「お、お。竹光《たけみつ》かと思ったら、なんでぇこいつはズッシリ来るじゃねぇか。こんな真似《まね》をする前に、こいつを思い切って売っときゃあ痛い思いもしなかったろうに――」

「そ、そ、それぱかりは！　それぱかりは！」

四谷左門は、刀を取り上げた目太八という男の裾《すそ》にしがみ付いた。

「な、なんでぇこの親父！　やせっぽっちのくせして何て力を出しやがる。おい、泥太、ずぶ六、見てねぇでこの親父を引《ひ》っぺがせ」

二人が左門に取りついて、目太八から引き離そうとする。が、左門もこればかりはと顔を真っ赤に渾身《こんしん》の力を振り絞《しぼ》って食らいつく……やがて左門の十指の生爪《なまづめ》がすべて剥《は》がれ、堪《たま》らず左門は地べたで悶絶《もんぜつ》した。

＊

——こんなことになるなら、播州赤穂《ばんしゅうあこう》へなぞ行かねば良かった……。

直助こと牟岐《むぎ》権兵衛《ごんのひょうえ》は、売り物の花に鋏《はさみ》を入れながら去年四月のことを思い返していた。部屋には地蔵和讃《わさん》を詠《うた》う澄《す》み切ったお袖の声が響き渡っていた。

川原の小石を取り集め　これにて回向《えこう》の塔を積む
一重《いちじゅう》積んでは父のため　二重《にじゅう》積んでは母のため
三重《さんじゅう》積んでは故郷《ふるさと》の　兄弟わが身と回向して
昼は一人で遊べども　日も入りあいのその頃は

地獄の鬼が現れて　やれ汝《なんじ》らは何をする……

目はあらぬ方を見つめ、呆《ほう》けてしまっているのに、お袖は決まり事のように直助に背を向け続けていた。何もかも忘れてしまった様子なのに、幼い頃覚えたのであろう歌を、忘れずに詠えるのは不思議なことであった。前にここに住んでいたという婆が遺《のこ》した小さな鐘《かね》を叩きながらお袖が詠うと、墓参《ぼさん》に来た人々は引きつけられ必ず足を止める。その内のほとんどが直助の小さな花屋で花を買っていってくれるから、盗んだ金に手を付けずとも二人は結構食べていけた。

ここは——「もう死んでしまいたい」と世間に背を向けた者、人を蔑《ないがし》ろにする性質のために周囲から爪弾《つまはじ》きにされた者、病を得て家を放り出された者、いかがわしい商売をしていると、とかく噂の者、多くの人を泣かせ陽《ひ》の下を満足に歩けぬ者——。そういう者達が集まって来る場所だと初めに聞かされていた。

深川法乗院門前。地図にも載らぬ、一種の無法街《がい》の呈。その一角——墓場と墓場の隙間には、俯瞰《ふかん》して見ると三角形の土地があり、ここに建てられたボロ長屋に、ひと癖《くせ》もふた癖《くせ》ある者たちが寝起きしていた。近隣町内の者などは『建ってる場所も不気味なら、住んでる奴らも、何とも気味が悪いじゃないか』と、露骨に眉をひそめ、そこを侮蔑《ぶべつ》を込めて《深川三角屋敷《やしき》》と呼ぶのであった。

真実気が触れたものか——あるいはわざとそう振る舞って、自分の心の平衡《へいこう》を保《たも》っているのか知れないが、ずるずると半纏《はんてん》を引きずり、ときにけらけらと——周囲も気にせず——笑い声を上げるお袖の手をひいて、初めて大家のもとへ挨拶に行ったときは『俺もついにここまで堕《お》ちたか……』と、さすがに溜息が出たものだ。木戸《きど》を潜《くぐ》って大家の住まいへ向かう僅《わず》かな途々《みちみち》で、幾人《いくにん》か長屋の住人と出会ったが、（ある者は疱瘡などの病のために、ある者は罪を犯した刑罰で顔面に墨を入れられたために）外見哀れとなった者も居れば、内面に活力がまるでないために、死人の方がまだ生き生きとしているというくらいの、眼をした者もだいぶ居た。

大家の家を訪ねると、「俺がここを仕切っている」という、浅黒い肌の大男が奥から現れた。

「駒八《こまはち》だ。俺の昔を知る奴は、牛若《うしわか》の駒八なんて呼ぶがね」

大家と呼ぶには粗末なボロ着の前をはだけて、団扇《うちわ》を使う彼の胸には、なるほど大きく牛若丸《うしわかまる》が彫《ほ》り込まれていた。入れ墨は、別名入れボクロなどとも呼ばれるように、大抵が大きなものではない。本来なら罪人の罪状がひと目で判るようにするためだとか、「誰彼いのち」などと遊女が数文字、身体に彫り込むに過ぎないものである。これまで悪所を渡り歩いて来ただけに、そういうものなら幾らも見たが、絵になっているものを見たのは、そのときが初めてだった。もっとも、その牛若は、絵と呼ぶのさえ半端《はんぱ》なもので、小児《こども》のいたずら描きの方がまだ上手いようにも思われ、「こんなものを入れられるくらいなら、死んだ方が良い」と――自慢気にわざと前をはだけているのだろう――大家を、直助は内心嘲《あざけ》った。

自分も相当な酒焼《さかや》け顔だが、牛若の駒八はそれに輪をかけたようなもので、肌はひどくかさつき、目もどろりと濁り、まるで「不摂生」の三文字が着物を着て歩いているようだった。二つ名を持っ

ているというだけで、どうせろくな途《みち》を辿《たど》って来た者でないことくらい察《さっ》しがつくが、

——この大家にして、あの店子か……。

と、直助は思い、さらに、もうすぐ自分もその店子ひとりになるのかと思って苦笑せざるを得なかった。

「あんた——前《せん》はなにを？」

駒八は、ひどく並びの悪い歯を覗《のぞ》かせながら尋ねた。

「前？　いえ、あの。そういうことは聞かれないと、いわれて来たんですがね」

「ちイ。誰に何を聞いたか知らねぇが、ここは厄介者のゴミ貯《た》めじゃねぇんだ。歴とした法の及《およ》ぶところだぜ。前《まえ》の旦那からの人別送《にんべつおく》りがなけりゃ、自身番《じしんばん》への届け出《で》ようもねぇじゃねぇか」

「へぇ……」

「お前《め》ぇさん方も、何か誤解しているようだから、はじめによくいい聞かせておくが、ここの住人たちゃ、ありゃあ、あれなりに仕事を持って、ちゃあんと人別にだって載《の》せているんだ——。お前さん、前を訊《き》かれて口籠《くちご》もるようじゃ、どうせロクでもねえ途《みち》を辿《たど》って来たんだろうがねえ……。まぁ、ここが無法街と勘違いされるのは、訊《き》かれて困るようなことがあっても、あんまり詮索《せんさく》しないからってのもあるんだが。この俺だって——見ての通り、ひと様に自慢できる途を歩いちゃ来なかったから、日蔭者《ひかげもの》の気持ちはちっとは解る。そう……火付《つ》け・殺し・

盗み――」

駒八は、右手の指を三本まで折って、

「こいつ以外の理由でここへ舞い込んで来たというなら、前の話もこれまで――。相談に乗ろうじゃないか」

と、いった。直助は、殺し・盗みの言葉に内面ぎくりとしたが、どうにかそれは表に出さず、「そのどれとも違いやす」と、きっぱりといい切った。

「俺はなあ、お前えさんたちみたいに何かを抱えて飛び込んで来るやつを見ると、少しでもまっとうな暮らしをさせてやりてえ、と、そう思うんだぜ。それが、俺の色んな罪業を消す、たったひとつの手だてだと思っているのさ。ただなあ……。人別のことはちょっと厄介だぜ。もしもだ、どんなに辛え仕事でもする覚悟があって、人別帳にも載らなくて良い――ってえハラが決まっているならよお、例えば俺が口を利《き》いて町人の籍《せき》を抜《ぬ》くってぇ手立《てだ》てもある。いっているい意味は解るな？　誰からも冷てぇ目で見られる、そりゃあつれぇ身分だが、やる仕事ったら、町奉行所が与えて下さるものも多い――。どうだい。そこまでのハラはあるのかい？」

しかし、直助は、駒八の眼をじっと見返し、ひとまず何も答えなかった。

「ふうん。非人頭《ひにんがしら》の善七《ぜんしち》っつぁんの所が嫌となりゃあ、やっぱり人別のことを思案しなきゃあなるめぇなぁ。……ま、俺みてぇな奴の周りにゃあ、そういうことをどうにか出来ちまう奴が居るこたぁ居るんだな。ただし――。こいつはそこそこのこれが要《い》る話なんだがね」

と、駒八は――牛若丸の目の前あたりで――ちょっと指の輪をつくって見せた。

「わかるかぇ？」「へぇ」直助はうな垂《だ》れて、ほんとうに小さくチョッと舌打ちした。《両》という金が、現在《いま》懐中《かいちゅう》にないわけではないが、先々自分の身の振り方が見えないとき、どうしても即座に「ならそれをお願いします」とはいえなかった。牛若の駒八はふてぶてしく、「どっちでも良いんだぜ」と、いう風に、煙草に火を付け、ぷかりぷかりと煙を吐き出した。

直助は、少し思案してから、

「確か、今年の人別改めは、もう済んでおりやしょ？　あの……来年の人別改めのときまで――来年のそのときまで、いっときここへ置いて下さりゃ、それで良いんです」

と、いった。

「だってそれじゃあ……」

「いえ。その先の身の振り方は、思案がねぇわけじゃねぇんです。それでもダメとおっしゃるなら、せめて半年、ここを身の置き場とさせちゃあくれないでしょうか」

「どっちにしたって、近所づきあいもしないわけにゃゆくめぇ。役人を黙らせるにゃあ、結局これが要るんだ。その算段がつかねぇんじゃあ、ここに住まわすのは難しいんだよ」

「なら、その役人を黙らす方法と、その――人別をどうにかするのじゃ、どっちが安く済みやすか？」

「へん。おかしな野郎だ。俺ぁ、そんな品書《しなが》きをつくって、渡世《とせい》をしているもんじゃねぇんだぜ」

「そりゃ、重々《じゅうじゅう》――」

「……まぁ、ここに住むのも、次の人別改《にんべつあらた》めまでってぇなら、鼻薬を使った方がよほど安く済むかもな」

直助は、自分でもあとで「すごい剣幕《けんまく》だった」と思い返したほど勢い込んで、だったらそれで……駒八っつぁんの罪業落《ざいごうお》としの助けにもなることだと思って……と、普段、滅多《めった》なことでは下げない頭を、ぼろ畳にこすりつけんばかりに下げた。駒八は、彼を見下すようにまたしばらく煙草をくゆらせていたが、チラリと虚空《こくう》を見つめ続けるお袖の方を見て、

「ここにきているのかい？」

と、自分のこめかみを、トントンとたたいた。

「へぇ」

後ろのお袖を見返り、直助は短く答えたが、これが真実狂っているのか否か、正直、その辺りの判断はつきかねていた。

――なんのかんのといって、駒八はやはり優しい男なのかも知れない。

直助はあとになって、そう思った。

「いいか。もしお前ぇが火付け・盗み・殺しのいずれかを犯していて、この俺を騙《だま》してここへ潜《もぐ》り込んだってぇことが知れたら、死んだほうがマシってほどの苦痛を味わわせてやるからそれだけは覚えとけ。ああそれからお前《め》ぇたちのたつきだが、ついこの前、墓参りを相手にして

いた花売りの婆ぁが死んじまってな。どうだい、さっきから考えていたんだが、その婆さんの稼業を引き継いじゃあ――。承知してくれりゃあ、仕入先に口を利いてもやろう。……長屋をそのまま店にすりゃ、あすこは案外《あんがい》商売になるんだぜ」

と、駒八はそう奨《すす》めてくれた。断る理由は何も無かったから、直助は「一切合切《いっさいがっさい》、そうして頂けりゃあ……」と、答えた。

直助はさっそく新しい住処《すみか》の障子《しょうじ》を開けて、外の空気を取り込んだ。猫の額ほどの庭――目の前は、すぐ墓地と長屋を区切る塀になっていたが、その塀を見て、さすがの直助もちょっと驚いた。《何々居士》《十何回忌》などという、使い古した卒塔婆《そとば》が、幾本も錆《さ》びた釘《くぎ》で打ち付けられ、塀の穴が繕《つくろ》われていたのである――。それでも塀はぼろぼろで、穴からのぞく向こうの景色は黄昏《たそがれ》どきの墓地だった。

「こりゃ、何ともオツな景色だぜ。え、お袖」

が、お袖は、くたびれ果てた様子で直助の方に背を向け、身体を丸めて横になっていた。

数日の内に、すっかり花屋の体裁を整えてしまった直助は、客の様子がよく見えるよう、長屋の戸を開け放ち、ぼんやりと表を眺めるのが日課となった。看板の《花売り》の文字は直助が書き直したものだが、彼の書く文字は、その顔に似ず、「流麗」という言葉がよく似合った。昔――《桃助《ももすけ》》の猿橋《さるばし》右門《もん》にも「意外だなあ」と感心されたことがあり、「女が書いたようにも見える」と、冷やかす者もおおぜい居たが、総じて人は、彼の文字を褒《ほ》めるのであった。書の師匠についたこともないし、必死に手本を真似た経緯もない。だからこれは、彼の《天分《てんぶん》》というより他なかった。本気で――嫁入り道具である――『源氏物語』の写本の内職を勧めるひともあったくらいだが、根が無精なのと（自分ではそう思っている）、「仲間にそんな内職をしていると知れたら、どんなに笑われるか――」という照れもあって、彼はこれを断った。

――いい金になったか知らん、俺のようなやくざが書いた『源氏物語』を持って嫁入りじゃ、その娘が哀れってもんだ。直助は何とはなしにお袖を見、「しかし、こいつのためなら……」と、ふっと思った。

娑婆《しゃば》に残りし父母は　追善《ついぜん》させんの務《つと》めなく
ただ明け暮れの嘆きには　むごや悲しや不憫《ふびん》ぞと
親の嘆きは汝《なんじ》らが　苦言をうくる種となる
我を恨む事なかれ　黒金棒を取り立てのべ　積たる塔を押し崩す
また積め積めと責めければ　幼子のあまりの悲しさに
まこと優しき手を合わせ　許したまえと伏し拝む

――お前ぇが責め苦を受ける理由は何にもねぇんだ――。何にも！
覚えず直助の眼から一筋の涙がこぼれ落ちた。

お袖と巡り会ったのは、赤穂において城明け渡しが済んだのを見届けた直後だった。城受け取りの脇坂家の兵がお袖にちょっかいを出していたのを、たまたま通り掛かった直助が助けたのだ。

「ありがとう存《ぞん》じました」

そういう娘の顔を見て、直助は思わず眼を見開いた。その顔が死に別れた妻の顔にうり二つだったのだ。いや、あとで再びその顔を見返すことがあったとき「さほど似てはいないか」とも思ったが、やはり雰囲気は驚くほど妻のそれと似ていた。助けたときは直助の方が動転してしまい、相手の名も聞かず立ち去ってしまったのだが――赤穂を去るにあたって受城目付《じゅじょうめつけ》・荒木《あらき》十左衛門《じゅうざえもん》に猿橋とともに挨拶を済ませたのち――娘の素性《すじょう》を調べたところ、赤穂藩目付《めつけ》・四谷《よつや》左門《さもん》の娘で、名は《袖》であるということが知れた。《袖》――それは確かに、直助夫婦が、彼らの娘に持たせておいた守り袋に、記してやった名前であった。

*

赤穂から江戸まで百五十五里《り》。その長い帰りの道程が一切記憶に残らないほど、直助の心は掻《か》き乱されていた。「俺の娘は必ずどこかで生きている!」と口ではいいながら、会ったときにどうするべきかという思案がまったくなかったのである。直助は市ヶ谷に住み出した四谷左門一家と、その縁者にあたる民谷《たみや》伊右衛門《いえもん》の身辺探索に固執するようになった。かなうことならお袖と親子の名乗りをあげたい――直助は、その機会ばかりうかがっていたように思う。四谷左門が赤穂で被った傷はなかなか癒《い》えず、一分二分《いちぶにぶ》でも密かな金銭援助をしようかと思ったが、赤穂浪士のことを調べて回る内、左門自身はいわれのない金は決して受け取らない性格であるよう思われたし、一度甘い考えをおこし気持ちの張りを萎《な》えさせた浪士とその一家が、一挙から遠ざかっていく傾向に陥《おちい》るのも直助は漠然と感じ取っていた。

――身重《みおも》の妻をあれだけ気遣《づか》って宅悦《たくえつ》のもとに通わせているのだ。民谷伊右衛門ほどの男なら、舅《しゅうと》をあのまま放ってはおくまい。

宅悦と伊右衛門一家に縁があったことは、さすがの直助も世間の狭さに驚かされたが、民谷伊右衛門という男は案外ひととの繫《つな》がりに淡泊《たんぱく》な男で、妻の身を気遣うゆとりはあっても、

「舅には冷たいのだな」

と、直助には思われた。そうこうする内――直助も知らぬ間に、お袖と左門は市ヶ谷から姿を消してしまった。このときばかりは疎遠になっていた猿橋右門や秋山長兵衛《あきやまちょうべえ》にも頼ったが、ふたりとも「いや知らんのだ」「迂闊《うかつ》であった」というばかりで、お袖の行方は杳《よう》として知れなかった。

――左門殿の身体と自身の身の上を嘆いて無茶のことをせねば良いのだが……。

ずっと見張っていても――直助は寡黙《かもく》なお袖という娘の心根はかりかねていた。それだけに不安は募るばかりで、彼の精神はどんどん憔悴《しょうすい》していったのである。たまりかねた直助は、宅悦の《地獄宿《じごくやど》》へと足を向けた。

「こりゃあお久しぶり。随分《ずいぶん》お見限りでございやしたねぇ」

「うん。今日は泊まっていくぜぇ。顔なんざ付いてりゃあ良いから、気立ての良い娘を頼む」

「へいへい。おりやすよ。気立てもよろしゅうございますし、顔も肌も上物なのが。お雪って源氏名の娘ですがねぇ、肌が雪のように白いんで、あっしがそう名付けてやったんです」

「名前なんざどうでも良いんだ。女に情は移したくねぇ」

しばらくしてから「雪と申します」といって部屋を訪れた娘は、紛れもなくお袖であった。「お、お前ぇ、ど、どうして！」直助の様子をしばらく訝《いぶか》しんで眺めていたお袖は、やがてそれが赤穂で自分を救ってくれた男だと気付き、かっと顔を赤くしてその場に平伏した。

「こ、これはとんだ姿を！」

「いや、そんな……。当節《とうせつ》ご浪人衆のたつきが苦しいのは存《ぞん》じておりやすから、そんなに恥じ入らずとも――。そう……今日はもっと気楽に。あっしもここへは良く来るんですが、女を抱くより女の身の上話を聞いてやるのが唯一の道楽といった男でしてね。ああ、名は直助といいやすが、その、どうでしょう。今夜はゆっくりあんたの身の上話なんぞしてみちゃあ。いえね、身近な相手にゃあ胸の内は話せないが、縁の遠い相手なら気軽に話せるって女御衆も結構いるんですぜ。胸につまっているものを吐き出すだけでもスッキリするものらしいんでねぇ……」

お袖はゆっくり顔をあげると、うつむき加減に口元を押さえたり、指で髪を梳《す》いたりしながら暫《しばら》くは黙りこくっていた。黙られると直助の方も困ってしまう。そして「よくも俺の娘を！」と、左門を殺したくなる衝動《しょうどう》にも駆《か》られるのであった。

「どうだい、酒でも」

勧めてみると、お袖はポツリポツリと当たり障《さわ》りのないことから語り出した。

「赤穂を去ってから、市ヶ谷の方へ移り住みまして……」

貧苦のなかでお袖も、洗い物の仕事を請《う》け負っていたのだが――左門は左門で身体が利かないことを思い詰め、とうとう乞食《こじき》までするようになった。ところがそれを、土地の有力者に断りなしに行ったものだから袋叩きに遭《あ》い、利《き》かない身体がさらに利かなくなって家へ担ぎ込まれたのだという。破傷風だけは何とか避けなければと医者を頼んだが、やはりいい顔はされず、「身体を売ってでも！」と、思い余ってお袖は口走っていた。医者は左門の手当を済ませると、「必ず払って頂きますよ」と、お袖の顔と身体をじろじろ見つめて帰って行った。

「すみません。まだ二回しか会ったことのない薬屋さんにこんな……」

「いいんだ、いいんだ。お前が話して構わないことなら、なんだって聞こう。で、お父上様は、その後具合は？」

「おかげさまで寝たきりにはならずに済み、いまは少しばかり歩けるようにも――。父にはその……夢、といったようなものがございまして、だからいま、精一杯生きようとしているのです」

「さすがにお武家様だなぁ」

直助はその夜、お袖をただ脇に寝かせて、ゆっくり休ませてやった。お袖の首から下げられた守り袋をそっと手にとってみる。それは紛《まぎ》れもなく、直助が——牟岐権兵衛《むぎごんのひょうえ》夫婦が愛娘《まなむすめ》の息災《そくさい》を祈って持たせてやったものに違いなかった。

翌朝、直助は、お袖が起きないうちに部屋を抜け出し、宅悦を叩き起こすと、「あの娘をお前ぇと引き合わせたのは誰だ」と訊《き》いた。宅悦は寝ぼけたふりをして、口ごもっているのを誤魔化していた。直助と桃助……両方から細作《さいさく》のような真似を頼まれて、この男はいつしか、余計なことは決して口にしないようになっていた。

「重ねて訊《き》くが俺の知り合いかい？」

「ここはね、直さん。働き口を求める女が、噂を頼りに結構訪ねてくるんだ。吉原と違って年季もないし通いでも出来る。昼間はそこの楊枝見世《ようじみせ》を手伝ってさ——昼と夜で稼いだっていいんだ。どんな話を聞きたいのか知りやせんが、そっちだって心当たりがあるんなら、そのひとに直に聞いてみりゃあいいんじゃねぇですかい？」

「知り合いか？」

直助はもう一度凄《すご》んだ。

「直さん……。じゃこれだけですよ。あの娘はね、ここへひとりで来たんです。ええ、嘘じゃありません。ただ——於志賀稲荷《おしがいなり》で遭《あ》った侍ぇがここを教えてくれたんだとか。その稲荷はお雪の守り本尊だとかで、きっと運が開けると思って来たんだといっておりやしたよ」

——於志賀稲荷だと？

直助は宅悦の眼の奥をもう一度のぞき込んでみた。そうされると宅悦は、いつもならすぐに眼を泳がせる。しかしこのときは――直助に腹を立てていることもあっただろうが――強く睨《にら》み返して卑《ひ》屈《くつ》さが微塵《みじん》も見えなかった。

「そうか……。もういい。朝から悪かったな」

直助はそれから――、

《地獄宿》の近くでお袖を待ち伏せ、五つ半（午前九時）になって、一度家へ戻る彼女のあとを尾行《つけ》た。お袖と左門の住まいは意外に近く、海禅寺脇の百姓地に建つ、いまにも潰《つぶ》れそうなボロ家《や》であった。裏の窓からそっと覗《のぞ》くと、四谷左門は両腕に包帯を巻かれ仰向けに寝ていた。口をぽっかり開け、その端には涎《よだれ》が垂れていた。「哀れな……」直助は思わず眼をそむけた。この日は、猿橋・秋山長兵衛と会い、赤穂浪士の動静、吉良邸の様子など、それぞれが調べ上げたことを付け合わせ、夕刻になって分かれた。互いに仕事以上のことは一切しゃべらない冷え切った空気の会合だった。一日中、左門とお袖のことが気に掛かり彼は再び浅草の方へ足を向けた。朝と同じ場所からそっとなかを覗《のぞ》き込む。と、左門が枕の方に足を向けて横たわっていた。様子がおかしい――眼を細めて良く見ようとしたとき、左門が急に跳び起き、腹に突き立てていた包丁を首筋にあてて掻《か》き切った。一度、二度、三度――、

「ばか！　何をしやがる！」

直助は脇の障子を蹴《け》倒して中へ飛び込むと、左門の手から包丁をもぎ取り、傷口に手拭《てぬぐ》いを当てた。

「左門殿！　左門殿！」

四谷左門の眼は虚空を見つめ、最後に「と、の……」といって息絶えた。

「左門殿……。それほどの御志があったのなら、なぜもう少し生きようとなさらなんだ！」

入り口の方で物音がしたのでそちらを見ると、そこにはお袖が立っていた。見世《みせ》で売るつもりの楊枝《ようじ》を、表で作っていたのである。長いようで短い静寂の後、「どうしてあなたが！」と、お袖は楊枝作りの小さな金槌を振り上げて直助に飛びかかって来た。直助はそれを避けると、とっさに当て身を食らわせる――よろめいたお袖は柱に後頭部を強か打ち付けそのまま気絶してしまった。

お袖を足抜けさせるため、直助が宅悦のもとを訪れたのは翌日の晩のことであった。彼が三十両という金をいきなり差し出すと、宅悦は言葉も出ないというほど驚いていた。

「これで了簡《りょうけん》してもらいたいことが幾《い》つか、ある。まず十両――身請《う》け代だと思ってくれ。お袖は今日から俺と暮らす。ここへはもう来させない。それからこの十両――俺が消えたあと、おそらくここに役人が来る。相手が勝手に口走ったことには『そうだったのですか――』とでも答えて、俺のことは口外するな。その頼み賃だ。さらにこの十両だが、ある浪人者の女房と子供が夫に死なれて路頭《ろとう》に迷うことがあるかも知れねぇ。女房はいま伏せっていてな。あの様子じゃ子供を育てていくのも覚束《おぼつか》ねぇ。お前ぇが通いはやらねぇのは重々承知の上で曲げて頼みたいのだが、俺からの繋《つな》ぎがあったら、その女房の治療とガキの面倒を頼まれちゃあくれまいか……。頼む、宅悦」

十八　直助迷走　其ノ一

もしも直助権兵衛《なおすけごんべえ》が、隠密《おんみつ》の尾《お》を完全に断ち切ろうとしなかったら——もう少し先のことを見越して思慮《しりょ》深く行動していたなら、このあと積まれた屍《しかばね》はもっと少なくて済んだかも知れない。

彼は、浅野家再興《さいこう》の望みが幕府の決定により完全に絶たれたことを知らなかった。そしてその決定を受け、赤穂《あこう》浪人らが本腰を入れて吉良《きら》を討ちにかかっていることも知らなかったのである。

＊

悪人ばかりが住まうという《深川三角屋敷》であったが、馴染んでみると気の良い連中ばかりで、直助が留守のときはお袖の様子を見に来てくれる者も何人か現れだした。お袖はいつもぼんやりしていながら、飯を作っておけば勝手に食べるし、一人で厠《かわや》にも行けない病人とも違った。花屋を開けたまま直助が外出しても、客は、お袖を憐れに思ってか、またはその歌に心底うたれてしまうためか、金を置かずに花を持ち去ってしまう不心得者はいなかった。

——お袖があんな風でなかったら……。

という欲はついてまわるものの、それでもここの暮らしは直助の人生で一番和やかなものであったかも知れない。ただ——いまは何の危険も感じられないが、奉行所《ぶぎょうしょ》の追っ手か、あるいはかつての仲間が討っ手となって何時《いつ》自分の前に現れるか知れなかった。「心が緩《ゆる》みきっていた」と感じたある日の午後、直助はとうとう自分の顔に煮え湯をかけた。のたうち回る直助に相変わらず背を向けて、お袖はその日も地蔵和讃《わさん》を詠《う》い続けていた。

直助の悲鳴を聞きつけて、近所の者たちが駆け付けて来た。「おい、どうしたんだ、直助さん！」「め、め、面目《めんぼく》ねぇ！　うっかり煮え湯をかぶっちまった！」顔から手をゆっくり外してみると、直助の顔左半分は皮膚が引き攣《つ》れ、ふた目と見られないものになっていた。「ああこりゃひでぇ。なんだってこんなバカなことに……」

「面目ねぇ……」

直助は半月ほど寝込んだ。それからまた十日余——まだふらつく足取りで彼は、雑司ヶ谷の四ツ家下町へ向かった。自分に何が出来るか解らない。が、お袖と縁深い民谷《たみや》伊右衛門《いえもん》と矢頭右衛門七《やとうえもしち》には何としても四谷左門《よつやさもん》の遺志《いし》を継いでもらい、またその後遺されたお岩とその子の面倒は、どうでも自分が見てゆかねばならないという気持ちになっていた。

ほっかむりをした直助はいつか伊右衛門と武林唯七《たけばやしただしち》が稽古をしていた庭越しに母屋《おもや》の方を覗《のぞ》き込んだ。と——ちょうどそのとき、この家の主・民谷伊右衛門が身支度を整え腰に大小を差し、外出するところであった。

「岩、では行って参るぞ」

奥に一声掛けて、伊右衛門が表へ出て来た。

――あれぇ。幾ら傘の内職仕事があるってたって、それほど金回りがいいはずはあるめぇ。どうしてあんな小ぎれいな恰好《かっこう》をしてやがるんだ……。

月代《さかやき》を青くそり上げ、民谷家の陰陽紋《いんようもん》が入った羽織まで着ている姿は、まるで新しい仕官先《しかんさき》が決まったかのような姿であった。直助は胸にいい様のない不安を抱いた。つかず離れず――覚られないように、直助は伊右衛門のあとを尾行《つけ》た。が、鬼子母神《きしぼじん》に差し掛《か》かった辺りであっという間に彼を見失ってしまった。

「ちっ。さすが――といったところか。ありゃあ気付かれていたかもな」

直助は歯噛みした。それから幾度《いくど》か、伊右衛門が何をしようとしているのか、突き止めようと試《こころ》みたが、直助はその度、伊右衛門を見失ってしまうのだった。そうして気付けば、秋風が頬をかすめるようになっていた。お袖の具合もだいぶ良いように思えたので、直助は彼女を連れて、深川八幡の美しい庭でも見に行こうか――と、思い立った。

向かいに住む老婆に手伝ってもらい――少し流行りからは遅れているようだが――久しぶりにお袖の髷《まげ》を結《ゆ》ってやった。直助も手ずから櫛《くし》を入れてやる――拒《こば》まれるかと思ったが、心配に反してお袖は大人しく、ちょこんと座ってされるがままになっていた。当たり前の武家の親子だったらこんなことは決してしない。それは、そういうものだからである……。少し紅《べに》をさし、お袖の顔を鏡にうつしてやる。その表情に何の感動も見受けられなかったが、それでも直助は幸せを噛み締《し》めていた。

「こんな暮らしだが、こんな暮らしだからこそ、恥も外聞《がいぶん》もなくこうして娘とのいっときを楽しめる……」

心地良い日和のなか、直助はお袖に自分の腕を握らせて深川八幡へと向かった。この日は、思いの外人出《ひとで》がなく、顔の崩れた男と目の焦点が合わぬ娘が腕を組んで歩いていても冷やかす者はいなかった。ただ人出が少ないだけに……、

立ち寄った茶店から見た光景に、さっと直助の表情は強張《こわば》った。遮《さえぎ》るものがほとんどない視線の先に、見知った二人の侍と華やかな着物を纏《まと》った若い娘がいた。

二人の侍は、いずれも直助の抱く印象とはだいぶ異なる装《よそお》いであったが、ひとりは民谷伊右衛門、ひとりは紛《まぎ》れもなく秋山長兵衛《ちょうべえ》であった。二人ともいずれかの大名に仕えるれっきとした武士のように見えた。

——なんだってあいつらこんなところに……。いやそれよりもどうして民谷と秋山があんなに親しく……！

彼らの方へ背を向け、時折横目で様子を伺《うかが》う。はじめは三人が親しく話しているように見えたが、やがて十七、八の若い娘が癇癪《かんしゃく》を起こし、秋山長兵衛を追い払おうとしているようであった。秋山は苦笑して、それからまた民谷伊右衛門と二言、三言ことばを交わすと、こちらへ向かって歩き出した。

お袖は何も知らない様子で団子を頬張り続けていた。直助が少しうつむき加減の姿勢でいる直《す》ぐ脇を、秋山は足早に通り過ぎていった。ほぅっと一息……再び民谷伊右衛門の方を見ると、娘が伊右衛門の腕にしがみつき、大層はしゃいでいる。最近はああしたことを人前でも平気でする娘が増えたように思う。直助が苦虫を噛み潰したような顔で眺めるうち、二人はそのまま並んで、向こうの社殿《しゃでん》へと歩き出した。直助は呆然《ぼうぜん》と彼らを見送るしかなく、ただお袖が、

——あいつらに気付かなくて良かった。

と、思った。

＊

その男が訪ねて来たのは、軒《のき》に巣を作っていた燕がいなくなった頃だった。

「確か……お前様は……」

随分見違えてしまったので、それがお岩の亭主・民谷伊右衛門だとは咄嗟《とっさ》に宅悦は気付かなかった。

「ああ、二、三度御会いしておりました。民谷さん、でございましょう？　ええ、随分《ずいぶん》様子が変わられたので、気付きませんでしたよ。まさかご仕官の口が？」

伊右衛門は、苦笑——と、いった様子で、まあそんなところだ、といいながら、きれいに整えた鬢《びん》を恥ずかしそうに軽く撫《な》でた。それから「頼まれてほしいことがあってな」と、二両という大金を差し出した。

「何です、こりゃ」

「岩がずっと臥《ふせ》っておって……その上、ワシはこの──仕官《しかん》を成就《じょうじゅ》させる周旋《しゅうせん》で家におられぬことが多くなりそうなのだ。近所の婆に岩と息子の様子を見てもらうだけでも事足りるか知らん、やはりちと心許《こころもと》なくてな。お主が通いはやらないことは存《ぞん》じておるが、前から岩の治療を頼んでいたお主なら、ワシとしても心安いのだ。今回は曲げて頼まれてもらいたい──。下卑《げび》たことをいうようだが、支度金は驚《おどろ》くほど貰っていてな……。これで足らぬなら、また──」

「い、いえ──。これだけありゃあ……。ただ、返事はしばらくお待ち頂けやすか。ちょっと考えさせて頂くご猶予《ゆうよ》と、見世《みせ》を空けるとなったら、あっしの仕事を代わってくれる奴に、いくつか申し送りをしなきゃなりませんので……」

正直、宅悦は、心浮き立つようであったが、それをぐっと抑え込んで、云った。

──病となりゃあ、そりゃあのころより痩《や》せちまっておいでだろうが、でも、あの奥様のもとへ堂々と通えるのだ。

宅悦の腹の内など知らず、伊右衛門は「もっともだ」といって護国寺の見世《みせ》を立ち去った。

「下心を見透《す》かされたくない」

という妙な自制心もはたらき、伊右衛門への返答を引き延ばしているあいだ──、
直助の使いを称する小僧が浅草の《閻魔帖《えんまちょう》》を訪ねて来た。手紙を開くと、

「先に頼んだ件……浪人者の名は、民谷伊右衛門。面倒を見てもらいたいひとは、その女房・

岩――」

とあって、宅悦は目を丸く見開いた。

《閻魔帖》の奥に籠もって、直助権兵衛が置いていった十両と、伊右衛門からひとまず預かった二両を並べてみて、

「こりゃあ、どういった判《はん》じ物《もの》だ？」

と、考えてみた。

しかし、二人に因縁があるという話はついぞ聞かない。「お雪と民谷の一家に何か関係が……」と、そこまでは思い当たったが、いまそれ以上のことが解ろうはずもなかった。ただ伊右衛門・直助のそれぞれが、思い詰めた様子で、これだけの大金を持ってきたことを思い合わせると、

――こりゃあ偶然が重なった別口の依頼じゃねぇのか……。

としか、思えなかった。

直助とお雪が姿を消したあと――直助の予告した通り、お雪……いや、実名《じつみょう》お袖のことについて、役人の取調べがあった。

何でもお袖の父親が――これも浪人者と聞いていたが――「世を儚《はかな》んで」腹切って死んだのだとか。近所に住む百姓が様子を見に行って気が付き、役人を呼んだのだそうな。

――直助め、いったい何をしやがった！

宅悦は役人の話を聞いて、さっと顔から血の気が引いた瞬間をいまでも忘れない……。金を渡さ

れたとき、あんまり真剣な様子だったから、つい柄《がら》にもなく「友達甲斐《がい》に云うことを聞いてやろうか」などと思ったが、

——さすがに殺しの片棒は担げねぇ。

と、生きた心地がしなかった。

が、よくよく話を聞いてみると、同心《どうしん》たちの見解は、浪人が、暮らしの苦しさに耐《た》え兼《か》ねて、自《じ》害《がい》した——というものに決まっているらしかった。

「最初に腹を掻《か》き切ったんだが死にきれなかったらしく、こう頸動脈《けいどうみゃく》のあたりを三度ばかり切りつけているんだ。立ち会った検屍の医者と俺たちの見立てじゃ、腹も首筋も躊躇《まよ》いが見られる深さでな——。まぁ自裁《じさい》という点は間違いねぇだろうと。ただそれから娘の姿が見えなくなったのが気に掛《か》かる。親父の骸《むくろ》を放っていなくなるような娘じゃなかったと——これは近所の連中のいうことなのだが……。で、お前ぇ、地獄で働かせる娘を、昼は客への顔見せで楊枝屋《ようじ》でも使っているだろ？　いや気にしなくていいんだ。今日はそっちを取り締《し》まるつまりはねぇんだから。でな、その楊枝作りの金槌が親父の骸の傍に落ちていて、それに屋号が彫り込んであったから、こうしてお前ぇに話を聞きに来たワケだ。……いやいや。この金槌でどうこうしたという痕《きず》も骸《むくろ》には見当たらなかったよ。まぁもっとも——最近、乞胸《ごうむね》連中に断りなしに乞食をやって袋叩きにあった痕は無数にあったが、こっちは連中を呼び付けていちいち調べは付いている。ただ父の骸を打ち捨てておくとは《忠孝》を第一に奨励《しょうれい》される御条目《ごじょうもく》に照らしても看《かん》

過《か》はできんのだ。事情如何《いかん》では厳しく罰せねばならぬからな。……ん？　居所は解らぬ？　こっちも稼ぎ手がこのところ顔を見せなくて困っていた──か。随分美しい娘だったらしいからな。よしよし、解った。ただ、いま話した事情は心得ておいてくれ。何か解ったら必ず番屋《ばんや》へ届けて出るんだぞ。間違っても隠し立てなんかするんじゃあねぇぞ』

同心はそういって帰って行った。

「しかし……」

あの器量よしを手放したのは、

──ちょっと残念だったな。

と、宅悦は、今更《いまさら》ながらぼんやりと思った。再び彼は、伊右衛門・直助が持ってきた金に視線を落とす。が、二人の関係は、座して思案したところで導き出されるものではなさそうだった。

──いやむしろ、ほとんど時を同じくして、お岩様のところへ行ってほしいと頼まれたのは、天の命ずるところ……ってやつかも知れねぇ。へ、へへへ。

お岩に会いたさ余り、自分は何か大切なことを失念《しつねん》して、都合《つごう》の良い解釈をしてしまっているのかも知れない──。が、伊右衛門に話を持ち掛けられた時点で、宅悦のハラはおおかた決まっていたのである。

──こりゃ、銭かねのことじゃねぇんだ。第一、直助の金なんか、おっかなくって使えるもんか。

宅悦は、二人の金を箪笥の奥にしまい込むと、いそいそと鏡の前へ行き自分の顔をじっくりと眺めた。


本当なら、自分がお岩と伊織《いおり》のところへ行って面倒《めんどう》を見てやりたかった。

しかし、現在《いま》は大手を振って誰彼のところへ出入りできる身分ではなし、また、民谷伊右衛門がどんなつもりであんな娘と一緒にいたのか——どうでも突き止めなくては落ち着かなかった。

しかし、民谷伊右衛門という男、一見やさ男のように見えて、やはり評判になるだけの剣客らしい。勘の鋭さは異常なほどで、隠密《おんみつ》の心得《こころえ》のある直助でさえ一刻《いっとき》（二時間）と尾行《びこう》し続けることは出来なかった。

＊

まだ秋山長兵衛の方がボロを出しそうに思えたので、直助は、菰被《こもかぶ》りに身をやつし、しばし同心長屋の周りを彷徨《うろつ》いてみることにした。その甲斐《かい》あって、五、六日も経った頃、例の見栄えする侍姿で、秋山が自宅に戻って来るのに出くわした。このまましばらく家から出て来ないかも——と覚悟したが、いくらもしない内に長兵衛は姿を改めることもなく再び表へ出て来た。

——好機《こうき》だ。

とばかり、後を尾行《つけ》ると、彼は蔵前《くらまえ》の札差《ふださし》・西海屋喜兵衛《きへえ》の店へと入って行った。

「ははあ。しかし金はあるところにはあるものだ」

間口七間——豪奢《ごうしゃ》な西海屋の店先を眺め、直助はひとしきり感心し、その内に、以前秋山が、「俺の女はある大店《おおたな》の奉公人でなぁ……」と、自慢たらしく自分や猿橋右門に語っていたのを思い出した。お袖のことも気に掛《か》かる故《ゆえ》、それほど長くは張り付いていられない。また二、三日――西海屋の様子をうかがっていたところ、

「あっ！　出た！」

直助は自然興奮した。

それはこの家の主人・西海屋喜兵衛とおぼしき老人と、民谷伊右衛門が、いましも二挺《ちょう》の駕籠《かご》でどこかへ出掛《か》けようとするところだった。駕籠には奉公人たちが幾人《いくにん》か付き従っていた。「ありがたや」と、直助は天に向かって手を合わせた。駕籠に乗り込んでしまえば、いかに勘働きが良くても尾行《びこう》を巻《ま》くことは出来ない。

決して逃がさぬ思いで、天王橋を渡り、浅草御門、米沢町、広小路を抜けて両国橋から本所回向《えこう》院《いん》……と、直助は駕籠のあとを追った。

だがその目的地を突き止めて、直助はみるみる青ざめた。西海屋と民谷伊右衛門が親しく語り合いながら入って行った場所は、紛《まぎ》れもなく、元高家筆頭《こうけひっとう》・吉良上野介《きらこうずけのすけ》の屋敷に違いなかった。

「どうしたことだ！」

直助権兵衛は憤然《ふんぜん》やる方なく、

「どうしたことだ、民谷伊右衛門！」

と、身を隠していた土塀を、拳から血が吹き出るほど強く殴りつけた。

十九　吉良邸の女　其ノ一

「ねえ民谷さん」

と、好々爺《こうこうや》の風貌《ふうぼう》の西海屋喜兵衛《きへえ》は、気さくに語り掛《か》けた。面会を取り付けた三浦十太夫《みうらじゅうだゆう》にいわせれば、数千石の旗本《はたもと》ですら、予《あらか》め断りを入れなければ、会うことはできない人物なのだとか。それが孫娘可愛さとはいえ、一介の浪人者に過ぎない伊右衛門《いえもん》と親しく交わるのは、「ちょっと考えられないことだぞ」と、三浦は——少々恩着せがましく——いった。

「三浦さんから、あなたのことをあれこれ聞くまでもなく、私はあなたの素性も知っていますし、また、一芸に秀でたあなたを一流の人物だとも思っています。ここへ参られる決心がつくまでに、随分《ずいぶん》迷われた御様子ですが、あなたが赤穂《あこう》のご浪士であるということを考え合わせただけでも、それは当然といえましょう。どういう風にお気持ちの整理がついて、私と会って下すったか、それは追々うかがう機会もございましょうが、とにかく私はいま、無性に嬉しい」

そして西海屋は、まるで子供のように笑ったのだった。

言葉の端々から察するに、自分に妻子がいるということは知らないようである。いや、それとも敢《あ》えて、そこには触れないようにしているだけか……。「本気で吉良《きら》の動静を探ろうというなら、余計なことは一切口にするな。相手のいうことをよく聞いて返す言葉は吟味《ぎんみ》しろ。とにかく相手に、お主が仇討《あだうち》をする気がないと、信じこませねばならん」初めてここへ連れて来られた日、三浦十太夫は、道々《みちみち》くどいくらいそういった。

久しぶりに袖を通した紋付き……「それから、主人・浅野美濃守《みののかみ》からの、陰ながらの助成金《じょせいきん》でござる」といって三浦から渡された金は、切《き》り餅《もち》ひとつ、二十五両という大金だった。商人といえど大店の主となれば大名ほどの貫禄《かんろく》がある。そこを弁《わきま》えて身支度をしてほしいという話なのである。

「民谷さん。私はこれで信心《しんじん》深いほうでしてね。ひとがなんというか知りませんが、四万六千遍《べん》の日に孫娘が好きになったというあなたを、本気で婿に迎えたい。……なぁに、赤穂におられた頃、勘定方《かんじょうがた》で算盤を弾いていたというくらいの経歴があれば、充分でございますよ。うちには商いを任せられる者も大勢おりますし――。ただ、ただ、私は、あなたほどのひとが、孫のために来てくださった……そのことだけで、舞い上がるようなのです。私はあなたを、きっとこの家にお迎えする。追々、お取り引き頂いている御旗本衆《おはたもと》にも、ご紹介致しましょう。左様。むろん吉良様にも」

伊右衛門は、思わず喜兵衛の顔を見返した。自分をそこまで信用するなどと……それほど商人のハラが単純であるはずがない――とは、思うのだが、喜兵衛の表情には屈託《くったく》がまるで見受けられなかった。「この男、ひとたらしだな」と、伊右衛門は思った。

喜兵衛は、直接口には出さないが、

――私はあなたを信用しているからこそ、吉良様をご紹介するのです。

と、いっているようだった。その無言の信頼が思いの外の重圧で、「喜兵衛をだまして吉良家の探索など、本当に俺にできるのか?」と、伊右衛門に迷いを生じさせた。

喜兵衛は、浅野派の内情など、知りたがる素振《そぶ》りを一切見せなかった。また、婿になってほしい……とも、初めて会った日以来一言もいっていなかった。ただ旗本衆に会わせるのも「世間をひろく知るのもあなたのためになりましょうから」――だから、そういう機会を増やしたいのです、と、いうのだった。

「どんなに俗なようでも、大きな金を動かせるというのは、それなりに、危険を犯すハラが据わっているということです。ならば真剣勝負と話は同じではありませんか。あなたほどのひとはそういう張りつめた世界に身をおいているのが良く似合う。だから自ずから、そういう張りつめた空気をまとった一流の方々をご紹介したいと思うのですよ」

喜兵衛の言葉の端々には、多少のひっかかりを感じるのだが、机上で多くを学んだ伊右衛門であるから、つい言葉に縛られやすく、喜兵衛のように、実践《じっせん》また実践と世の中を渡って来たであろう人物のいうことを、正直どう切り返して良いか解らなかった。そして彼は、気付けば本当に吉良家の前に立っていた。

大名・旗本《はたもと》屋敷の常のことだが、屋敷のまわりは家来たちが寝起きする、総二階建ての長屋がぐるりと取り囲んでいる。四千石の旗本ともなると、門構えはなかなか強固で、見上げれば首が痛くなるほどであった。

武家屋敷の傍を素通りするだけなら、見慣れてしまって何とも思わない光景だが、この長屋門を乗り越え、乱入するとなると相当骨が折れそうである。しかも噂ではこの長屋に、

——百名ほども詰めているとか……。

伊右衛門は、喜兵衛の雑談を適当に受け流しながら、おぼろげに死闘の様子を想った。

——長屋に百。母屋《おもや》に五十……。

（噂に過ぎないが）四千石の旗本がそれだけの侍を召し抱えているというのはかなり異常である。同格の旗本の三倍以上の人数と思って良い。西海屋は、案内された客間で、吉良家家老《かろう》の左右田孫《そうだまご》兵衛《べえ》を待つ間、

「ここも殺伐《さつばつ》したお屋敷になりましてねぇ」

と、小声で伊右衛門にいった。

「御隠居なされた上野介様は、案外楽観《あんがい》して、のんきに構えておいでなのですが、米沢の上杉家から御養子に入られた左兵衛《さひょうえ》様——御当主様が厳重な警備を推奨《すいしょう》なされて……ま、吉良様ではその警備に必要な金を私どもから借りておいでなのですが、その穴埋めをするために上杉

家に金の無心《むしん》をしておりましてなぁ――。上野介《こうずけのすけ》様の奥方様の富子《とみこ》様は、上杉の出なのですが、すっかり呆《あき》れてしまわれてご実家へ引き籠《こも》られてしまわれたとか。御女中《おじょちゅう》もいざというとき足手まといになるとの御殿様（左兵衛）の仰せで、富子様に付き従ったり、宿下《やどさ》がりさせられたり……。いや見事なまでにこのお屋敷には女気というものがなくなってしまわれた。御隠居様は元高家衆筆頭。風雅のどの道にも通しておられ――私など、呉服橋時分《じぶん》の華やかな様子を存《ぞん》じておりますから、野盗さながらの鋭い目付きをされた付人《つけびと》衆で埋め尽《つ》くされた今のご様子を見ていると、もはや憐《あわ》れとしか申し様がございません」

――西海屋……。まさか吉良の手の内を見せることで、逆に我らを腰砕けにしようと企《たくら》んでいる？

伊右衛門は目の前の障子をただ凝視しつつ、相槌《あいづち》すら打たなかった。そうこうする内に、だいぶ老齢の侍が「お待たせ致しました」といいながら、部屋へ入って来た。それが吉良の家老《かろう》・左右田《そうだ》孫兵衛《まごべえ》であった。

左右田はおっとりとした風貌《ふうぼう》で、眼も優しげに垂《た》れ下がっていたが、

「そちらの御仁《ごじん》はどういったお方でござろうか？」

伊右衛門を見ながら、ちょっと棘《とげ》のある声音《こわね》でいった。

「因州《いんしゅう》鳥取の御《ご》浪士で、名を大西平内《へいない》様と申します。この度ご縁《えん》がありまして――ようやく我が家の孫娘にも婿が来ることになり申した」

「ほう。ではこの御仁が？」

「いまはまだ、お侍の姿を捨てられないと申されまして、このような恰好《かっこう》をなすっておいでですが、髪がもう少し伸びましたら、私どもと同じような髷《まげ》に――。ははは」

「それは重畳至極《ちょうじょうしごく》」

と、口ではいうものの左右田の眼は一切笑ってはいなかった。世間では……大石内蔵助《くらのすけ》の色里《いろざと》での乱行が過ぎ、「もう仇討の目はあるまい」という声が聞こえ出していたが――当主の厳命で警戒を緩《ゆる》めることができない左右田は、精神的に相当参っているらしかった。用談を進めるうち――、

「お手前から借りた金で抜け穴を掘る大工事までしたが、水道をぶち破ったり床を抜いたりと散々でござってな。どういう経緯で話が漏《も》れたか、これが御目付《おめつけ》衆にも聞こえまして、随分《ずいぶん》しぼられ申した……。結局あの付け人衆を養い続けておくのが一番の得策《とくさく》ということになり、その後、何も防備の対策は立ててござらん。まったく……せっかく用立ててもらった金も屋敷の修繕《しゅうぜん》と彼らの日当・食事代で見事に消え申した」

左右田は太い溜息をついた。

「ちと厠《かわや》へ――」

と、伊右衛門が初めて口を開いたとき、左右田は自分が少々しゃべり過ぎていたことによくやく気付いたらしく、それまでにない鋭い目付きで伊右衛門を睨《にら》むと、

「いまひとを呼びましょう。その者から決して離れないように……」

と、警戒心を露わにしていいつつ、ぱん、ぱん、と二度手を鳴らした。いくらもしないうちに「お

呼びでございましょうか」と廊下から声がして、許しがあると障子がすっと開いた。そこには五十も半ばほどに見える女中がひとり控えていた。

「何じゃお主か。半太夫《はんだゆう》はどうした」

「いえ、その……付人《つけびと》衆の喧嘩騒ぎが御《お》長屋の方でございまして、その仲裁に控《ひか》えの間を空けるあいだ、私《わたくし》めが代わりを仰《おお》せつかりました」

「仕様《しよう》のない……」

と、舌打ちせんばかりの左右田の言葉に、女中は一層恐縮《きょうしゅく》したように深々と頭を下げた。その左手に、包帯が巻かれているのが伊右衛門の目に付いた。

「まったく。常のことならば、このような見苦しき者をお目にかけることはないのですが……。申し訳ござらん」

「いえいえ。やはりまだ、お女中も残されていたのですな」

「ま、奥向きに少々。これ大切な御客人じゃ。そそうのないようにな」

いわれて女は、ようやく顔をあげた。そして伊右衛門の顔を見た瞬間――彼女の目に、ひどく動《どう》揺《よう》が走ったのを伊右衛門は見た。

「?」

「こちらでござりまする」

押し隠してはいるが、その声も震えていた。

厠《かわや》へ向かう途中《とちゅう》、「それがしの顔に何か……？」正直に答えはすまいと思いつつ、それでも伊右衛門は訊《たず》ねた。相手はただ「ご無礼つかまつりました。何でもございませぬ」と、いうばかりであった。気持ちの悪さは残るものの、「わずかな間でも仇《かたき》の邸内を歩けるのは有り難い」と思い直し、伊右衛門はさりげなく周辺の様子を探った。

厠から出て、手水《ちょうず》で手を洗うあいだ、女の視線が自分の背に向けられ続けていることに、伊右衛門は気付いていた。「左右田の様子からして、本来は表向きに出したくない、狂人然とした女なのかも知れぬ」伊右衛門はそう合点して、あとはもう深く考えないことにした。もう二度と、このように会うこともあるまい、と、思うのである。

吉良邸を辞去する際、西海屋喜兵衛は、

「何卒《なにとぞ》、あの御方のお取り立て……手前ども同様にお願い致します」

と、伊右衛門のことをいい、左右田孫兵衛はそれに小さな笑みを以《も》って返した。客間に通されたときとは違う廊下を通って屋敷を出ようとしたとき、伊右衛門たちは中庭で実戦さながらの稽古に励む付人《つけびと》衆、また据物斬りに励む付人衆を見た。

――これもわざと見せつけられているのか？

などと、伊右衛門が考えていると、左右田孫兵衛は、

「拙者《せっしゃ》など武芸はまったくダメなのだが、大西殿（伊右衛門変名）は、あの者らの腕前をどうご覧になります。付人衆のまとめ役――清水一学《しみずいちがく》、和久半太夫《わくはんだゆう》と申す者らがこれはと思う者を集

めて来たのですが……」

と、案外あけすけにいった。

「……」

確かに、皆がひとかどの遣《つか》い手と見えた。いかに赤穂浪士に腕利きが多いといってもこれらの人々を斬り伏せるのは容易《ようい》ではあるまい、と、思われた。「勝つ」というのは「負けまい」というのよりも数段難しい。相手は後者の気構えで良いが、赤穂浪士は「勝たねばならない」という思いでいる。勝とうとする者らが知らずに陥《おちい》りがちなのが「勝つカタチ」に取り憑《つ》かれることである。命のやり取りになったとき、「それが我らの足枷《あしかせ》にならねば良いのだが」と、伊右衛門は思った。

「わざわざあのような光景をお見せしてご不快かと存《ぞん》じますが、決して大西殿を疑っているわけではないのです。ただ、来る人、来る人に、ああいった様子を見て頂く。その人が外で吉良邸の防備の堅さを語る。巡りめぐってそれが赤穂の浪人どもの耳に入り、彼らのなかから一人でも怯懦《きょうだ》に憑《つ》かれた者が出てくれれば、我らとしては有り難いのです。ははは」

＊

その後、西海屋の誘いを断りきれず、浅草の店に引き返して酒肴でもてなされ、雑司ヶ谷の浪宅へ駕籠《かご》で乗り付けたのは亥ノ刻《いのこく》（夜十時）を少し過ぎた時分であった。久し振りに垣間見た武家屋敷の広大さ――それと比べて我が家の何と慎《つつ》ましいことか。これもあそこも人が住まうところなのだ

――と、思うと、その差がひどく不思議なもののような気がして、さっきまで目にしていた光景がすべて夢のもののように思われた。

家の中からはわずかばかり灯《あか》りがもれている。なかへ入ると宅悦《たくえつ》が消え入りそうな行灯《あんどん》の前で、自分の店の帳簿と思しき綴《つづ》りを片手に、うつらうつらと船を漕いでいた。

「宅悦。ご苦労だったな」

奥ではすでに岩と伊織が休んでいるものと思われ、伊右衛門は少し声を押し殺していった。

「ああ旦那。お帰りなさいやし。このところ毎日木戸《きど》が閉まるギリギリまで……。大変でございますね、ご仕官《しかん》のシュウセンと申しますのも――」

「うむ。気遣《きづか》い気遣いばかりで、呑みたくない酒も呑む。そうまでしてする仕官に何の意味があるのだろうかと考えてしまうよ」

「でもそれもお岩様と伊織《いおり》様の将来のためと思えば――」

「うむ。そうだな……」

本当は死にに行く我が身である。伊右衛門は覚えず言葉を詰まらせた。

「さぁ宅悦、今日もご苦労だったな。手間賃と――表に駕籠を待たせてある。その駕籠を使って帰るが良い。――これは駕籠代だ」

「へぇ。いつもいつも有り難う存じやす」と、宅悦は金を受け取ると、いつものように丁寧過ぎるくらい頭を下げて帰って行った。

戸締まりを済ませそっと奥を覗き込み……ようやく伊右衛門は一息ついた。

——明日にでも今日のことを奥田殿に報せねば……。

そう思うのだが、自分は岡野金右衛門《きんえもん》や潮田又之丞《うしおだまたのじょう》のように、積極的に吉良の動静を探っているのではない。吉良邸の内部を覗《のぞ》くなど、他の同志の誰もなし遂げていないことであったが、それもなぜか引け目のように感じられてならなかった。

「吉良邸内のことを報告するとして……この経緯を、どこからどう話したら良いものか——」

薄闇のなかひとり思案していると、同志に会うことさえ億劫《おっくう》で仕方《しかた》なかった。

やがて——気散《さん》じに着替えようとしたとき、ふと今日出逢《あ》った吉良家の女中のことが思い出された。

「そういえば、あの薄気味悪い女——何者だったのだ」

と、呟いた瞬間、ビシリッ！　と、不覚にも伊右衛門が首をすくめるほどの大きな音が背後でした。

何かと振り返り、行灯《あんどん》の心細い光で異常を探ると、箪笥の上に置かれた仏壇の、母の位牌が真っ二つに割けていた。

「……。なぜ？」

位牌を取り上げると——まったく心得ないことであったが——なかが空洞になっており、そこから小さな木の枝のようなものが転がり落ちた。まさしく木の枝と思ったのだが、取り上げて行灯の灯に照らして見ると、それは干からびた人間の小指であった。

明暗境を別くる段

二十　地獄の入口

父を病で亡くし、母と妹三人を、母の実家がある奥州白河まで送り届けようとしたが、旅慣れぬ矢頭右衛門七《やとうえもしち》は、結局それを果たせなかった。大坂に戻り母・妹のために粗末な長屋を見付け、わずかな路銀をようやく手元に残した彼は、江戸へ着いたときは半死半生となっていた。

同志・千馬三郎兵衛《ちばさぶろべえ》と間十次郎《はざまじゅうじろう》が右衛門七を保護し、この三名が南八丁堀で共同生活をはじめたのは元禄十五年九月のことであった。三浦十太夫《みうらじゅうだゆう》こと秋山長兵衛《ちょうべえ》が、そんな赤穂浪士の動静を掴んだころ、彼は西海屋喜兵衛《きへえ》の深川の寮へ呼び出された。

——まったく近頃の俺は……。

吉良《きら》と浅野の《喧嘩》を煽《あお》るという、およそ奉行所同心《どうしん》に似つかわしくない仕事を命じられ、それに託《かこ》つけて——いかに好きな女のためとはいえ——あさましくも百両という金を手に入れるために右往左往《うおうさおう》している。西海屋と伊右衛門を体よく騙《だま》して引き合わせ、あとは双方ご勝手に……という筋書きを考えていたが、あまりに策を弄《ろう》しすぎると、「いまいった嘘は、このひとの前でいって良かったのか?」と、頭が混濁《こんだく》してきていけなかった。

なにひとつ、自分がまっとうでない気がして、秋山はふいに心が崩れそうになった。西海屋喜兵衛は、そんな秋山のすべてを見透《す》かすように、ゆったりと煙草を吸いながらいった。

「秋山さん。孫娘のためにこれまでのお骨折、本当に感謝致しております。……でもね、大金を手に入れるには、まだまだ詰《つ》めが甘い、とは思いませんか？」

「……」

「民谷さんに、吉良様への討ち込みを諦《あきら》めさせるのがひとつ……。それから、お岩様とか申される奥方とそのお子への思いを絶たせるのが、ひとつ。だがこれは難しいでしょうねぇ。秋山さん……私もこの年だ、最近、目眩《めまい》やら胸のつかえを覚えることが多くなりまして、医者の市谷《いちがや》尾扇《びせん》を近くに侍《はべ》らせていないと不安でなりません。明け透けにいえば少し焦っております。百両……いや二百両お約束を致しましょう。もうちょっと踏み込んだお力添えを頂けませんか」

「二百両……」

思わず秋山長兵衛はごくりと唾を飲み込んだ。

「ええ」

「いったい何をせよと」

「そうでございますねぇ。まずあなたが、私どもの確固《かっこ》とした味方であるという証《あかし》がほしゅうございますな」

と、いうと、喜兵衛は、銀の煙管《きせる》を無造作に煙草盆に放り投げ、脇にあった文箱《ぶばこ》を引き寄せた。

なかから取り出したのは、赤い薬の包み。

「これは？」

「毒でございます」

「毒だと！」

「誰に呑ませるかはお解りで？」

「い、岩殿か。バカな。喜兵衛殿。いかに慣れた間柄とはいえ、それがしの立場をお解りか？　それがしはいかに無頼《ぶらい》のようでも奉行所同心――」

「そんなことは承知しておりますよ」

喜兵衛が秋山の言葉を遮《さえぎ》るように、凄《すご》みを利《き》かせていった。

「秋山さん、あんた、どういうつもりか知りませんが――その奉行所同心のくせに、女衒《ぜげん》の真似事をやっちゃあいませんか？　いや、あんたがどんな小遣い稼ぎをしようと、私はそんなことにゃあ関心はありません。ただ、あんたを見ていると、肝心要《かなめ》の危ない橋を渡らずに大金を手に入れようという甘い意図が透けて見える。私はそれが我慢ならないんだ」

秋山長兵衛は、さっと顔から血の気が引いて行くのが解った。御小人目付《おこびとめつけ》の猿橋右門《さるばしうもん》と雲井大助《くもいだいすけ》が「赤穂浪士を饑《う》えさせないため」と称してその妻・娘を私娼窟《ししょうくつ》へ誘っていることはとうに承知していた。はじめはこれも「奴らのお役目の内か」と鼻でわらって傍観《ぼうかん》していたが、あるとき雲井大助が、都合が悪くてどうしても女を迎えに行けぬから、

「私に代わって《於《お》志《し》賀《が》稲荷《いなり》》へ行ってくれないか」

と、秋山長兵衛に懇願《こんがん》することがあった。ちょっとした小遣い銭も入るからとしつこくいわれ、渋々引き受けたのが最初で、それから五、六度――赤穂浪士の妻女と思われる――女を按摩・宅悦の地獄宿《じごくやど》へ行くよう誘った。上は三十、四十の大年増から下は十八という女も居たと思う。いつどうして西海屋がそのことを知ったかは不明だが、自分の半端な踏み込み具合に腹を立て、弱みを握るためにひとを使ったことだけははっきりと解った。

「浪人の女房ひとり闇に葬るなんざ、そこらのごろつきを使っても良いんだが、どうせ暗い橋を渡るなら、権力の側にいるひとを巻き込んだ方が心強いし面白い。あんた、いまの奥方と一緒になるとき、与力《よりき》の上村様に仲人《なこうど》を頼んだそうですな。理由はどうあれ、あんたのしなすったことは上村様の顔に泥を塗ることになりましょう？　まずその辺を踏まえてこの先の話を聞いて頂きたいのですが……」

長兵衛は指の先から震えが来るのが解った。もし上村に知られたら、身は良くて切腹、悪くすれば打ち首になりかねなかった。

「民谷の奥方を、亡きものにしてしまおうというのか」

「私もね、最初はそのくらいのことを考えたんですが――ま、この毒薬はそれほどのものじゃございません。なんでも南蛮渡来《なんばんとらい》の秘法の妙薬で、呑めばたちまち顔が崩れ、髪が抜け、ふためと見られない面相になるのだとか。女房がそういう姿になり果てて、さて民谷さんのこころがどう動くかは解りませんが、まあ並の男ならそれで女房とは一緒に居られなくなるんじゃございませんか。あまり多くは望みません。ただあんたが、本気になって民谷さんとお梅を添《そ》わせる――その片棒担いでくれる証が見たいのです」

＊

数日のち、お槙《まき》を出会茶屋《であいぢゃや》に呼び出した秋山長兵衛は、

「西海屋があそこまでおそろしい男だとは思わなかった」

と、独り言のようにいった。

「弱みを握られるなんてバカね」

お槙の顔も青白い。

「女衒《ぜげん》の真似事をしたのはともかく、お梅と伊右衛門のことはお前のためにはじめたことだぞ。そういう言い草はあるまい！」

「大きな声を出さないで！　私だって考えてるんだから……」

「上村にワシの行状《ぎょうじょう》を知られないためには、引くという選択はないのだ。そうだ、お前、浅野美濃守《みののかみ》の――いや、いや。三好《みよし》浅野家（内匠頭夫人の実家）の女中になりすまして、『見舞い』と称して――お岩殿にこの薬を届けてはくれまいか」

「あ、あたしの手を汚させる気？」

「これはもうそういう覚悟が要ることなのだ」

「だったらあんたがやれば良いじゃない。同じ事でしょ」

それから――。互いに自分が出来ない理由を言いつのるばかりで、話は平行線を辿《たど》り続けた。

「どうしてこんなことに……」

お槙は深い溜息をついた。

「勝手をいうようだけど、私はその女の顔をどうしても見たくないの。見てしまったらずっとうなされそうで……。あなたはもうその女に会っているんでしょ」

「……。なら顔は見ないように考えよう」

「だって……どうするのよ」

「まずワシが、何かしら理由をつけて民谷伊右衛門を誘い出す。うん……。そうさな。吉良邸内の情報をエサに――。ワシがこれまで隠密廻りとして……それと、西海屋の側に居て知り得た情報を、すべて伊右衛門にくれてやろう」

「……それで……」

「いま民谷の家には按摩《あんま》の宅悦《たくえつ》という男が通って来ている。伊右衛門が留守中、そいつを待ち伏せて、門前でこの薬を渡してしまえば良い。いまいったように、自分は三好浅野に仕える女中で、赤穂のご浪士の苦境を察し、主人よりいいつかって参りました。聞けばこの家の奥方様は産後の肥立ちが悪く、ずっと伏せっておいでとか。これは血道《ちのみち》の妙薬です。呑めばたちどころに快気するとのお薬なれば是非《ぜひ》……といって宅悦に薬を押しつけてしまえ。そういう筋書きであれば、必ずお岩殿はこの薬を呑むだろう」

「うまくいくかしら。そんな――」

「お前だって手を汚さねば、百両、二百両という金には釣り合うまい。いいか、いまのやり口でお岩殿の顔は見ないで済むのだ。ただ門前で、お前は薬を渡すだけ。これは血道の妙薬――お岩殿の身体《からだ》を快気に向かわせる薬とただただ信じて渡せば良いのだ」

しかし、お槙は首をなかなか縦には振らなかった。それからまた幾日が日が重なり、秋山は吉良邸の内部情報をまとめた覚書をお槙に披露した。自分が本気になってお梅と伊右衛門を添わせる覚悟になっていることを示すためであった。

一、吉良家の付人《つけびと》はおよそ百五十。長屋に百、母屋《おもや》に五十。しかし長屋の雨戸は構造上端《はし》から端へ一続きで、要所・要所にかすがいを打ち込まれたら、ほとんどの付人が表へ出られなくなってしまう。「そこに赤穂浪士が気が付いたら厄介だ」と、付人の清水一学《しみずいちがく》が漏《も》らしていたこと。

一、昨今《さっこん》上野介は夜を上杉家で過ごすことも多くなり、在宅を見極めるのが難しい。が、茶会・歌会など客を招いた晩は、必ず屋敷に居るのが常であること。

一、世上噂になっている抜け穴・落とし穴の類《たぐい》は皆無《かいむ》。ただ、浪士の突進《とっしん》を妨げる仕切り戸は幾つか設けられているらしく、斧・鋸の類を持参せねば打ち破れないため要注意。
一、現在上野介の隠居部屋・寝所は台所に近く、裏門より突入した方が近い。但《ただ》し裏門側の長屋の方が付け人の人員配置は厚い。
一、…………

「不足ならまだまだ書き出してやる！　あるいは現在《いま》のご公儀《こうぎ》の思惑を話してやっても良い」

秋山はいいながらお槙の肩を掴んだ。

「それに、あの放埒《ほうらつ》なお梅に婿を取り、きちんとした西海屋の跡取りにする……それがお前の忠義ではなかったのか。これはそういうことも絡んでいたことを忘れるな！」

＊

按摩の宅悦は、心楽しい日々を送っていた。

お岩を抱き寄せて――痩せたとはいえ充分な膨らみのある――その豊かな胸を感じることは出来なくとも、魅了された女と、堂々とひとつ屋根の下に居られることが、こんなに幸せであるとは知らなかった。

前の晩、「油が足りなくなったから買って来て下さい」といいつかって、いつもり少し遅く雑司ケ谷へ向かった日――。民谷家の浪宅《ろうたく》へ入ろうしたところで、

「あ……もし――」

と、宅悦は女の声に呼び止められた。見ると、黒紋付に藍の御高祖頭巾《おこそずきん》を被った女が楚々《そそ》とした風情で立っていた。見るとはなしにその小さな紋を見ると、丸に鷹の羽のぶっ違いが染め抜かれている。

「はて？」

宅悦はもう一度女の顔を見た。

「あのこちらへ何か御用ですか」

「あなたは確かここへ通って来られる宅悦殿――でしたね。民谷様からお話しは伺《うかが》っております」

「へっ、旦那から？　旦那は――たぶんいま留守にしておりやすが」

「ええ。大丈夫。あなたで事足りますから」

女はその様子から、旗本《はたもと》ないし大名家の奥女中のように思われた。

「私は、本日、三好《みよし》浅野家用人《ようにん》の使いとして参りました。いえ、ご詮索《せんさく》は無用に。そう申せば、おそらくお岩様にも解ります。聞けば、お岩様はお身体《からだ》の具合が思わしくなく、ずっと伏《ふ》せっておいでとか。我が家中に、そのことを大層案じている者がおりまして、一日も早くご本復《ほんぷく》遊ばすようにと、このお薬を預かって参りました。私が直にお渡しすることも考えたのですが、畏《かしこ》まられてはかえって気の毒と存じまして、ここであなたに薬を託すのが一番と思案致しました。お手数をかけますが、どうかこの血道《ちのみち》の妙薬を、お岩様にお届け下さい」

「へぇ……」

——お侍の世界も律儀なもんだねぇ。

宅悦はちょっと感心して、丁寧に挨拶をしたあと静かに去って行く女の背中を見送った。特に疑いはさまなかったが、あれこれ思案する前に、背後から伊織《いおり》の元気な泣き声が聞こえて来た。

「あ……ぼっちゃんが泣いてやがら。ほれほれぼっちゃんどうなさいました」

宅悦は薬の袋を握りしめ、家の中へと入って行った。

二十一　直助迷走　其ノ二

「何だあの女は――」

　武家の奥勤めらしい女が宅悦に何かを渡して去っていくのを、

　牟岐権兵衛《むぎごんのひょうえ》の直助《なおすけ》は遠くからたまたま見ていた。すぐに後を追いかけたかったが、直助も果たさねばならない用事があって雑司ヶ谷の四ッ家下町に来ていたので、この日はそれをすることが出来なかった。

　用事とは――、

　お岩のもとへ投げ文をするために訪れたのである。

　ここ最近、民谷伊右衛門の思惑を探ろうとして、直助権兵衛はやっきになっていた。民谷伊右衛門が、吉良家に縁のある商人を通じて、警戒厳重な吉良邸に入って行ったり、またその商人の娘と親密に話をしているのを見ていて、彼のなかで、

《民谷伊右衛門の裏切り》

　という筋書きが、まことしやかに出来上がっていた。

「もしや吉良家へ仕官《しかん》などという手形《てがた》を手に入れ、あの娘を嫁にしようなどと考えているので

はないか――」

こう思ったのである。少なくとも直助の周りで、赤穂浪士を良くいう人はいまやいない。大石内蔵助《くらのすけ》の度《ど》を越した大尽遊《だいじん》びに《同志》と呼び合っていた人々はあきれ果て、脱盟《だつめい》につぐ脱盟で《仇討》《あだうち》は絶望的だろうという人がほとんどであった。

五代将軍の世になってから巷《ちまた》には浪人者があふれ、再仕官《さいしかん》が叶ったなどという話は滅多《めった》に聞かない。その滅多にない――浪人どもが垂涎《すいえん》の――話を鼻先にぶら下げられたらひとはどうなるのだろうか。「あの民谷伊右衛門《たみやいえもん》とて心がぐらつきはしまいか。それに考えてもみろ。あの男は浅野家譜代《ふだい》ではないし、奉公《ほうこう》していたのもたしか、二、三年ではなかったか。そんな男が主君のためなどといって本当に死ねるのか」疑心《ぎしん》が暗鬼《あんき》を生じさせ、いつか直助は、伊右衛門からお岩を遠ざけねば大変なことになるのでは――と、考えるようになっていた。

四谷左門《よつやさもん》の壮絶な殉死《じゅんし》をどう伝えたら良いか。

その左門を直助が殺したと思い込み、もの狂いになってしまったお袖のことをどう説明したら良いのか。

そして、追われる身の自分がお岩と伊織《いおり》の生活を見てやれるのか。

それらのことが足枷《あしかせ》になって、お岩と接触することは避けて来たが、もし民谷伊右衛門の本性が悪人だったとすれば「一緒に住まわせることは剣呑《けんのん》だ」

もし仮に――伊右衛門のあの腑《ふ》抜けた姿が擬態《ぎたい》であったとして討ち入りがあるにせよ、公儀《こうぎ》の裁定に刃向かって争乱を起こした者の家族が無事であるはずがない。伊右衛門と縁を切っておいた方がどのみちお岩の身には良いのだ。

そこに思い当たったとき、直助はいてもたってもいられなくなり、お岩に伊右衛門を思いきらせることを本気になって考えていた。

あの民谷伊右衛門という男は剣呑な男です。吉良家ゆかりの札差《ふださし》・西海屋喜兵衛《きへえ》と気脈を通じ、その孫娘と親しく交わり、同志の皆様を裏切ろうとしています。とてもあの高潔《こうけつ》な四谷左門《よつやさもん》様と志を同じくできない男です。そんな男の側《そば》に、あなたを置いておいたら何をされるか知れたものではありません。いましばらくお待ち下さい。私はあなたのお味方です。近く必ず詳しい事情を申し上げ、あなたをお迎えにあがります。それまで身のまわりにはくれぐれもお気を付け下さい。

妹君袖《そで》と一緒に暮らす男より

お岩さま

勝手の窓から文を投げ入れようとしたとき、直助はやはり一瞬躊躇《ためら》った。しかし、もし討ち入りがあったらあったで、

「お前さまのご亭主は世を欺《あざむ》ききって見事本懐《ほんかい》を遂《と》げられた——」

そういえば済むことだ……と、思い、決然、文を投げ入れ、脱兎《だっと》のごとく四ツ家下町をあとにした。この日直助は、もう一ヶ所まわっておきたいところがあった。お袖が宅悦の地獄宿《じごくやど》へ誘われたという汐留の《於志賀稲荷《おしがいなり》》である。

――もうそろそろ日も暮れちまうだろうが、明日、明日と一日延《の》ばしにしていたら切りがねぇ。

とにかく行けば知れることもあるだろうと淡い期待を胸に、直助は足早になった。

「組屋敷が焼けちまってから、ここも寂しい風情《ふぜい》になったものだ」

と、直助は独りごちた。あまり遅くなってもお袖のことが気に掛かるので、木戸《きど》が閉まる前には《三角屋敷》へ戻れるよう、一刻《いっこく》（二時間）だけ――と思い定めて草むらに身を潜《ひそ》めた。ちょうど良い高さの石を床机《しょうぎ》代わりにして落ち着くと、先ほど見掛《か》けた御高祖頭巾《おこそずきん》の女のことが気になり出した。

「あんな寂《さび》しいところへ武家奉公《ぶけぼうこう》の女がひとりで……。三好浅野家あたりの者だろうか。それともまさか、本当に吉良《きら》家の使いか……」

どう考えても、いまの直助に思い当たるのはその二通りくらいだった。だんだん頭の奥がむずがゆくなり、直助は忌々《いまいま》しくなって考えるのを止め、星がまばらに輝く夜空を見上げた。

ふとひとの気配がしたので、直助は稲荷の境内をじっと見た。暗がりでよく見えなかったが、（おそらく）地味な色の着物を着流しにし、饅頭笠《まんじゅうがさ》を被った侍が釣り竿と魚籠《びく》を手に立っていた。

――さむれぇ……。

直助は、

「直さん……。じゃこれだけですよ。あの娘はね、ここへひとりで来たんです。ええ、嘘じゃありません。ただ――於志賀稲荷で遭《あ》った侍ぇがここを教えてくれたんだとか。その稲荷はお雪の守り本尊だとかで、きっと運が開けると思って来たんだといっておりやしたよ」

と、以前宅悦《たくえつ》がいっていたのを思い返していた。

――じゃもしかしてあの野郎がお袖をたぶらかした男……。

じっと目を凝らして顔を見ようとしたが、さすがに暗くなりすぎていてどこの誰とも知れなかった。間もなくしてまたひとの来る気配がした。足早に駆け寄ってくる下駄の音は女のものと思われた。がっしりとした体躯《たいく》の侍は、その少し前、釣り竿と魚籠を足下へ置き、火打ち石で火口《ほぐち》に火を着けると、それを火入れに移してしばらく待っていた。彼は女の足音を聞いて、懐から付け木を取り出すと、それにぽっと火を着け、目印とし、

「ここです！」

と、女を呼んだ。侍は女とともに境内《けいだい》の灯籠《とうろう》へ近づくと、そこにわずかに残っていた蝋燭《ろうそく》に火を着けた。彼の周りがうっすら明るくなった。

直助はさすが黒鍬《くろくわ》の出――といった動きで二人に気付かれないように境内の木の陰に身を移した。侍が笠をとる。その顔は、紛れもなく赤穂で見た――矢頭右衛門七《やとうえもしち》であった。赤穂に居た頃はまだ前髪立《まえがみだ》ちの少年であったが、あのあと元服《げんぷく》を済ませたのだろう。前髪はなくなり一人前の侍姿になっていた。

──矢頭右衛門七……。いつの間に江戸へ出て来ていたのだ。いやそれよりも──これはいったいどうしたことだ？

信じたくない光景が目の前に展開されていた。

──あの、あの赤穂のご浪人が、女衒《ぜげん》の真似事をしているというのか。左門《さもん》殿。左門殿！　あなたの見込んだ男どもは皆性根のくさった者ばかりでしたぞ！　とんだ眼鏡《めがね》違いでしたなぁ。

筆舌しがたい悔《くや》しさが、不思議と直助の胸いっぱいに広がり、見事腹を掻《か》ききった四谷《よつや》左門《さもん》の無念が想われた。

──お袖を売ったのは許婚《いいなずけ》だったあの男……。もしやそれも大義《たいぎ》の前の小事と割り切っているのか。そんな根っこの腐った大義を立てたところで、泉下《せんか》の殿様は喜びはすまい！

二言三言言葉を交わし、二人が《於志賀稲荷》を立ち去ったあと、直助は全身から力が抜けて行くのを感じた。彼は覚えず、身を潜《ひそ》めていた木にもたれ掛かり、ずるずるとその場に座り込んでしまった。

＊

「右衛門七様が江戸へおいでになるまでのご苦労は同志の皆様から伺《うかが》っておりました。ほんに母上様と御妹様は心配なことですねぇ」

「あのように母上と別れねばならなかったこと──世慣れぬ我が身が今更《いまさら》恨めしゅう存《ぞん》じます」

「それにしても江戸の道も慣れていないでしょうに、よく私より先にあの稲荷へ着けましたね」

「千馬《ちば》様が晩飯の釣りの穴場を教えて下さるとき、懇切《こんせつ》に道を教えて下さいましたから……」

そういって矢頭右衛門七は哀愁をたたえた笑みを浮かべた。

「そう。で、釣果《ちょうか》はありましたか？」

「それがまったく。千馬様、間《はざま》様にはお世話になり通しなのに、こんなことでもご恩が返せず、まったく面目次第《めんぼくしだい》もございません」

「ほほほ。それはお困りなことで――」

同志・貝賀《かいが》弥左衛門《やざえもん》の娘・お百《ひゃく》は、妾腹《しょうふく》だと聞いていたが、武家の気品を失わず、町屋の女の姿をしていても耳に心地よい声でいった。汐留に住まう彼女は、近くの芝に居る矢田《やだ》五郎右衛門《ごろうえもん》の妻・おたつと協力して、陰ながら赤穂浪士たちを支えている。いまも右衛門七は、千馬たちに届ける同志間《かん》の回状《かいじょう》を、お百の手から受け取った。

「いかがでございました、於志賀稲荷は？　ご案内しましょうとお約束しましたのに、私の方が遅れてしまって」

「いえ良いのです。許嫁のお袖があそこの守り袋を持っておりまして――。ただだから、こちらに来たついでに、話でしか聞いたことのなかったところを見ておきたかっただけなのです。思いの外に小さい稲荷で――あんなところで、何かお袖の消息が解らぬか、と、うろうろすること自体、武士らしからぬ未練《みれん》な振る舞いだったのです。愚かでございました」

「何を申されます。私は右衛門七様を未練とも愚かとも思いませぬ。女の身から申せば、そこまで気に掛けて下さる殿御がいる――そんなお袖殿が羨ましゅう存《ぞん》じます」

「会えたところで結局振り捨てて、死なねばならぬ身の上でも？」

「殿に対しても全身全霊。おなごに対しても全身全霊――。どちらかなどとつまらぬことを申さず、そのときどき――それで良いと思うのです。結果はどこへ行き着こうとも自分のことを本気で想ってくれた殿方を、わるく想うおなごなどおりませぬ。殿方はどうも、行き着くところばかり気にかけられて……ほんに詰《つ》まりませぬ」

お百はそういいながらも、また快く笑った。

「左様《さよう》なものなのですね」

「それにしても私どもも行き届かす――誠に申し訳ございません。お袖殿ばかりでなく、左門様の行方すら解らぬとは……」

「私はお袖と赤穂で、江戸へ出て来たら、あの於志賀稲荷で落ち合おうと約束していたのです。根気強く待てば、あるいは……とも思うのですが、我が一党は、いよいよ仇敵《きゅうてき》を討ち取る準備に忙しく、私ばかりそんな勝手をしていることは出来ません。正直に申します、お百殿。私は今生《こんじょう》にもう一度――あと一度だけでも良い。お袖と会いたい。同志の間を駆け回り、我らを支えて下さるお百殿に、このようなことをお願いするのは本当に心苦しいのですが、あそこにお袖があらわれることがないか、どうか気に掛けていて下さいませんか」

「そんなに畏《かしこ》まらずとも……。わたしはあなたのような殿方が大好きです。芝のおたつ様とも協力して……。ええ、あなたのお申し出、確かに承《うけたまわ》りました」

「かたじけのう存《ぞん》じます！」

右衛門七は深々と頭を下げた。

「なりませぬ。武家の男子がそのような――」

そういってお百はまた笑った。

二十二　吉良邸の女　其ノ二

その前日――。三浦十太夫《みうらじゅうだゆう》から聞いた話があまりにも心躍《おど》るものだったので、民谷伊右衛門《たみやいえもん》は、勇んで本所林町の堀部安兵衛《やすべえ》の浪宅《ろうたく》を訪ねた。自分でもあとで嘲笑したくなるような気分の高揚《こうよう》であったが、安兵衛が「それほどのことをどこから仕入れた」と疑念を露《あら》わにしていうので、伊右衛門は冷や水を浴びせられたような気分になった。落ち着いて考えて見れば、煩《わずら》わしい説明を必要とすることがあまりに多い。伊右衛門は「御親類筋の信用できる人物からだ――。いまは……いまは誰とは申せぬが、聞いておいて損のないことだぞ」といった。安兵衛はしかし、やはり得心《とくしん》せず、

「お主、その御親類筋の何とかと申す者に騙《だま》されて、当方の機密を漏《も》らしているということはあるまいな」

と、いった。

伊右衛門自身、三浦十太夫を信用しきっていなかったため、そこを突かれるのが一番痛く、また癪《しゃく》に触った。彼は安兵衛を睨み返し、これ以上聞きたくないのならそれでも良い――と、座を蹴ろうとした。が、ちょうど居合わせた安兵衛の義父・堀部弥兵衛《やへえ》が、

「まあまあ、安兵衛よ」

と、横から口を挟《はさ》んで、伊右衛門を取りなしてくれた。

「五十何名という同志が集まれば、どんなに気を遣《つか》ったところで何かしらは敵方にも漏れよう。あまりに張り詰《つ》めて同志の粗忽《そこつ》を糾弾《きゅうだん》するより、落ち着いて様子を見、聞こえてくるわずかな声にも耳を傾けるのが肝要《かんよう》ぞ。いま少し聞いただけでも、伊右衛門の話はなかなか面白い。まあそう肩肘張らず、聞くだけ聞いてみたらどうか」

「は、親父《おやじ》殿」

それから安兵衛は、先を続けろという視線を伊右衛門に送った。が、伊右衛門は、それを無視して弥兵衛の方にわずかに向き直り、三浦十太夫の話したことを語った。話す内、安兵衛も興味をそそられて来たらしく、

「ふむ。吉良は裏門の守りを厚くしているのか。……ならば先に表門勢が討ち込んで裏の付人《つけびと》衆を引き付け、手薄になったところを見計らい、近所に身を潜《ひそ》めていた裏門勢が乱入し、一気に吉良の寝所《しんじょ》に突っ込む――という手もありそうだな」

ぽつりぽつりとそんなことを口走りだした。安兵衛の言葉に、弥兵衛が相槌《あいづち》を打っている。そんな光景を眺めていると、これまでのわだかまりが少し解けていくような気がして、伊右衛門の口の端はわずかにあがっていた。

気付けば――とっくに木戸《きど》が閉まっている時刻になっており、あまり気乗りはしなかったが、そ

の晩伊右衛門は、安兵衛の道場に泊めてもらうことにした。

――こんなところに長居はしたくはないが、幾つもある木戸を通る度《たび》、取り調べを受け、送り拍子木《ひょうしぎ》を鳴らされるよりマシだ。

木戸が開く時刻を見計らい、安兵衛の浪宅を辞去《じきょ》すると、彼は無性に息子の伊織《いおり》に会いたくなった。

――いまお前の父は、武士の意気地を天下に示すために戦っておる。大きくなったら父を誇れよ。

冷え込んだ空気のなかを歩きながら伊右衛門は、胸のなかが火照《ほて》っているのを感じていた。

＊

雑司ケ谷に辿《たど》り着いた伊右衛門は、雨戸が破られ障子がぼろぼろになっている我が家を見て、慌てて屋内へ飛び込んだ。

「なんだ……これは――」

草履も脱がず畳の上にあがり、

「宅悦《たくえつ》、宅悦！」

夢うつつのような頼りない心持ちで、伊右衛門は叫んだ。部屋の隅々、押し入れのなかを見ても、ひとの気配はない。ただ、畳といわず襖といわず、いたるところに血が飛び散り――あの《烏切り《からすぎ》》の林のような――吐き気を催す凄惨《せいさん》な空気が部屋に充満していた。

少しすると……視界がようやく落ち着いてきて、足元に血にまみれた長い黒髪が、ごっそりと落

ちていることに気が付いた。毛の根本には、鬢《びん》から崩れ落ちたような肉片が付いていて、

「お岩。岩なのか！」

と、伊右衛門は悲痛な声をあげていた。

――ようやく、何事もひとに劣らないお主に、見合った亭主になれると思った矢先に！　いったいどうしたことなのだ。

よくよくその肉片を見れば、そこには、牡丹《ぼたん》のような――あの痣《あざ》の一部と思われる赤が見て取れた。さらに部屋を見回すと、お岩が横になっていた蒲団のうえに、幾枚かの懐紙《かいし》が散らばっており、そこには何かが記されていた。取り上げてみると、

民谷氏を訪ね申し候《そうろう》ところ、奥方が按摩《あんま》と不義《ふぎ》におよびし様子。不埒《ふらち》と存じ、一党義挙《ぎきょ》の名折《なお》れ、諸《もろ》とも誅殺《ちゅうさつ》致し候《そうろう》。

と、ある。

《一党》？

《義挙》？

——これは同志の誰かの仕業《しわざ》なのか？　お岩の不義とはどうゆうことだ！

伊右衛門は、いろいろな同志の顔を浮かべたが、これほどのことをする人物がどうしても思い浮かばなかった。「とにかく安兵衛のところへ！」と、考え、血染めの髪を懐《ふところ》へ捩《ね》じ込むと、縁側から庭へと飛び降りた。

と、そのとき、自分の左手に女が立っていたことに伊右衛門は初めて気づき、わずかにギクリとさせられた。

こんな時刻に……、

「誰だ！」

そういった伊右衛門の形相《ぎょうそう》は凄《すさ》まじいものであったろう。

しかし女は、その形相も屋内《おくない》の有り様も、まるで見えていないかのように、伊右衛門につっと、歩み寄ると、

「大西某《なにがし》などと変名を用いて……。ああ、あなたはまた、ここに住んでいたのですか……」

女の手が、伊右衛門の頬に伸びようとしたとき、伊右衛門は女を突き飛ばしていた。その頬から離れ行く左手に白い包帯が巻かれていた。頭巾を深く被っていたので気付かなかったが、女はまぎれもなく吉良邸で見かけた老女だった。

「あなたは——そのような姿で町中に出るつもりですか」

立ち上がりながらいう老女の声は、この前の印象とは打って変わって、毅《き》然《ぜん》としたものであった。

「いらぬことを！　そなたはいったい何者なのだ！」

「もとは民谷伊左衛門《いざえもん》の許嫁《いいなずけ》――あなたの母です」

＊

老女は動揺《どうよう》を隠せない伊右衛門《いえもん》を家の方へ押しやると、

「呆《ほう》けていないでしゃんとなさい。この始末を誤れば、あなたの未来《さき》が何もかも絶たれてしまうということはないのですか……」

と、いった。

ずっと死んだと思っていたものが、急に目の前に現れて、それを即座に受け入れられる者はまず居まい。しかし、伊右衛門には思い当たることがあった。

人生の節目《ふしめ》ごとに見ていた霊夢。あのなかには、指を切り落とす女が出てきた。また過日、母の位牌から転がり出た、干からびた小指。そしていま、女の巻いた包帯の下には、おそらく小指がない……。

「生きて、おられたのですか……。ならばなぜ、これまで……」

「そのことも含め、中で話を致しましょう。さ、日が高くならないうちに、雨戸を閉めてしまいなさい」

伊右衛門はいま、自分の思考が完全に止まってしまっていることだけは解った。女に急《せ》かされるまま、彼は破られていた雨戸をもとに戻していった。そのときはじめて、予備のためにあった戸板が一枚、なくなっているのに気が付いた。

雨戸を嵌《は》め込んでいく伊右衛門の背中を見つめながら、「ほんに伊左衛門《いざえもん》殿にそっくりで、御屋敷であなたを見掛《か》けたときは、心の臓が止まるかと思いました」と、ささやくようにいった。

「伊左衛門殿は私を死んだということにしていたのですね」

血飛沫《ちしぶき》だらけの暗くした部屋のなか、伊右衛門は刀とお岩の髪を抱え、柱にもたれかかっていた。その脇に頭巾をはずした母・お玖磨《くま》がちょんと座っていた。

「昨日、いても立ってもいられなくなり、西海屋殿を訪ねてみたのです。あなたが赤穂に仕官したことは風の便りに聞いていましたから、率直に西海屋殿に訊《たず》ねてもきっとはぐらかされてしまうだろうと思い、奉公人をひとりつかまえてあなたのことを訊《き》いたところ、存外《ぞんがい》たやすくここのことを教えてくれました」

「……」

「何やら大変なことに巻き込まれているようですが……」

と、お玖磨はあたりを見回し——、

「こういうときに力ある者を頼らなければ、浪人者のような弱者《じゃくしゃ》は、ただ落ちてゆくばかりですよ」

「私は、お岩と坊主がどうなってしまったのか……それを確かめたいばかりです」

「それとて、ここの始末をどうにかせねば、とっくり腰を据《す》えて――とはいかないでしょう？

まずひとつ考えられるのは、西海屋殿を頼ること……。もうひとつは――」

お玖磨は、伊右衛門の顔をのぞきこみ、しばし思案をしてから、

「あなた、吉良家に仕官《しかん》をしませんか」

と、いった。伊右衛門は、お玖磨を睨《に》んだ。が、彼女は怖《お》じ気《け》づいた様子をまるで見せなかった。

さっきまで晴れていたのに……、
部屋のなかが急に暗くなり、雨戸に雨が叩き付けられる音がした。

「雨が……」

「……」

「重畳《ちょうじょう》、重畳。庭の血だまりも、これで洗われます」

「吉良に仕官などと。そんな話が万にひとつあったとして……それで私に不義士《ふぎし》になれというのですか」

「義士《ぎし》？　あなたがた、本当に何かをしでかすつもりなのですか……」

伊右衛門は、ふんとそっぽを向いた。

「ほほほ。馬鹿馬鹿し」

「……」

「あなたがたが起こそうとしていることが、本当に世間に受け入れられると思っているのです

か？　確かに殿様（吉良）が、浅野様に何か非道《ひど》いことをしたという噂はあるようですが、その程度のことが、あなたがたの追い風になるとでも？　……私も耳学問に過ぎませんが、識者《しきしゃ》のあいだでは、赤穂浪士がもし立ちでもしたら、それは浅野様同様、無分別《むふんべつ》な暴挙に過ぎないと見る向きもあるそうですよ。いずれの世でも、無分別に刀を振り回す者は気狂いと蔑まれるのです」

意図的に伊右衛門が忘れようとしていた問題を、お玖磨が蒸し返すようなかたちになった。実際いま、安兵衛などがどんなつもりで討入りを是《ぜ》としているのか……的確に言い当てる自信はなかった。

しかし、計画は、気付けば実務段階に入っており、そんなことを今さら問いただせる雰囲気ではなかったのである。

「あなた、世間が蔑《さげす》むようなことを進んでするのですか」

お玖磨は、断定するようにいった。

「何をひとりで合点《がてん》しているのか存《ぞん》じませぬが……」

伊右衛門は、鼻で笑いながら、

「討つにせよ、討たざるにせよ、私が吉良の世話になる謂《い》われがありません」

と、いった。

お玖磨は懐から一通の書き付けを取り出した。そして、それを開き、伊右衛門の膝元にそっと置いた。

「上野介《こうずけのすけ》様のお墨付《すみつ》きです。あなたが成人したら、吉良家に取り立てて、重用《ちょうよう》する……と、あります」

「！」

「謂《い》われならあるのですよ。あなたは上野介様のおたねなのですから……」

「ええ！」

「それを伊左衛門殿が、自分の子だと早合点《はやがてん》し、あなたを拐《さら》って吉良の御屋敷を逐電《ちくでん》したのです」

お玖磨は、父のことなど思い出したくもないといった様子で、途端《とたん》に冷たい表情になると、伊右衛門から視線をはずした。それが、あまりに情けない様子で、伊右衛門は無性に腹が立ち……声こそ荒げなかったが、

「さっきから聞いていれば、貴女《あなた》のいっていることは滅茶苦茶ではないか。私の顔が伊左衛門によく似ているといったのは、貴女のその口ではないか」

と、いいながら伊左衛門の位牌《いはい》を持ってくると、お玖磨の前に置いた。お玖磨は、わずかにその位牌を見、

「確かにあなたは伊左衛門殿によく似ております。しかし、ひとつ屋根の下に暮らすうち、ひとは互いの顔に似てくることをご存知ない？」

と、いった。

ウソか真か……しかし、口から出まかせにしては腹の据わったもののいい方をする。女とはこういう芸当ができるものなのか、と、伊右衛門は眉をひそめながら思った。

――ただ……。

本当にそういうものなのかも知れん、と、思えるのは、昨夜堀部親子に会って来たばかりだからだった。彼らは高田馬場の決闘が縁《えにし》となり繋《つな》がった義理の親子であるが、まるで血が繋《つな》がっているように見えた（注を交えるが、実際この親子を見た人の証言に、そのようなものがある）。左ひざの上に肘《ひじ》を置き、頬杖をつく姿など――安兵衛が年をとればまずこうなるだろうと、思えるほど――似ていた。

「まったく何の因果でしょうねぇ。吉良上野介様の子であるあなたが、まさか赤穂浪士だとは……」

そういってお玖磨は、こんどは涙声になるのである。

伊右衛門ははじめて身をしゃんと起こしているのが辛くなり、右手を畳にぺたりとついた。

お玖磨は、両の手でこんどこそ伊右衛門の頬に触れ顔をあげさせると、

「可愛いあなたという子がありながら、私は三十余年、人並みの――親らしい、喜びも悲しみも味わって来られなかった。やがては私を欺いて父上を討つのでも良い。いっときの方便《ほうべん》でも構わないから、親らしくあなたの身を案じ、あなたのためになることがしてみたいのです。――本当は私も、あなたを吉良家の当主にできたらと何度思ったか知れません。が、悋気《りんき》の激しい富子《とみこ》姫（上野介夫人）に阻《はば》まれて、あのころ、この仕官の書き付けを手に入れるのが精いっぱ

いでした。……大丈夫！　世間に後ろ指などさせるものですか。子が親を討てる道理などないのですから。仮に赤穂のお仲間から抜けても、あなたを悪くいうひとなど！　ね、伊右衛門。お願い……お願いだから、命を惜しんでちょうだい」

——もうやめてくれ、やめてくれ！

伊右衛門は胸のなかで幾度《いくど》もそう叫んでいた。

二十三　お岩の死んだ夜

「ちょっと、勝手に手入れなんかされたら困りますよ！」

「何を困ることがあるんだ。民谷の旦那にゆかりの西海屋喜兵衛《きへえ》様が、無償で手入れをしてやるって仰《おっしゃ》るんだ。ありがたく受けときゃ良いじゃねぇか。あ、それからな、民谷の旦那は傘張りは廃業だ。『世話になりっぱなしで礼もいわず去る無礼を許してほしい』というのが言伝《ことづて》だ。いいかい。確かに伝えたぜ」

大家の傘屋徳右衛門と、（西海屋の息がかかっていると思われる）大工の棟梁との、そんな会話を少し遠巻きに聞きながら、秋山長兵衛《ちょうべえ》はほっと一息つき、それから雑司ケ谷をあとにした。

半《なか》ばやけくそになって西海屋の奸計《かんけい》にのってみたものの、いざお岩と宅悦《たくえつ》、そして伊右衛門の子を闇に葬ってみると、「こんな思いをするくらいなら、上村様にすべてをばらされた方がマシだった……」とさえ思えて来るのであった。

西海屋は、

――葬れ。

とまではいわなかった。

お岩たちを斬ってしまったのは、ときの拍子《ひょうし》というより他なかった。

二日前の晩。お槇《まき》に例の薬を持たせて、長兵衛は伊右衛門を連れ出した。伊右衛門は思いの外に熱心で、別れ際、自分はこのまま堀部のところへ行きたい、と、いいだした。

——俺もあのまま、お槇のもとへでも行ってしまえば良かったのだ。

と、今さらながら思う。

ひとりになってみると、長兵衛は『あの腰の引けていたお槇がきっちりしおおせたのだろうか?』と気になり出した。また、お槇がしおおせたとして、どんな有様になってしまうのか——と、それも気に掛かっていた。

雑司ケ谷に着いてみると、家の中が騒々しい。

「いけねぇ！　魚を焼き損じちまった。あぁ。こげくせぇ。生類憐《しょうるいあわれ》みのご方針で今日びメザシだって高級品だってのに……。お岩様、ちょっと雨戸を開けさせてもらいやすよ」

宅悦がひとり慌てている。雨戸が一枚分開け放たれ、長兵衛はそれで中をうかがい知れた。

「そうだ。三好《みよし》浅野様のお使者が持ってきたお薬を、いま飲まれますか?」

宅悦の言葉にギクリとする。お槇は仕事をやり遂《と》げていたらしい。長兵衛は次第に自分の身体が強張《こわば》っていくのを感じた。

お岩は、布団の上に身を起こし、宅悦が用意した白湯《さゆ》を引き寄せた。赤い——例の薬包みをおし頂くようにしてから、手のひらに中身を移す……白い横顔に、鬢《びん》の赤痣がよく映えていた。彼女は手のひらの薬を口へ入れ、それを白湯で流し込んだ。

――飲みおった……！

長兵衛は目の前がくらくらした。

と、宅悦が、「あれぇ」と呑気《のんき》な声をあげ、結《むす》び文らしきものを持ってきて、

「こんなものが勝手に落ちておりやした。誰かが放り込んで行ったんですかね？」

といいながら、それをお岩に手渡した。

お岩がそれを開いた。

何度か読み返しているようで、やがて肩が震えだした。

その直後である。

「ぎゃっ！」

と、お岩が凄《すさ》まじい声で叫んだかと思うと、何か別の動物のようにその場で悶絶《もんぜつ》し出した。伊織《いおり》が火が付いたように泣き出す。宅悦はどう仕様もないというように慌てていたが、やがてのたうち回るお岩が赤ん坊を踏みつけてしまいそうなのを見かね、伊織を抱き上げた。

お岩がそうしていた時間は、ひどく長かったようにも感じられたが、実はそれほどでもなかったろう。やがて彼女は右目のあたりをおさえ、「うぅむ」と唸りながら蹲《うずくま》り動かなくなった。

「あ……あの、お岩様？　ど、どうなさいました……？」

「うぅっむ」

お岩はひとつ、ふたつ深く呼吸をすると、ゆっくり身を起こした。彼女の身を案じてその顔を覗《のぞ》き込んだ宅悦の表情が凄まじい変化を見せたのを秋山長兵衛《ちょうべえ》は見た。

「お、お岩様……その、かかか、顔……！」

宅悦は眼を丸く見開き、あとは口を蝦蟇《がま》のように引き結ぶばかりであった。

「い、い、いったい何の痛みだったのかしら……」

まだ顔がずきんずきんと痛むわ……いいながらお岩が手のひらで強くこめかみをおさえると、途《と》端《たん》にその手のひらがずるり――と横にすべり、髪の毛が根本の肉ごと畳に落ちた。血が溢《あふ》れ出、あまりの様子に宅悦は、腰を抜かしつつ背後の押入れの襖《ふすま》まで後《あと》ずさった。長兵衛の方からはお岩の背中しか見えなかったが、

――あれで本当に死なぬのか？

と、思うほど、薬の効果が絶大だったのは感じ取れた。

お岩は「私の顔、顔が……」と、うわ言のようにいいながら鏡を手に取り、そのなかをそっとのぞきこんだ。しばらく彼女は動かなかった。

「誰が……いったい誰がこのようなぁ！」

絞り出すような憎しみの声に秋山長兵衛は戦慄《せんりつ》した。

「宅悦殿！　これは、これはいったい誰の……」

「あ、あ、あっしがそんなことを存じているはずが――」

「伊右衛門殿のさしがねなのですか！」

「ぞぞぞ、存じませぬ！」

お岩のその言葉には長兵衛も訝《いぶか》しさを覚えた。

――なぜあの女、真っ先に伊右衛門を疑ったのか。どうしてそのようなことになっているのだ……。

「よくも私にこのようなものを飲ませて――。この顔、この顔をいったい！」

お岩は箪笥にすがりつくと、引き出しの中から短刀を取り出した。

伊織《いおり》の泣き声が一層激しくなる。「あなたも一味《いちみ》なのですか！」お岩はそういって刀を抜くと、宅悦に向かってそれを振りかざした。ただただ青くなるばかりの宅悦であったが、やっとの思いで伊織《いおり》の顔をお岩に見せた――。お岩は刀を振り上げたままピタリと止まる。「悔しいぃ。伊右衛門殿は、伊右衛門殿はいまどこに居るのです」――泣きださんばかりの表情で宅悦は首を横に振った。

お岩は刀をだらりと下げ、二言三言聞き取れない声でぶつぶついいながら、ふらふらと部屋の中を歩き回っていた――と、途端に、「この礼をせねば」そういうと、表に駆《か》け出そうとしたのだろう。雨戸の開け放たれたところへ向かって突進して来たのである。そのとき長兵衛ははじめて真正面から変わり果てたお岩の顔を見た。

左半分はまだもとの貌《かお》をかろうじてとどめていたが、右半分は見難《みにく》く崩れ、眼球が頬骨のあたりでギラギラと光っていた。

気付いたときには、長兵衛は大刀を抜いていて、お岩の腹を鍔《つば》もとまで刺し貫《つらぬ》いていた。お岩が突き当たったものか――脇の雨戸がバタリバタリと二枚倒れた。それを機にゆっくりと顔をあげると、垂れ下がった眼球と目があった。右手の短刀は振りかざしたままである。思わず彼は部屋の中までお岩を押し込んだ。勢い余ってお岩ともども倒れ込み――長兵衛の大刀が畳に真っ直ぐ突き刺さった。

腹を刺されたばかりでは死ねるものではない。大刀で畳に縫《ぬ》い付けられたお岩は無念そうに天井に手を伸ばしていた。秋山長兵衛は立ち上がると、お岩の胸に足を置き、大刀を引き抜いた。あとは喉といわず胸といわず息の根を止められそうなところを滅多刺しにしたのだが、奇声を発しながら無茶苦茶に刺したことだけは覚えていて、何度刺したかまでは解らなかった。

「あ、あなた……いったいこれは――」

この男も斬らねばならない――と、秋山長兵衛にはそれしか選択肢がないように思われた。逆手《さかて》に持っていた刀を持ち換《か》えると、彼は宅悦に向かって斬り付けた。この一刀は凄《すさ》まじい切れ味を見せ、宅悦の肩口を割り、伊織《いおり》を真っ二つにし、伊織を抱えていた両腕を切り落とした。

「ななな、なんだってこんなことを！」

宅悦はもがきながら、長兵衛の足下へすがろうとした。道場で習った剣技もなにもあったものではない。長兵衛は機械のように刀を振り下ろし、宅悦の頭を割り背中を割った。間もなく宅悦も動かなくなった。

それから、一度は表へ飛び出したのである。

しかし、冷たい夜風を頬に受けたとき、彼は急に理性を取り戻した。

——あれは不思議なことであった。

と、あとになって思う。

人家もまばらな四ツ家下町。辺りを見回してみても漆黒《しっこく》の闇がひろがるばかりで、無論ひとの往来もない。納屋《なや》の前に大八車。振り向いた屋内《おくない》には男女の死体が転がっている。

——不義《ふぎ》者成敗《ものせいばい》。

そんな五文字が頭のなかに浮かんだ。女の不貞《ふてい》にはいやに厳しい昨今《さっこん》の風潮である。夫が妻の浮気の現場を見付け、間男《まおとこ》と重ねて四つにしても、咎《とが》めを受けることがないのが当たり前であった。

「そうだ、わしはこやつらが不義に及んでいる現場を見付け、夫に代わって成敗してやったのだ……」

そう納得のゆく自己弁護が思い浮かぶと頭はますます冴《さ》えわたり、悪知恵をまたひとつ捻《ひね》り出すのであった。彼は懐から懐紙《かいし》と矢立《やたて》を取り出すと、
民谷氏を訪ね申し候《そうろう》ところ、奥方が按摩《あんま》と不義《ふぎ》におよびし様子。

不埒《ふらち》と存《ぞん》じ、一党義挙《ぎきょ》の名折《なお》れ、諸《もろ》とも誅殺《ちゅうさつ》致し候《そうろう》。

と、さらさらと書き記した。

――これを読んだ伊右衛門が同志に対して疑心《ぎしん》を抱いてくれれば、脱盟《だつめい》の足がかりとなるやも知れん。そうなれば西海屋への義理も立つ。

秋山長兵衛はこのとき確かに笑っていた。人間であるための箍《たが》が、ひとつ確実に外れてしまっているのを、彼は感じていた。

戸板を一枚引っぱって来る――納屋から五寸釘と金槌を持って来て、まず宅悦とその腕を戸板に縫い付けてやった。それから大八車を持って来て――自分でも信じられないような力で――宅悦を戸板の裏にするように乗せ、表の方へお岩を寝かせると、真っ二つの赤ん坊を抱かせてやって、足・首・肩に釘を打ち込み、さらに荒縄で二人と戸板を縛り上げて菰《こも》を被せた。

――さてこれで伊右衛門がどう出るか……。

秋山長兵衛は頬被りをして大八車を引き、宿坂を下って神田川に出た。丁寧に「不義者成敗」の札まで括《くく》り付けて、彼は面影橋《おもかげばし》の上からその戸板を川へ落とした。戸板はゆっくりと川を流れて行った。

「大八車を戻さねば……」

と、瞬間思ったが、急に伊右衛門が帰って来たところへ鉢合《はちあ》わせたら――という恐怖がわき起こり、彼はそれを土手へ蹴落《けお》として、その場を立ち去った。ひとは来ないだろうが裏路地へ入ると、民谷の家から持って来た着物に着替え、血にまみれた着物は風呂敷に包み込んだ。

これでもかというほど顔と手を洗い、髪を整え、彼はその日役宅へと戻った。子刻《ねのこく》は過ぎていたと思うが、木戸を通るとき、隠密廻《おんみつまわ》り同心《どうしん》の身分は便利だった。ただ――、木戸を通る度《たび》、身分証として出した十手《じゅって》を見ることになり、嫌でも自分が何者であったかを思い知らされた。

「こんなもの！」

「投げ捨ててしまいたい」

と、いまでも思う。

伊右衛門のその後の出方がただただ気になっていたが、気付くと彼は西海屋の一室に匿《かこ》われるひととなっていた。「腑《ふ》抜けが！」女房の仇《かたき》を血眼《ちまなこ》になって捜《さが》さぬのか――と、長兵衛は時折思った。

「しかしこれで……」

西海屋に威《おど》されずに済む、と、思うと、彼はやはり安堵《あんど》しているのであった。どうせならもっと悪事を重ねて、腹の据わった悪人になりたい――。良心の呵責《かしゃく》にさいなまれつつも、反動からそんなことを思ったりする。今度の「五の日」は、また雲井大助に、《於志賀稲荷》へ行って欲しいと、かねて頼まれていた。

断ることは無論出来る。宅悦はもうこの世の者ではないが、宅悦に紹介された別の先に女を連れて行くことも出来る。

「もっと悪人になれ！　もっと悪人になれ！」

知らず知らず長兵衛はそんなことを口走っていた。

二十四　亡霊

直助《なおすけ》は——牟岐権兵衛《むぎごんのひょうえ》は、愛用の棒手裏剣《ぼうしゅりけん》を引っ張り出すと腰に下げ、袢纏《はんてん》でそれを隠してから家を飛び出した。黒鍬《くろくわ》の家に生まれた者として、若いころから稽古だけは続けていた。が、本当に使ってみようかと思い立ったのは今日がはじめてである。すでに逢魔ヶ刻《おうまがとき》はとっくに過ぎ、陽《ひ》はとっぷりと暮れていた。

今日またあそこに矢頭右衛門七が現れるかは分らない。自分が本当にあの男を殺す気でいるのかすら、牟岐権兵衛には分らなかった。ただ彼は何もかもが後手にまわっていることに耐《た》えられず、実際右衛門七を殺そうと殺すまいと、そうせざるを得ない気分だった。

——お袖の好いた男だ……なろうことなら殺したくはない。

寒気に冷え切った手裏剣を掌のなかでもてあそびながら、権兵衛は思った。

いや、殺す気などはきっとなかったのである。いま自分が身を潜めている草むらは、稲荷の入り口から八間《けん》ほどもある。こんなところから手裏剣を打ち込んだところで、まともに命中させることなど——、

——俺の腕では無理だ。

無意識にこういうところへ身を潜めてしまったこと自体、殺意がほとんどないことの表れであった。「己が己のやっていることに満足したい一心で、こんな見苦しい真似《まね》をしているだけだ」……右衛門七《えもしち》よ、どうかもう《於志賀稲荷》へは来てくれるな。と、牟岐権兵衛は思った。

——あと半刻《はんとき》……それだけ待ったら今日は引き上げよう。

しかし、その直後、権兵衛の目に着流しの侍の姿が飛び込んで来た。淡い月影が視界の助けになるばかりであったが、侍はこの前見かけたときとほぼ変わらぬいでたち。

「あの馬鹿者め！」

権兵衛は頬を引きつらせた。

届くはずはない——距離であったが、彼は手裏剣を打ち込もうと身を起した。が、それも恰好《かっこう》ばかりである。彼はふっとため息をつくと、天に向かって真っ直ぐ剣先を突き立てた手裏剣を下ろそうとした。

と——。その下ろそうとした腕が、再び真上に向かってぐいっとひっぱりあげられたのである。ひどく冷たい女のような手に、自分の手首を握られている気がする。それから震えが止まらなくなり、彼はゆっくりと空を見上げた。

権兵衛の腕を引っ張りあげているのは、髪を振り乱し——片手にぐったりとした赤子を抱いている女であった。中腰になっている権兵衛の腕をいっぱいに引っ張り上げ、なお女の腰から上が手裏剣の上に見えるのは、異様な光景であった。

牟岐権兵衛は顔を下ろせなくなった。そのうち、正面を向いていた女が下を見、権兵衛と視線が合った。牟岐権兵衛はその顔を見て戦慄した。女の顔は右半分が醜く崩れ、眼球が頬のあたりまで垂れ下がっていた。その女が左目をカッと見開いて、笑うのである。その形相《ぎょうそう》すさまじく……。

自分のものではないように身体《からだ》が動き、手裏剣が手から離れていった。それは美しく且《か》つ力強く弧《こ》を描き、饅頭《まんじゅう》笠を突き破り侍の顔面に吸い込まれるように突き刺さった。侍の身体があっという間に崩れ落ち、牟岐権兵衛はしばし呆然《ぼうぜん》となった。

周囲を見回してみても女の姿などどこにもない。「右衛門七、右衛門七！　許せ！」権兵衛は遺体にすがり付くとそう叫んでいた。このとき――本当に右衛門七を殺してしまったのか――相手の顔をよく改めなかったが、それは暗闇のせいでもあり、また、引き抜けないほど深く刺さった手裏剣のために笠で顔がかくれてしまい、容易にたしかめられないせいでもあった。とっさに権兵衛は遺体を担ぎ上げ、社殿《しゃでん》の床下に安置《あんち》することを思いついた。彼は床下の暗闇に向かって合掌すると一目散にその場から駆《か》け出したものである。

どこをどう走ったのか――それからの記憶がしばしない。

ただ駆け回りながら、彼はまたひとつお袖に対して申し訳のないことをしたという自責《じせき》の念《ねん》に駆《か》られていた。……気づくと彼は砂村新田の穏亡堀《おんぼうぼり》に辿《たど》り着いていた。息があがって膝がわらっている。彼は堪《たま》らずそこへがくりと膝をついた。ここが穏亡堀と分かったのは、近くに有名な火葬場が見えたからである。

土手の上のくされススキの上に身を横たえ少しずつ息を整える。——あの女、いったい何だったのだ……。

そこへ想いが至った途端《とたん》、寒気と相俟《あいま》って、また身体《からだ》の震えが止まらなくなった。

月は雲に隠れ、闇はいっそう深い。

身体を起こしかけたとき、全身が急に強張《こわば》った。

「何だ、これは……」

身体が動かなくなったことも不可解だが、闇のなかだというのに、自分の周辺で何が起こっているのか——すべてが頭に流れ込んで来るように判《わか》るのである。

土手下の流れに、菰《こも》にくるまれた戸板がくるくると漂っている……と、それに括《くく》り付けられていた板きれが、急に権兵衛の脇まで飛んできた……見るとそこには《不義者成敗》の文字が、はっきりと読み取れた。

戸板が、宙に跳ねあがったかと思うと、菰《こも》がはずれ、そこには先ほどの赤子を抱いた女が荒縄で縛りつけられていた。あまりのむごさに声を失う。しかし、まだもとのかたちをとどめていると思われる左半分の顔に、わずかに見覚えがあった。

「……!」

——お岩、どの?

戸板が反転し、裏には坊主頭の男が括られていた。水に浸かりっぱなしだったせいで全身がぶくぶくに膨《ふく》れてしまっているが、

——宅悦《たくえつ》……。

権兵衛はそれが宅悦だと直感した。

——痛ぇ、痛ぇよ、直さん。何だって俺がこんな目に遭《あ》わなきゃならねぇんだ。見てくれ、この両の腕……。無くなっちまってるんだよう。刀で切り落とされて無くなっちまっているんだ。痛ぇ、痛ぇよ。

「……宅悦……」

「お……お岩殿……」

ようやくそれだけが声になった。

——ああ……。俺はまたしても後れをとったのか。お前ぇさんたちをそんな目に遭《あ》わせたのは……やはり西海屋喜兵衛か……。民谷伊右衛門か……。

「許せ。許してくれぇ！」

また戸板が反転してお岩が表れた。両方の目から——垂れ下がった方の目からも涙が流れているように見えた。戸板はドボンと大きな音を立てて、また流れのなかへ落ちた。

その音を聞いて、ようやく身体が動くようになった。権兵衛が堀を覗き込むと、二人が括《くく》り付けられた戸板は、ゆっくりと水底へ沈んでいくところであった。

直助権兵衛がもう三日も長屋へ帰っていない。「家を空けることはよくあったけど、こんなことははじめてだよ」「そうそう。あのお袖ちゃんのことばかり気に掛けている男がねぇ……」深川三角屋敷の女どもが、大きな声でそんな話をしている。お袖はしかし、相変わらず虚ろな目で地蔵和《わ》讃《さん》を詠《うた》っていた。

＊

その日の午後――この長屋の大家である牛若《うしわか》の駒八《こまはち》が、お袖のもとへ飛び込んで来た。

「お袖ちゃん、大変だ。この直助からの手紙を読んでみろ。いつの間にか、俺のうちに放り込まれていたんだ！」

手紙を開いて内容をお袖に見せようとしたところで、

「あ、いけねぇ」

と、駒八は自分の額をピシャリと叩いた。

「そうだった。そうだった。お前ぇにこんなもの持って来たって読めるわきゃなかったんだ」

どっかと腰を下ろし、その場でしばらく考え込んでから、

「しかしな……。解ろうと解るめぇと、こいつぁお前ぇに聞かせておかなけりゃ義理の悪い話なんだ。まぁ目障《めざわ》りでも、脇で読んで聞かせるから、大人しく聞いておくんだよ」

一筆啓上つかまつり候《そうろう》。それがし儀《ぎ》、前世より、悪業等背負《せお》い申し候ためか、肉親の縁に薄きものにて候。このたび紬との縁《えにし》を得、はからずもひとつ屋根の下に暮らし申し候《そうろう》日々は、思いの外《ほか》心楽しく、まことの肉親を得たる心地して、このまま永年過ごす夢、幾度も抱き申し候ところ、紬の姉、不慮の死を遂《と》げたる由《よし》、聞き及び申し候。仇は、その姉の亭主と、この者の一味にて御座候《ござそうろう》。

敵は法の目を巧《たく》みにくぐり抜け、無実の罪を紬が姉に着せたる奸知《かんち》に長《た》けた者にて、腕も立つ大敵《たいてき》なれば、尋常なる手段にては倒しがたく、それがしひとまず地に潜み、敵の油断を見定める所存《しょぞん》にて御座候。

紬への罪滅《ほろ》ぼし。相手と差し違える覚悟に御座《ござ》れば、ご迷惑とは存《ぞん》じ候《そうら》えども、駒八殿に紬の身を頼み申したく、まことに勝手ながら、それがし持ち合わせの十二両すべてを遺《のこ》し置き申し候。

駒八殿には重ねてお詫《わ》び申し上げ候。勝手なるそれがしがこと、何卒《なにとぞ》お許し下されたく。何卒、何卒。

直助

駒八さま

「それにしても――きれいな字を書きやがる。やはり根の悪いやつじゃなかったんだなぁ。それにこの文句の丁寧さは、まるで武家のような……」

そういう駒八も、外見に似ぬ教養を持ち合わせているようで——直助の手紙を読み上げる声はよどみなく、眼差《まなざし》しもいつになく引き締まったものであった。

「お前ぇへの罪滅ぼし……ってぇくだりはよく解らねぇが、こいつはえれぇ男だと思うよ。だから俺はこいつの頼みを聞いてやろうと思うんだ」

いいながら——、駒八は顔をあげてどきりとした。お袖の頬に、ひと筋、ふた筋と、涙が流れていたのである。

「お袖ちゃん……解るのか？」

しかしお袖は、駒八の問いには答えず、ひたすら虚空《こくう》を見つめるばかりであった。

二十五　お梅という女（その死まで）

お梅の乳母《うば》・お槙《まき》は、秋山長兵衛《ちょうべえ》が犯した罪について、彼の口から聞いて以来、連日、悪夢にうなされるようになった。

「こう毎晩では堪《たま》らないわ」

こめかみを強く押さえながら呟《つぶや》く。

はじめはどうという夢でもなかった。ただ真っ暗闇の奥に、白い影がぽつんで見えているばかりであった。それが次の日には少し大きくなり、また次の日にはさらに……と、いう風に、段々近づいて来るのである。

四日前の晩に、それが――赤子を抱き――白い着物を着て髪を振り乱した女であることが解り、師走に入ってから、その顔が醜くくずれ、こちらを恨めしそうに睨《にら》んでいることが解った。

数日前からお槙は、眠るまい――眠りたくないと思っていたが、夜になると不思議と重たい眠気が襲ってきて、床につかざるを得なくなるのであった。ゆうべ女は、とうとうお槙の目の前に立ち、ぎらぎらと光る目で彼女の全身を舐め回すように見ていた。お槙は、逃げ出したくて仕様がなかったが、まったく動くことができなかった。そのうち女は、赤子《あかご》をひょいとお槙に抱かせる——見るとその子は真っ二つに斬られていて、目ばかりが生きているようにお槙を見つめていた。放り出したいのに、手が赤子の死骸に吸い付いている……と、気付けばその子が、重たい水子地蔵《みずこじぞう》に変わっているのであった。

足下の闇が沼のようになり、お槙の身体はずぶりずぶりと少しずつ沈んで行った。もがけども全身縄で縛り上げられているようで身動きがとれない。顎《あご》が浸《つ》かり、口も浸《つ》かる。女はどこまでも冷ややかな目でお槙を見下していた。口の中に泥水のような闇が流れ込んで来て、お槙は跳び起きた。朝になっていた。

夢は段々おそろしいものになっていき、いままで見ていたものはお槙の死の直前で終わっていた。「今晩はまさか……」と、そんな思いが頭をよぎる。お槙はいい様のない胸苦しさを覚えていた。

＊

民谷《たみや》伊右衛門《いえもん》は、ゆうべの夢のなかで「恨めしい」というお岩の声を聞いた。

——恨めしい……とは、俺がか！　どこだ岩！　姿を見せよ！　どこだ岩！

伊右衛門は、その日も西海屋の一室を薄暗くして閉じ籠《こ》もっていた。

「母」だというお玖磨《くま》が、あのお墨付きを見せながら、要らぬことを話したらしい、西海屋喜兵衛とお梅の目に、驚きと、何か期待のようなものが入り混じり出したように思われた。

伊右衛門は、床の間に置いてあった文箱を持ってくると、蓋《ふた》を開け中身を取り出した。そこには、雑司ヶ谷の浪宅から拾ってきたお岩の髪の毛と、同志（?）の何者かが残した《不義者成敗》の書き置きが入っていた。

——堀部が……。

あの晩、自分を裏切り者のような眼で見ていたっけ……と、思い返す。これはまさか同志間の制裁か——などとも考えたが、堀部が誰かに命じたにせよ、それではつじつまが合わなすぎる。

——奥田か?

——武林か?

しかしだれ一人、そこまでしようとは思われなかった。

——俺がいったい何をしたというのだ。

「いや……何もしなかったというのは、これほど重い罰を受けねばならぬものなのか……」

独学・我流とはいえ、山のような本を読みながら、それがまったく生かされて来なかった自分の人生を、伊右衛門は嘲《わら》うよりほかなかった。顔がひきつる。暗い炎が胸の奥で燃え上がりだしていた。

廊下で——とととっと小走りに走る音がして、伊右衛門は二品をもとに戻した。障子が三、四寸ほども開いて、そこから重たげな光が流れ込んで来る。不作法にもお梅が立ったまま中の様子をうかがっていた。

「よろしい?」

「ああ……いいよ」

礼儀はまるで弁《わきま》えないが、物怖じした様子がないことだけは心底感心する。よくもこんな薄気味悪い部屋へやって来られるものだと、伊右衛門は思った。

「こんなところに閉じ籠もってこられたら、心が壊れてしまいますわよ」

「そうかな……」

「そうですとも。気散《きさん》じにどこかへ――」

「いや俺は、今後のことについて真剣に考えねばならぬから――」

「そう仰《おっしゃ》って、ここに籠もられて幾日目？　こんなところにお一人でおられても良い思い付きが浮かぶとは思われませんわ」

いわれて伊右衛門は腹立たしさを覚えた。お梅のいうことはきっと正しい。しかしその正しいことを、三十半ばの自分が十七、八の小娘に指摘されたことは、ひどく伊右衛門の矜持《きょうじ》を傷つけた。

――苦労知らずの小娘が。利いた風な口を……。

「頼む。出て行ってくれ」

いい終わらぬうちに、お梅は「嫌」と、言葉を被せて来た。

「何？」

顔を見るとお梅は挑発するように薄い笑みを浮かべていた。この前から薄々感じていたことではあったが、伊右衛門はこの娘と対峙《たいじ》すると、不思議と劣等感を覚えている己に気付く。まったく異質な相手なのに、それは堀部安兵衛と対峙したときに似ていた。

物怖じしない眼が無遠慮に伊右衛門を刺した。

「伊右衛門様は私を見下しておいで？　不作法な娘とか――いえ、私の男漁りの噂も聞いているんじゃなくて？」

「……」

「黙っていてもダメよ。賢そうなお顔に書いてありますもの。世間もまぁ、伊右衛門様と同じように私を笑っていると思うわ」

「自分でそこまで解っているなら改めたらどうか」

伊右衛門は視線を外しながらいった。

「どうして？」

「どうして……とは？」

「私、周りが何といってもぜんぜん気にしていないのよ。ううん。慣れてしまったとかそういうことじゃないの。どうでも良いのよ、本当に。世間のいうことなんて。私は私の足で立って、自分の好きなように歩いているんですもの――」

「何をいうか――西海屋の庇護《ひご》のもと、好き勝手をしているだけではないか」

いつになく伊右衛門も、トゲを隠さず切り返した。

「ううん。そう、それはそうよね。でもそういうことじゃないの……。すぐ近くの越後屋《えちごや》さんの娘《こ》ね、ずっと私と張り合っていて、私と同じようなことをしていたんだけど、最近心が壊れてしまったの——。好きになってしまった役者に振られたっていうのもあるんだけど、それで世間の噂になっちゃって『ふしだら』だとか『恥しらず』だとか色々いわれたのよ。それでどうやら参ってしまったらしいのね。ほんとバカみたい。相談を持ちかけられたんだけど、鬱陶《うっとお》しいったらありゃしない。私、目の前で聞いていて欠伸《あくび》しちゃったのよ。『こんなつまらない女と張り合っていたのか』とも思ったわ。だって好きなことをやっているようで、結局世間の評判の方が大事だったってことでしょ。まわりからもよく見られて、しっかり好きなこともやりたい——なんて虫が良すぎるのよ。私は違うわ。自分の好きなことを自分で考えてやっているの。だから私は自分の足で立っているの——」

「……」

「そういえば伊右衛門様って——」

——いうな！　それから先をいうな！

「どこかその娘に……」

伊右衛門はお梅を抱き寄せると唇を吸った。

「やっと……。その目、私好みの目だわ。はじめて伊右衛門様に面と向かってお会いしたとき、正直このひとがそんなにお強いのか……って思ってしまったの。でもやっぱりお強いひとだっていま解ったわ。そうでなくちゃ——」

お袖は白い両腕を伊右衛門の首に巻き付けた。

まだ午ノ刻《うまのこく》も過ぎてはいなかった――。

お梅がくしゃくしゃに乱された髪を手で梳《す》きながら、

「また今晩来ます」

といって部屋の外へ出て行くのを見送ったあと、伊右衛門は、久し振りに渋谷の森へ行ってみたくなった。「父が存命だったころほどの剣技がまだこの身体に残っているか――試してみたい」と、そんなことを考えていた。

西海屋の奉公人に代えの着物とサラシを用意してもらい表へ出ると、さっきまで晴れていた空が曇天となっていた。

＊

右腕、左肩、左の太腿に伊右衛門は少し深めの傷を負った。やはりだいぶ腕はなまっていた。帰ってきた伊右衛門の様子は凄《すさ》まじく、鉢合わせた西海屋喜兵衛さえ後ずさるほどであった。

「ど、どうなされました」

「聞けば生類憐《しょうるいあわ》れみの御法《ごほう》のもと、お主も無事ではおられぬぞ」

伊右衛門は不敵に笑ってみせた。

「西海屋殿。俺は赤穂《あこう》を抜けるぞ……」

「え？」

「本心だ。それで良い……と、妙に腹も座っておる。ひとつお主に断るなら、この先、刀を捨てられるかどうかは解らぬ。ただ吉良《きら》方に味方をする約束はしよう。味方になったという証しも獲って来てみせる」

「証しとは？」

「なろうことなら、赤穂の連中が二度と立ち上がれぬようにしてやる……という話だ」

その晩——、
約束した通り、伊右衛門の寝所にお梅がやって来た。寒い廊下を渡って来たお梅は、部屋へ入ってくると、躊躇《ためら》うことなく、布団の中へ身を滑り込ませた。

「温かい」

寝巻きの上から包帯の膨らみを感じて、「どうなさったの？」とお梅は訊いた。伊右衛門はその問いを無視して、お梅を抱き寄せ、髪の匂いをしばしかいだ。

「伊右衛門様、そんなに強く抱かれたら痛い……」

「……」

「痛うございました」

伊右衛門はぎくりとした。それは確かにお岩の声であった。胸に押し付けたお梅の顔が、ぬるり、として、伊右衛門は自分の胸元をうかがった。そのとき胸元から、伊右衛門の顔を凝視していたのは、顔の右半分が崩れたお岩であった。

「岩！　お前！」

布団を撥ね上げ起き上がった途端《とたん》、伊右衛門の身体は信じがたい力で引っ張られ、襖に叩きつけられていた。慌てて刀を取ると、文箱のなかの黒髪が急に飛び出して来て、伊右衛門の首に巻き付いた。

「何故だ！　何故、このように俺を……！」

よろめく伊右衛門を、天井からぶら下がったお岩が、首の黒髪を掴んで引っ張りあげた。

「く、く……」

瞬間、伊右衛門は意識が遠のきかけたが、気力で刀を抜くと滅茶苦茶に振り回した。お岩の腕を切ったような感触があって伊右衛門は畳に落下した。「ほほほほほほ」四方八方から笑い声が聞こえ、伊右衛門は首の黒髪をほどくと、また刀を振り回した。ただ闇を切っているようであったが、幾度か手応え《てごた》があり、やがて伊右衛門は汗まみれになって片膝をついた。これほど剣技も何もなく、やみ雲に刀を振らされたことは久しくないことであった。昼間被った《烏切り《からすき》》の傷が疼《うず》き、玉のような汗が流れ、口の中ばかりはカラカラになり、周囲が暗く何も見えない。切っ先は決して下げず気を張っているが、かほど眼が利かぬは闇が異様に深いせいか、自身の息があがっているせいか解りかねた。

怪異はしばし遠ざかっているように思われ、伊右衛門はじっくり息を整えた。夜目《よめ》もようやく戻ってくる。と、畳についた片膝のすぐ近くにお梅の首が転がっているのが見えた。

「！」

伊右衛門は息を呑んだ。さらに辺りを見回すと、すぐそばに腕・脚が切断され、なますのように切り刻まれたお梅の胴も横たわっていた。

「しまった……」

伊右衛門はよろよろと立ち上がり廊下へと出た。西海屋の奉公人たちが騒ぎを聞きつけ部屋の前に集まっていた。血刀を下げた伊右衛門を見て腰を抜かす者もいる――そのなかで、怯《おび》える乳母《うば》・お槙《まき》の白い顔が妙に浮いて見えた。

途端《とたん》、伊右衛門は何かに突き動かされるように刀を振りかぶると、幾人かの間をすり抜け、お槙を唐竹割《からたけわり》に斬り捨てていた。

お槙は声も発せず廊下のすぐ脇の泉水《せんすい》に崩れ落ち、そのまま浮かんで来なかった。

その後。

伊右衛門はお岩のあざ笑う声に振り回されるまま、西海屋の者を幾人斬り殺したか――記憶がない。ただ駆け付けて来た喜兵衛の首を跳ね飛ばしたことだけははっきりと覚えていた。

冷たい雨が降り出したその晩、江戸の町を悪鬼が駆け抜けた。その鬼は蔵前の西海屋方を皆殺しにし、幾つもの木戸を破ってなお捕まらず逃げおおせた。

伊右衛門は滅茶苦茶に駆けたつもりであったが、気付けば父・伊左衛門《いざえもん》の菩提寺である泰宗寺の近くまで来ていた。

「何だ……ここは榎町か……？」

伊右衛門は泰宗寺の塀を乗り越え――「駄目でもともとだ」と、住職の部屋を目指した。三年前に父の七回忌を済ませたばかりであるし、和尚は子供のころからの顔見知りであった。「和尚、和尚……。和尚、和尚……」と幾らか声を殺し、根気よく呼び続けると、やがて住職の湛然《たんぜん》が手燭《てしょく》を持って障子を開けた。

「どなたじゃ」

伊右衛門は刀を湛然の足下に差し出して敵意の無いことを示した。子供のころは愚かな和尚だと軽蔑したこともあったが――常軌を逸した伊右衛門の姿を見て――慌てた様子がほとんど見受けられなかったことには感心した。

手燭をかざして伊右衛門の顔を伺っていた湛然は、

「ああ、民谷の――」

と、伊右衛門が名乗る前に気が付いた。

「それがし取り返しのつかない罪をこの刀にて犯しました。そのうちそれらしき噂も聞こえて参りましょう。が、それがし、いずれは自裁する覚悟にてこちらへ罷り越しました。武士の一言、どうか信じて頂き、ほんのしばらく――かくまって頂けますまいか？　まだ……まだやり残したことがあるのでござる」

――岩を斬ったのが同志の誰なのか知りたい。

――なろうことなら、なぜ岩が自分を怨むに至ったか知りたい。

「やり残したことが……」

それに、どんな親でも吉良邸には血を分けた者がいる……。堀部・奥田をはじめめぼしい腕利きを十名も斬れば、赤穂浪士の志も挫けよう。そのなかにお岩の仇が見付かれば、なお良し――。

「何卒……」

湛然は刀を取り上げると、伊右衛門に握らせた。

「これは魂でござろう。ハラは空いておらぬか。残った飯で粥でも作って進ぜよう」

二十六　蜥蜴の尻尾

吉田《よしだ》忠左衛門《ちゅうざえもん》に向かっていった。

「吉田殿。お呼び立てして申し訳ございません」

堀部安兵衛《やすべえ》が部屋へ入って来るなり、浪士たちの副将・吉田忠左衛門に向かっていった。

「何の、何の。しかし大望成就を目の前に、生活費を切り詰めておるから、少し歩くと腹が減って目がまわる」

吉田忠左衛門は薄い無精髭を撫でつつそういうが、不摂生が身についている若者より、よほど肌つやの良い顔をしていた。

「で、今日は民谷《たみや》が何とかと――」

「は。それがしの手元に脱盟《だつめい》したと思われた民谷伊右衛門より、このようなものが届けられまして――」

パラパラと、手渡された一冊の綴《つづ》りをめくると、忠左衛門の温和な眼差しに、鋭い光が入った。

「随分、吉良邸内部のことに詳しいな」

「は。その前半に関しましては、彼が脱盟する前に、大方聞き及んでいたのですが、後半……そう、そのあたりからでござるが……どうやって知り得たのか、ご公儀《こうぎ》の意図するところも書かれておりまして――」

「ご公儀は浅野と吉良の極私的な喧嘩として、今回の一件を決着させたい。それはご公儀が赤穂《あこう》に下した裁定のずさんさを認めたくないから……か」

「はぁ。瑤泉院様（内匠頭夫人）と上野介めの良からぬ噂が、さきごろ江戸の評判になりましたが、あれも公儀隠密の暗躍があったため――と、そこには……」

「何と！　ご公儀は我らが深夜に通行しやすいよう、いま吉良邸周辺の木戸の警戒を緩《ゆる》めているのか」

「それがしもまさかと思いました。しかしそれがしの剣友・学友で、大老《たいろう》・柳澤美濃守《やなぎさわみののかみ》の信認厚い細井広沢《こうたく》に、この一事、確かめましたところ、どうやら真のことらしゅうござる。確かに、木戸の一事が解決できれば、武装する場所選びも武器を運ぶのも、ぐんとやり易くなり申す。どうなされます？　ここはご公儀の意向に敢《あ》えて乗ってみますか」

「うむ。ただ最後のご判断はやはりご頭領《とうりょう》――内蔵助《くらのすけ》殿に願おう」

「はい」

「しかし伊右衛門はこれだけの働きが出来て、どうして脱盟せねばならなかったのだ？」

「……」

そのとき、障子の向こうから、武林唯七《たけばやしただしち》の声がした。

「よろしゅうございますか」

「応」

「いま道場の方へ、お百殿《ひゃく》が参っております」

「早かったな……。承知した。すぐ行くと伝えてくれ。——吉田殿、間もなく義父《ちち》が参ります。

義父とともに、その一巻の内容、ご精査頂きたく」

「何じゃ。お主はどこかへ行くのか？」

「はい。些《いささ》か所用《しょよう》がございまして」

「あのな安兵衛。これから討入りまでの数日は慎重の上にも慎重を期さねばならん。内蔵助殿からも、たとえ家族であっても討入りのことは漏《も》らしてはならん——と厳命を受けている。お百殿たちのこれまでの協力は頭が下がるが、これ以上は控《ひか》えてもらいたい」

忠左衛門のその言葉のほとんどを背中で聞きながら、安兵衛は部屋を出て行った。

＊

「あれからまだ……秋山長兵衛《ちょうべえ》は帰っておらんのか」

奉行所からお頭に再度問い合わせがあったらしい——と、雲井大助は苛立《いらだ》ちを隠さずいった。「あの日俺が、浪士の妻女《さいじょ》を迎えに行くのを代わってくれなどと頼まなければ——」と爪を噛む。黙って話を聞いている桃助こと猿橋右門《さるはしうもん》の顔にも憔悴《しょうすい》の色が濃くにじみ出ていた。

「やはりもう一度、《於志賀稲荷》の周辺をよく探してみるべきなのではないか？　なにか手掛かりを見落としているのかも……」

「うん。俺もそれを考えていた。またひとり、女を案内してやらねばならぬし……」

「おい。秋山ばかりでなく、宅悦の行方も分からなくなっているのだろう？　あんなことをまだ続けるつもりか」

「……」

「赤穂浪士は思惑通りもう間もなく討ち入るのだろう？　右門、お主はよくやったよ。よくここまで、世間とご公儀を動かしたものだと感心している。もうこれ以上、危ない橋を渡る必要もあるまい」

「あの日、秋山がすっぽかした女がひとりいるようなんだ。境内の灯籠に、今日また会いたいという文《ふみ》が挟《はさ》んであった」

「ばか！　放っておけ、そんなもの」

「大助、笑うかもしれんが、俺の心がそうは割り切れんのだ。今回のことがあって、俺はご政《せい》道《どう》の歪《ゆが》みで巷に溢れた浪人者どもを嫌になるくらい見た。赤穂《あこう》の者たちに限らずだ……。町人になりきれる者は良い。だが多くは――いや人間だからこそと思うのだが……矜持《きょうじ》を捨てられずにいて、もう一度両刀を差し、月代《さかやき》を青々と剃りあげて、表舞台に立つことを夢見ている。しがみついても、何の福も運んで来やしない刀を頼みとし、腰に刀を差したまま大道芸で投げ銭《せん》を乞《こ》い、あるいはただ頭を下げるだけの乞食《こじき》になっている。世の中ももうそれをおかしいと思わぬくらい、慣れてしまっている。矜持と、食わねばならぬ現実……。ひとひとりが何かを諦《あきら》めねばならぬというのは大変なことだ。だがそれでも、だれかのことを思えばこそ、自らの魂《たましい》を削って、ひとを生かそうと諦める者たちが出てくる。赤穂浪士の妻女《さいじょ》たちは、そういう者たちだ。あの人々は、なお、まだ生きねばならぬ。安直な稼ぎだし、俺のせいでより不幸になった女もいる。だが、それでも俺は……彼らを食い物にしようという俺は、赤穂の者らとその家族を放ってはおけんのだ」

「偽善《ぎぜん》だ、そんなもの。お主も、身を売った女どもも、もっと身勝手で、汚い考えにまみれているはずだ！　我が身や他人を哀れんで見せるようなやつは反吐《へど》が出る！」

「言葉では解らんよ。そんなことをいっているうちに、人はひとの本当に美しい部分が見えなくなっていくんだ」

「やめろ、やめろ！」

「お主に来いとはいっていない。秋山のことは俺が調べて来る。ついでに女の面倒を見てやるばかりだ」

雲井の制止を振り切って、猿橋右門の桃助は《於志賀稲荷》へと向かった。真実、自分が汚いと思うこともあるし、「なんだまだ美しい部分もあったのか」と思えることもある。人間の実相《じっそう》が解らぬから、言葉を軽蔑したり、言葉に慰められたりと揺れ動いているのだろう。

「だが、実相が見えぬなら、見えるまでもがくしかないではないか」

だから俺は、女たちに手を差し伸べるのだ。と、桃助右門は己れにいい聞かせながら歩いた。

於志賀稲荷に着くと、うら寂しい鳥居の前に女がひとり立っていた。薄闇が近づいているせいもあろうが、女のたたずまいはとても寂しげに見えた。こちらが声を掛ける前に、女は桃助に気がつき、

「あの……卒爾《そつじ》ながら……」

と、謹《つつし》み深い武家言葉でいった。まだ、二十を少し出たばかりくらいに思われた。

「これのおひと?」

手紙を懐《ふところ》から出しながら訊《き》くと、

「ああ。左様《さよう》です」

と、女は応え、「あのお話はこちらにて……」と、桃助を境内へ促《うなが》した。

境内に一、二歩足を踏み入れた瞬間、猿橋右門ははっとした。社《やしろ》の手前の階段に侍がひとり腰を下ろしていた。網代笠《あじろがさ》を被った侍は、少し顎をあげて桃助を見た。遠間からでもひとを縛る力のあるその目に、彼は見覚えがあった。

「お百殿。かたじけない。さ。ワシの後ろへ」

女は桃助から離れて行った。

「幾度か見た顔だな。お主だったのか――」

と、堀部安兵衛は立ち上がりながらいった。

「ようもこれまで、多くの同志の妻女を苦界《くがい》に落としたな……。貴様《きさま》だけは斬っておかねば、心やすく死出の旅路に着くことができぬ」

安兵衛は、朱鞘《しゅざや》の大刀を腰に帯び、ゆっくり桃助に近付いて行った。

——ちがう！　話を聞いてくれ。

——ワシのおかげで、助かった同志もいるではないか。

——まさか……秋山長兵衛もお主が斬ったのか？

聞きたいことや弁明が、いくつも頭のなかを駆け巡るのだが、桃助はただただ震え上がるばかりで後ずさることすらできなかった。不意に、安兵衛が間合いを詰めて来た。二人が交錯した刹那《せつな》、桃助こと猿橋右門の首は、宙高く舞っていた。その男の首が地に落ちたとき……、

——いまと同じ光景をどこかで見たな。

と、安兵衛はぼんやり思っていた。

「……伊右衛門《いえもん》」

所在なく小さな声でそう呟《つぶや》いたとき、「ありがとう存《ぞん》じました」と、お百が背後から声を掛けた。

「いや、ワシにとっても斬らねばならぬ男であった」

「それから……」

先ほど一緒にこちらへ参りましたとき、何とはなく境内を歩いておりましたら、その賽銭箱のす

ぐ脇に、石の重しがされ、このようなものが置かれておりました。

「読んでも良いのか？」

その文らしきものを受け取りながら、安兵衛はいった。文の最後の方を見ると、宛名は「えも様」とあり、差出人は「そで」となっていた。

「四谷《よつや》左門《さもん》様の娘御《むすめご》・袖様から矢頭《やとう》右衛門七《えもしち》様に宛てたものに間違いないかと――。不躾《ぶしつけ》ながらわたくしも、一読したのでございますが、何やら袖様はただならぬご事情を抱えられているご様子……。右衛門七様も大望成就を控えておられる身。これをお知らせして良いものかと、つい思案してしまいまして……」

えも様いまどうしておられましょう。
ちちを直助権兵衛なるものにころされ、
あねをたみやいえもんにころされました。
ちちがころされてから、
えも様とともに仇をうちたいと願い、
えも様の江戸下向をこころ待ちにしておりましたが、
このような文すら置きにくるゆとりもなく、
はからずもときをすごしてしまいました。

もし幸いにしてこの文がえも様に届きましたなら、わたくしは深川のさんかく屋敷というところにおります。

「難しいご相談ばかり持ち込みまして、申し訳もございません」

「……この直助というのはいったい……。しかし、これは本当のことなのか！　あの男がなぜこのような凶行を——。そなた何か……？」

お百は首を横に振った。

「あの馬鹿者めぇ……。お百殿。これは、ワシが預かっておいてもよろしいか。仇《かたき》の居所さえ知れておるなら、ワシが助太刀を買って出てもよいのだが——。いま、このときとなっては——」

「え……。あの、はい」

お百は何かをいいたげであったが、口をつぐんだ。

「お百殿、ワシとてそなたのいいたいことは解る——。このお袖という娘と正式な契《ちぎ》りは交わしてはおらぬとはいえ、やがては義父《ちち》、やがては義姉《あね》と仰《あお》いだひとたちの仇《かたき》をそのままに、右衛門七とて吉良邸へは討ち入れまい。だが、侍である以上、もっともはじめに寄り添うべきは御主君でなければならぬ。いつ、とは、そなたには申せぬが、我らはもう幾日もせぬ内に死なねばならぬ。いま若い右衛門七を迷わせとうはない」

「……」

「もし、そのいくらもない内に、民谷伊右衛門の居場所なり知れたら、ワシは必ず右衛門七の助太刀に立つ。右衛門七だけでは、とてもあの男は倒せまいから――。このことはだから、ワシに預けて、そなた一切忘れてくれ」

「……わかりました……」

お百は少し項垂《うなだ》れていった。

*

打ち捨てられた猿橋右門の遺体を最初に見付けたのは雲井大助であった。

「確かな証拠はございませぬが、下手人はおそらく赤穂の浪人でございまする。……そう、牟《む》岐権兵衛《ぎごんのひょうえ》や秋山長兵衛《ちょうべえ》殿もきっと奴らに――」

雲井大助は上役《うわやく》の関口勘蔵《せきぐちかんぞう》にそう訴えた。

しかし関口の答えは、

「証拠がないなら黙っておれ」

という、酷薄なものであった。

「あいつらは、いま何をしても決して捕らえられることはない……」

「何故《なぜ》です！」

「雲井……今年、旦那《だんな》（将軍・綱吉《つなよし》）の御生母にあたる桂昌院《けいしょういん》様が、従一位《じゅういちい》という、高位を授けられた。

親孝行な旦那がさ、朝廷《ちょうてい》に無理をいって、正二位の自分より高い位につけちまったんだ。知ってるな」

「はい」

「それに限らず、神君《しんくん》（家康）以来、幕府に頭を抑《おさ》え付けられている朝廷は、徳川家を憎んでおる。関ヶ原、大坂の陣を経て、煮え湯を飲まされ続けている外様《とざま》大名もご同様だ。ここらで少し――痛い目にあった方が、かえって徳川の命脈を繋《つな》げるのに良いと、旦那以下、えらい連中は考えた。その犠牲者に、格式高い高家《こうけ》衆が選ばれたんだよ。まあ、成り行きだがな……。高家衆は朝廷との窓口だ。あちらからしてみたら、幕府の顔よ。それに高家は、数千石のくせに、位は何万、何十万石の大名よりも上だ。だから態度が高慢になる。いつか鍋島侯《なべしまこう》が、吉良に無礼なことをいわれたと、怒っていたっけな。……だから、幕閣は、身内の高家に痛打《つうだ》を与え、本当の敵の憎しみを和らげる方策を採った。吉良はもう捨て石だ。見ておれ、赤穂の連中がへまをしても、吉良は今度こそ厳罰に処せられる……」

「……」

「同じ直参《じきさん》としてはあまりに情けない話だが……。上杉？　やつらも兵は出さん。もうそういう約束になっておるらしい。武士道に照らしても親類の立場からしても、非難は免《まぬか》れぬところだが、幕府は上杉には決して手は出さん。また外様に厳しくあたったら本末転倒《ほんまつてんとう》だからな。上杉の頭を抑え、木戸の警備も緩《ゆる》められ……そのことは何らかの方法で、浅野方に伝わるよう、仕組まれていたはずだ。俺たちは知らないうちに、ひとの命などこれっぽっちも顧みられない仕事をさせられていたんだよ」

二十七　元禄十五年の大石東下り

――ほう……。公事宿《くじやど》には珍しいものがある。

元赤穂《あこう》藩主席家老・大石内蔵助良雄《くらのすけよしお》は旅籠《はたご》《小山屋《おやまや》》一階の廊下で見付けた大名時計の前でしゃがみ込み――終《つい》にはどっかりと腰を下ろして――一刻《いっこく》（二時間）近くはそれを眺めていた。大きな宿だが、奥まった場所で人通りはまったくない。座った時には冷たかった廊下がいつか内蔵助の温もりを吸って暖かくなっていた。

端《はた》から見れば、ちょうど小児《こども》が蟻の巣などを飽きずに眺めている姿に似ていただろう……が、内蔵助の思考は、何も時計にばかり向いていたわけではなく、それを見つめているようで、真実さまざまなことを考えていた。

――確か江戸の藩邸にも、赤穂の御城にも、こんな時計があったなあ……。赤穂浅野家といえば、音に聞こえた大名火消し。御城や藩邸で消火の訓練があるときは、殿は時計の天符《てんぷ》が振れるのを数えさせながら、「もっと早く」などと、藩士らを激励していたっけ。

内蔵助は、今回吉良を討つにあたって、その出で立ちを《火事装束《かじしょうぞく》》と定めていた。

四十余年前、江戸市ヶ谷の浄瑠璃坂《じょうるりざか》という所で、およそ四十名対四十名の侍同士の仇討騒ぎがあった時、一方が用いたのが火事場装束であったという……。これは、ある程度武装していても、「消火御用でおざる」といえば、役人に見咎《とが》められる懸念《けねん》はないし、当然、機動力にも優れている。第一、

——火消しで名高い浅野家の、晴れの舞台にぴったりな装束ではないか。

と、思うのだった。

この七月下旬に、《仇討決行》を同志間に布告してから、「さてどのような準備で臨もうか？」と頭を捻《ひね》って来たが、吉田忠左衛門《ちゅうざえもん》、小野寺十内《おのでらじゅうない》ら老人たちの知恵も交え、どうやら江戸へ入る前に「晴れ着」はこうと定まった。

東海道を堂々と江戸へ向け下り、途中、曾我《そが》兄弟の仇討成就《あだうちじょうじゅ》にあやかろうと、縁《ゆかり》の箱根権現へ詣《もう》で、その後、川崎在の平間村に入った。

例によってここには、浅野家縁の軽部五兵衛《かるべごへえ》という豪農が居て——しかも寛永寺の寺領であるため幕府の監視が行き届きにくい土地柄であったから——しばらく内蔵助は軽部方から江戸の同志と連絡を取り合った。元禄十五年十月下旬から十一月初旬のことである。

彼は川崎で、仇討決行の心得書きを十箇条（左記。筆者意訳）にまとめ、自身の覚悟ともした。曰く、

一、しばし私の宿所を平間村と定めたので、同志にはここから様々な指示を出す。

一、決行時は黒小袖《くろこそで》を着用。帯の結び目は右。褌《ふんどし》に注意。……合言葉《あいことば》などは後ほど通達。
一、武器は得手《えて》を用いて結構。ただし、木槌《きづち》や半弓《はんきゅう》携帯の場合、一応申し出るように。
一、いつでも討入れるよう道具類を集めておくこと。また油断無く、一切他言《たごん》無用。家族間でも、一事が洩《も》れるような言動はしてはならない。
一、皆で討つと決めた以上、江戸で抜け駆けの功名は断じて許さない。
一、吉良の在宅が不確定な場合、決行日を見合わすこともある。それまで生活費に注意。
一、会合は勿論、日々の言行に慎みを持ち、敵に内情を悟られないよう。
一、目指す敵は、吉良親子（注・吉良家そのものを潰すことが、仇討の本懐《ほんかい》と位置づけていた。よって跡継ぎも討つ腹づもりでいる）である。が、両人ばかりに気配りしていては、乱戦のさなか討ち漏らすおそれもあるので、男女の別なく皆殺しにすること。兎《と》も角《かく》、逃げ場を封じるため、出口の人員配置は念入りに検討しなければならない。
一、敵は雑兵百人もあろう。しかし、こちらは決死の五十名。ひとり二、三人は討ち果たす覚悟でいるように。
一、近日、改めて神文血判《しんもんけっぱん》を乞う。

「……」

第八条の「皆殺し」の下りは、さすがに書きすぎたか――とも思ったが、浅野家が消滅したことにより、妻・子を飢えで亡くした者もあり、（あるいはそうならぬため）家族を遊女・夜鷹《よたか》などにした者もあることを思えば、ここまで徹底的に吉良家を潰してやらねば――いや、せめてその覚悟を以《も》て討入らねば――釣り合いがとれぬような気がした。

単に居合わせた女を斬るなど、己れで書いていて吐き気がしたが……内蔵助はその気持ち悪さをのみこみ、「修羅になろう」と腹を決めた。

「去年、江戸で会合したときに、武庸（堀部）が、山野辺彦十郎《やまのべひこじゅうろう》の一家が苦界《くがい》に落ちたといっていたなあ」

あの時は、心定まらぬこともあって、堀部のすることすることに腹が立って仕方がなかったが、あとから彼の話は、内蔵助の胸中で段々大きくなっていった。

《浅野大学永《なが》のお預《あず》け》と、御家再興《さいこう》が潰《つい》えたとき、妙に安心している自分には驚いた。所詮《しょせん》、自分は善良で小心に過ぎるのだ。

貧苦や、仇討ち成就の苦辛のなかで死んでいった者らの怨みを抱えながら、この先何年、何十年と生きるなど、地獄に過ぎる。――堀部の言葉を認めるのは癪《しゃく》だが、

――仇討が先だったのかも知れない。

そんなことまで考えた。

内蔵助の二度と上方へ戻ることのない江戸入りは、十一月五日となった。

変名《へんめい》は「垣見五郎兵衛《かきみごろべえ》」。

この頃、先発していた息子——かつ同志——の大石主税良金《ちからよしかね》（十五歳）は「垣見左内《さない》」といい、訴訟事があって出府《しゅっぷ》したとの触れ込みで、すでに日本橋石町三丁目・小山屋弥兵衛《やへえ》の裏店《うらだな》に部屋を借り、逗留《とうりゅう》していた。

訴訟を公儀《こうぎ》に預ける者が逗留する宿を《公事宿《くじやど》》という。

宿泊する者は皆「訳あり」な連中ばかりだから、仲間の出入りが頻繁でも疑われることはない。無論、訴訟の判決がなかなか定まらない場合もあるわけで、宿の者たちも長逗留は「当然」と心得ている。内蔵助はその辺りを見越し、まず息子を滞在させ、「自分は左内の伯父だが、この度、甥の後援《こうえん》のため下向《げこう》して参った」と宿方へは説明し、自らも一室を借り受け腰を据えた。

到着時、大小は無論差していたが、山科に居たとき「池田久右衛門《いけだきゅうえもん》」ともいい、商人に成りすましていたこともあったので、内蔵助の髷《まげ》はちょっと武士らしくなく、髱《たぼ》はゆったりとしたものになっていた。

平時は「堅苦しいから」と、脇差も部屋に置いたままにしておくと、内蔵助はすっかり、どこぞの商家の若隠居の体《てい》である。地味な茶色の十徳《じっとく》に、かるさんといった出で立ちが、また武士らしさを失わせていた。

しかし、頭のなかは、失われた「御家」のことでいっぱいである。

時計を目に留めると、それに「天下の大名火消し」と謳われた亡き主君の顔が重なった。

それからまたしばらくののち――これは、これは。時計に関心がお有りかな？　と、声をかけられて、ようやく内蔵助はうつつに引き戻された。

声のした方を見ると、道具箱らしきものを持った老人がひとり。年は七十の峠は過ぎているよう思われた。頭は剃り上げたそれとは異なる光沢があり、丸坊主。内蔵助がずんぐりして小さすぎるからかも知れないが（加えて座しているせいもあったか）、おそろしく背が高いよう映った。

「や、このような所に座り込み、失礼を――」

不躾《ぶしつけ》を詫《わ》びながら立とうとすると、老人は、「いやあそのまま。そのまま。自分の息子や娘のようなものを愛《め》でて頂き、悪い気はせぬ」といい、内蔵助を制した。そして、彼もどっかと内蔵助のとなりに腰を下ろした。

「……。お手前様は？」

「わしは、これでも土圭（時計）師でな。名は松原儀兵衛《ぎへえ》と申し……この時計の様子を、こうして月に一度見てやっております。まあ、これは商売の外なのだが、な」

老人は、いかにも好々爺という顔を内蔵助へ向けながら、笑った。

「ああ。御土圭師《おとけいし》殿」

「そういうお手前は江戸の方？　お侍ではなさそうじゃが」

松原老人が、そう決めつけていったものだから、内蔵助はつい、

「方々の御大名屋敷で、薪などの御用を仰《おお》せつかっております、池田久右衛門《きゅうえもん》と申します」

と、名乗り返した。薪の御用とは、実はかの軽部五兵衛《かるべごへえ》の生業《なりわい》だった。

内蔵助は、「垣見五郎兵衛《かきみごろべえ》」と名乗った方が後々面倒ではなかったかも、と、ちょっと後悔したが、老人の言葉を信じれば「月に一度」の来訪ということだし、おそらくこれが最初で最後の交わりであろうから、このまま押し通そうかと思い直した。

「ほうほう。いけきゅうさんだね」

「はい。それで、結構です」

確かに上方《かみがた》でも、内蔵助はそう呼ばれたことがあった。

ちょっとした偶然が可笑《おか》しくなって、彼は松原老人と一緒に、声を出して笑った。

「やはり訴訟でおざいますか？」

「は。まあ。……浮き世も長く生きますと、なかなか面倒事が持ち上がりますな」

「ふ、ふ。この老人を前に、何をおっしゃるやら。見たところ、まだ四十とちょっとではありませぬか？」

はあ、と応えると、儀兵衛《ぎへえ》翁はさらに、

「いやあ、お若い。お若い。…左様、もう三十年も生きてみれば、かえってその浮き世が楽しくなるものじゃ」

と、いった。

「三十年——で、おざるか」

内蔵助の眉間《みけん》に、わずかな曇りが出来た。十中の十、彼は、そこまでは生きていないのだから。

しかし、内蔵助の翳りを知ってか知らずか、儀兵衛翁は、

「そう、ちょうどわしが、お手前様と同じ年の頃じゃ。この時計というヤツと出会ったのは——。この良くできた仕組みには、本当に驚きましてなあ。仕組みを知りたい、触ってみたいが、高じて、四十の手習い……気付いたら、ほれ、こうなっておりました」

と、続けていい、傍らの道具箱をぽんぽんと叩いた。

「家族の反対を押し切って、『必ず御土圭師になろう』と決めたのでおざるが……あの頃、何がそこまでの決心を固めさせたものか——若い時分の無鉄砲な情熱は、我が事ながら度《ど》しがとうおざる」

「……」

「が、こうして夢を果たしてみると、やはり時計は奥が深いと改めて感動が湧《わ》きますな」

「ほう。左様《さよう》なものですか?」

「ふむ。ご覧《ろう》じられよ」

儀兵衛翁は、立ち上がると、時計の側面の板を開いて見せた。板はちょうつがいで本体と繋がっており、時計は、存外簡単にその内部をあらわした。

なかでは幾つもの歯車が、乱れることなく整然と動いていた。

「美しかろう?」

しかし、ただそれだけの光景である。職人は、この内部に幾つもの美学を持っているのだろうが、門外漢の内蔵助には、ただちにその美しさが理解出来なかった。

考えあぐねている内蔵助に、儀兵衛翁は年長者のゆとりを漂わせながら、

「ここには生き方の手本がある」

と、大真面目にいった。

内蔵助は——すがるように、頼るように——儀兵衛翁の顔を見返した。

「よく死ぬためには、どう生きなければならないか?」それがこの頃の、内蔵助の大きな問題であったからだ。

「あの……修繕《しゅうぜん》のお手を留《と》めて恐縮ですが、お時間が許すようでしたら、是非、その先を聴きたいのですが……」

儀兵衛は、これを快諾《かいだく》してくれた。

「左様《さよう》。これだけのからくりが詰《つ》まったこの箱を、まず『世間』とお思いなされ——。また、歯車のひとつひとつが『一人の人間』でおざる。この歯車は、決まった大きさ、決まった歯の本数でおざる。なあ、いけきゅうさん。歯車はな、『世間』のなかでまっとうに活きるように、鍛冶屋《かじや》が一本一本丁寧に、その歯を削り出して行くのじゃ。果たしてこの箱のなかに入ったら、

うまく他の歯車と噛み合わぬこともあって、壁にぶちあたることもざらにおざる……。しかし、そういうときこやつらは、また黙って削られ、どうにか世間を動かそうとする――。もとより歯車が文句などいおうはずもない、などと、笑って下さるなよ。いわんとするのは、人も、時には黙々と己れのあるべき位置、役割といったものを見つめ、嫌が応でも自身を削り込む必要があるのではないか――と、いうことじゃ。特に、あれもしたい、これもしたいという若い時分はな、『自分の生涯はここに納まる』と覚悟を決めるのは怖い。怖いが、いつかは己れの役割を知り腹を括る必要はあると思う。……己れの願望のみを口先ばかりで訴え削り込む痛みも知らず、一個の利権を求める者は、この箱の外でくるくる回る歯車に同じ。ものの役には立たん。世間も周りの者も、いずれはそういうヤツを見捨てるものさ。――なあ、いけきゅうさん。御覧《ごらん》。私が美しいというのはね……例えば、この上から三番目の歯車。この位置に当てはまり、他と絡み合い、噛み合うことが出来るのは、この歯車――たったひとつだけなのですよ」

「『削り込む』……ですか。なるほど…。なるほど…」

内蔵助は、相手のいうことを噛み締《し》めるように呟《つぶや》いた。

「ふむ。結局……人も、周囲と円滑に噛み合うようになるまで、悩み抜く必要があるということでしょうなぁ。悩みながらひとつ事を生涯続けてゆくのも、また才能でおざろう……。この爺がいうなら、偽りなく生きる取っ掛かり口は、あれもしたいこれもしたいという欲を諦《あきら》め

——それにより生ずるやる瀬なさを通り越して——ただ一事に、一心不乱になることでしょうなぁ。わしは自分ではな、まがい物でない御土圭師のつもりですぞ。は、は」

「……なるほど。儀兵衛殿は、御土圭師という職を通じて悟られたのですな」

「悟る？」

儀兵衛は、思いがけないことをいわれたというように目を丸くした。

「は、は。いかにも悟り申した。……悟りはした。が、ならば、どこぞの高僧よろしく、妻も娘もわしをもっと崇《あが》めるはずなのじゃが、これが不思議なものでそぅはなっておらぬ。あやつら、わしが見習い中にだいぶ放っておいたのを今でもうらんでおりましてな、口を開けばネチネチとうらみ言を並べ立てまする。さて、悟った人間が、嫌味などいわれることもあるものかと、一抹《いちまつ》の疑問はなくはありませぬがなぁ」

「……」

「ときに、そういうあなたは、だいぶ思い詰めているようですな……。まあ、公事宿などにいるのだから、いわずもがなのことかも知れませぬが」

内蔵助は幾ら か動揺《どうよう》した。

「やはりそう見えますか。過日、息子にさえ、面相が恐ろしゅうて、近寄りがたいといわれました。こんなことでは本望はおぼつかないよう、思うのですが……」

「や、いいのさ。いいのさ。人間は兎角《とかく》、分別《ふんべつ》が先に立ちすぎるもの故、これを除くには自然、悩まねばなるまい。あなたは今、その悩みの——削り込みの真っ直中にいるのでしょうよ。その削り込みの先には必ず光明がある。なければ、わしの可愛いこの時計が、嘘をいっていることになる！」

儀兵衛は、最後の一言を多少冗談めかしていった。

「は、はは」

内蔵助はしかし、素直に、少し——心が軽くなったのを顔に出して、儀兵衛の言葉に応じた。

「時計が縁になりましたな。図らずも良い出会いが出来申した」

「左様《さよう》かな。……そういえばあなた、私が来る随分《ずいぶん》前からここに居たようだが、もしや、この時計には、何か思い入れでも？」

「いえ。別にそういうことは——。ただ、私の知り人が随分時計に執心でして…。その方のことを俄に思い出しておりました」

「あ、そう。……私は、あるいは浅野家に御縁の方かと思いました」

いわれて——。

内蔵助は、心臓を握りつぶされそうな思いがした。

「これはね、先年切腹をなすった、浅野侯《こう》の上屋敷にあったものなのですよ」

「エッ、浅野侯の！」

——感情を面に出しすぎた。

とは思ったが、どうにもこの驚きは隠せない。似ているとは思っていたが、まさか同じものだとは夢想だにしなかった。

「……。あなた、やっぱり――」

「は、はあ――。そう……。実はその知り人というのは、その、いましがた仰られた、浅野内匠頭様《たくみのかみ》のことでして――」

――油断無く、一切他言無用。家族間でも、一事が洩《も》れるような言動はしてはならない。

刹那《せつな》。自分が他の同志たちへ通達した一文が頭を過《よ》ぎった。が、相手の口から「浅野」の一語が出た途端《とたん》、過剰な反応を示してしまったことは、どうにも取り返しはつかない。ただ内蔵助は、「池田久右衛門」として、そのあとの言葉を慎重に選ばなければならなかった。

「……ほう。あの浅野侯とお知り合い？　やはり御商売の関係？」

「ええ、ええ。左様《さよう》でございまする。取引相手のなかに、浅野家もおざいまして……。幾度か出入りする内に、時計を……この時計を見せて頂いたことがおざいます」

内蔵助はある程度、開き直った。

「ほほう。それは奇縁でありましたな」

「まったく……。しかし、なぜ、鉄砲洲《てっぽうず》の御屋敷にあったものが、ここに？」

と、問うと、儀兵衛はその顛末《てんまつ》を語って聞かせた。

「御存知《ごぞんじ》かと思いますが、この《小山屋》は、長崎のオランダカピタン（商館長）らが、出府《しゅっぷ》の際には必ず用いる定宿《じょうやど》でおざいます。それ故この家の主人は、日本人がどれほど優れたものを作り出すか、オランダ人に見せ付けたくて、古道具商でこの時計を購《あがな》ったということでおざった…。私とこやつとの出会いは、それからすぐでありましたが、その折、実はこの棒天符《ぼうてんぷ》に付いていなければならない重りが、片方欠落しておりましてな。『いつから無かったか？』と問うと、どうも買ったときがあやしい。最初は、わしも、この家の主人も、こやつが浅野家のそれとは気付かなかったのですが、道具商に部品の問い合わせをするうち、色々事情が明らかになり――去年三月、鉄砲洲の赤穂藩上屋敷が御召し上げの際に、売りに出されたものだと知れました。……ちょうど仇討の噂で、世間が喧しい時期だったので、主人は大層悦びましてな――浪士たちが討入ったら、これは人寄せに使えると、鼻息を荒くしておりましたよ」

「……」

「が、ほれ。確か今年の春辺りから、主席家老の大石何某《なにがし》の、派手な遊興《ゆうきょう》の噂が江戸にも聞こえて参りましてな」

大石の蔵とはかねて聞きしかど　よくよくみればきらず蔵かな
大石は　酢の重しに　なるやらん　赤穂の米を　喰《くい》つぶしけり

「……などと、上方《かみがた》の落首《らくしゅ》がこちらの辻々でも貼《は》られ出すと、『もう仇討はのうなった！　泰平の世では侍はどいつもこいつも腰抜けばかりじゃ』と、今度は主人め腹を立てておる。はじめはオランダ人を驚かすのが目的だったろうに、今では時計の鐘の音を聞くのも不愉快じゃと、とうとうこんな奥まった廊下の日陰に放りっぱなしさ。時計に罪はあるまいにのう」

「左様《さよう》でしたか……」

「まっ、それでも物置に入れられず、ここでこうして動いておるのは、わしが一言苦言《くげん》をゆうたからじゃが、面倒を見るのはこちらの勝手という話になってのう……はじめに『商売の外《ほか》』とゆうたのは、そんなワケでおざる」

内蔵助は、改めて日陰の時計を見つめた。

と、亡君《ぼうくん》への想いや、家老時代の思い出、御《お》家断絶《いえだんぜつ》後の落ちぶれた同志の姿、顔すら見たことのない末輩《まっぱい》の生活まで——すべてが眼前に顕《あらわ》れて来るようだった。

「苦労を……」

苦労をかけたなあと、いいかけて、彼は咄嗟《とっさ》に、

「苦労をしたなあ」

と、いい繕《つくろ》い、日陰の寒さに冷え切った金の肌を、優しく撫《な》でてやった。

「……。あ、浅野侯《こう》は、天下に知れた大名火消し。私のような下々の者にまで、よくお声を掛《か》

けて下さいましてなあ……き、き、久右衛門、火消しの稽古の時は、この重《おも》りを必ずこの目盛《めもり》に合わせるのじゃ。……よ、夜、呼び板で藩士たちを起こしてから、天符《てんぷ》が五十振れるまでに火消し装束《しょうぞく》に着替《が》え、集まれれば早い方……などと、私ごときにも随分《ずいぶん》細かに教えて下さいました。浅野侯はそんな、ぶ、武張《ぶば》った風儀を好まれ、昨今《さっこん》の武士の惰弱《だじゃく》ぶりに対し、常に、は、腹を立てておいでてでしたが、私は武士らしく生きようという浅野侯より、も、物覚えの悪い私に、二度も三度も時計の扱《あつか》い方を、お、教えて下さる殿の方が好きでおざいました」

いいながら、内蔵助は思った。

たとえ出家しても、他家に仕えても、自分が決して浅野家とは切れぬ存在であることを。

やはり、

――わしは、赤穂浅野に育《はぐく》まれ、赤穂浅野を根とする人間なのだ。

――わしは、『赤穂藩主席家老』という歯車に徹《てっ》し切らねばならぬ。

彼は、そう痛感した。

「……」

――はて。この人は泣いているのか?

儀兵衛翁は、相手に気付かれぬよう、そっとその顔を覗き込んだ。

――最後にこの人は、確か浅野侯のことを殿《との》と呼んだらしいが、まさか……。

――まあ、良いわえ。わしはこの時計の様子を見に来ただけじゃ。

儀兵衛翁は、振り返ると、道具箱をそっと引き寄せた。

二十八　雪の日に……

「しかし、武家の頭領《とうりょう》たる将軍家が、ようもここまでひとを——侍を虚仮《こけ》にしてくれるものですな……。吉良《きら》を討つことに変わりはない、とは、思っているのですが、幕府の手の内で踊らされるようにして討ち込むのは、どうも釈然《しゃくぜん》と致しません」

シワだらけの顔を一層くしゃくしゃにして堀部弥兵衛《やへえ》翁はいった。

「何の。折角《せっかく》の御膳《おぜん》立て故《ゆえ》、ここはひとつ乗ってやりましょう」

「はあ……」

しかし、そういう大石内蔵助《くらのすけ》の顔をよくよく見返して、弥兵衛翁は思わず居《い》ずまいを正した。それは厳しいようでいて、気負《きお》っているのでもなく、妙に畏怖《いふ》を感じさせる顔つきであった。元禄《げんろく》十五年十二月十三日。吉良邸への討入りを明十四日の深更《しんこう》と取り決め、最後の会合が本所林町の堀部安兵衛の浪宅《ろうたく》で催《もよお》されていた。大石内蔵助はここへ運び込まれた武器・武具を改め、これから主だった者たちと討ち込みの手筈《てはず》を詰《つ》めようかというところであった。

「弥兵衛殿」

「ふむ。忠左殿《ちゅうざ》……」

「そう、ご公儀《こうぎ》の動きも気になりますが、例の——斬り殺された小山田、田中、中村の件《けん》の方がいまや第一の問題でござる」

「ふむ、ふむ、そうであったな。中村が死んで同志の数がとうとう五十を割ってしもうた——。おかげで人員配置も随分《ずいぶん》変えねばならん……」

「昨日、詳しい話は聞いたが、あれから何か解ったことがあるのか——」

大石内蔵助の問いに吉田忠左衛門《ちゅうざえもん》は首を横に振った。

「小山田庄左衛門《おやまだしょうざえもん》、田中貞四郎《たなかていしろう》と続き……中村清右衛門《なかむらせいえもん》が何者かに斬り殺されて早《はや》三日。安兵衛《やすべえ》ら若い者がその魔手を食い止めようと、準備の合間《あいま》をぬって飛び回っておりますが、下手人《げしゅにん》は皆目《かいもく》……」

「やはり吉良《きら》・上杉《うえすぎ》が攻勢《こうせい》に出たのであろうか？　いずれも頼みとしていたひとかどの剣客ばかりではないか——。それを立て続けに斬り捨てるとは……。大事《だいじ》決行前にとなると頭の痛いことばかりじゃ」

弥兵衛は溜息まじりにいった。

「内蔵助殿。何か明らかになったというのではござらぬが、ただ今朝方《けさがた》安兵衛殿が気になることを申しておりましたので、念のためお耳に入れておきたく——」

「何か」

「は……。いま弥兵衛殿も申しましたごとく、相手は我が方の手練《てだ》ればかりを狙《ねら》っておりまする。同志の所在を突きとめて、誰彼構《だれかれかま》わず片端《かたはし》から殺すというなら、吉良・上杉、あるいは幕府の隠密《おんみつ》にも出来ましょう。が、武道の力量を考慮に入れて——というところに、今回の下手人の正体を明らかにする手がかりがあるのではないか。またその手練れを各々《おのおの》一刀で斬り捨てる太刀筋《たちすじ》の凄《すさ》まじさ……江戸広しといえどもこれだけの技を持っているものはそうはおるまい、と、安兵衛殿は申すのです」

「……」

「すなわち、民谷伊右衛門《たみやいえもん》ではないかと——」

「なぜだ。なぜあの男がそのような真似《まね》を……」

「そこまでは——。しかし安兵衛殿曰《いわ》く、『あの者はたったひとりで本当に討入りを阻止《そし》しようとしているのかも知れませぬ』と。この暗殺の先にはおそらく毛利小平太《もうりこへいた》、前原伊助《まえはらいすけ》、不破《ふわ》数右衛門《かずえもん》、奥田孫太夫《おくだまごだゆう》、そして安兵衛殿自身がおり、加えてこの将棋の指し手である内蔵助殿が狙われるのではないか——と……」

吉田忠左衛門がそういいかけたとき、武林唯七《たけばやしただしち》が息せき切って会合の部屋へ飛び込んで来た。

「粗忽者《そこつもの》！　何事だ！」

「は……。も、申し訳も！　安兵衛殿から使いを命《めい》ぜられて参りました。先ほど不破様と毛利小平太殿が同居されている長屋に……！　その小平太殿の首級《くび》が投げ込まれ——」

「何！」

「その首が文を咥《くわ》えさせられており、そ、そこには……！」

今回の下手人と思しき男から、同志の仇《かたき》を討ちたい者は、今宵五ツ《こよいいつつ》、まとめて本所蛇山庵《へびやまあん》へ来い、と、したためてあったという。

「こ、小癪《こしゃく》な！」

七十七歳の堀部弥兵衛が顔を真っ赤にした憤怒《ふんぬ》の形相《ぎょうそう》で立ち上がった。

「安兵衛は──安兵衛は何とするつもりじゃ！」

「は……。さらに安兵衛殿から言づてがござる。『今回のこと、いずれも様、腹に据《す》えかねておりましょうが、ここで多くの同志が出張《でば》ってはまさしく相手の思うつぼ。もし明十四日朝までにそれがしが戻らねば、不覚《ふかく》をとったものと思し召し、どうか打ち捨てて仇討ちを決行下されたく。ただそのときは必ず相手と刺し違える覚悟にござりまする。これ以上犠牲者が決して出ぬよう、御家老《ごかろう》以下皆様には、他の若い者どもを制止下されますよう！』とのことにござります る」

「あやつ……」

「御家老！」

大石内蔵助はしばし瞑目《めいもく》してから、「安兵衛に一任する」といった。

「それから安兵衛殿は矢頭右衛門七《やとうえもしち》だけは供として連れて行くと申され、深川にしばし身を潜めたのち、蛇山庵へ向かうとのことでした──」

＊

その日は午後から雪になった。

雪はしんしんと降り積もり、辺り一面を白く塗り替えた。

本所の端にぽつんと佇《たたず》む破れ庵《いおり》に、約束の時刻より半時《はんとき》（一時間）近く早く着いた安兵衛は、火をおこし温石《おんじゃく》をつくって指先を温めた。

綿入れの下には湿りをくれたさくさんの下緒《さげお》で、すでにたすき掛《が》けをしていた。

「右衛門七。お百殿から預かったお袖殿の文を──すぐにお主に見せずに済まなかったな。怒っているだろう」

「いえそんな──。今生《こんじょう》でまさかまたこうしてお袖と会えるとは思いませんでした」

矢頭右衛門七は脇に立つお袖と顔を見合わせて頷《うなず》き合った。ふたりとも真っ白な仇討ち装束《しょうぞく》に身をかため、安兵衛の後ろに控えていた。

「よいか。小平太の首が咥えていた文には差出人の名はなかったが、今日我らの眼前に立つのは、民谷伊右衛門に相違あるまい。で、あれば、ワシが全身全霊かけて立ち向かっても斬り殺されるという場合もある……。だが約束する。この果《は》たし合《あ》い、必ず相手も無事では帰さぬ。ワシが貴奴《きゃっ》と刺し違えたら、そのときはワシごと、相手に怨《うら》みの太刀《たち》を浴《あ》びせよ。それまでは何があってもワシの前へ出てはならぬ」

ふたりは「はい」と声を揃《そろ》えていった。

やがて宵五ツ《よいいつつ》の鐘が遠くで鳴り響いた。

降りしきる雪の向こうに、灰汁色《あくいろ》のくたびれた着物を着流《きなが》しにし——饅頭笠を被り、素足に草履姿の浪人者が現れた。その様子は以前よりだいぶ衰《おとろ》えて見えたが、大刀は妖気《ようき》を放ち見事に彼の腰に納まっていた。浪人は笠を取って投げ捨てつつ、

「何じゃ。お主らだけか」

といった。

月代《さかやき》には見苦しく毛が生え、目はどこも定まらず、民谷伊右衛門は無精髭《ぶしょうひげ》をかるく撫《な》でた。

「袖。久《ひさ》しいの。右衛門七、達者《たっしゃ》か。最近不思議な夢を見ることが多くてのぅ。今日お前達が来ることはうっすら知っていたよ。ところでその珍妙な恰好《かっこう》はどんな意味があるのだ——」

「とぼけるな！」

「姉・岩の仇《かたき》——民谷伊右衛門！　覚悟！」

「仇だと……。岩めもワシを怨んでおるようだが、そりゃとんだ見当違《けんとうちが》いだぞ」

「だまれ。武士がこの期《ご》に及んでいい逃れとは聞き苦しいぞ！」

矢頭右衛門七が叫ぶようにいった。

「よしよし。そうか、そうか——。ならもう言葉は重ねまい。俺も正直なところ、億劫《おっくう》なのだ。

……ついこの前までは知りたいことが山ほどあったが、亡霊どもにさいなまれ、ぬかに釘《くぎ》打つような弁明をするのもいい加減虚《むな》しゅうなった――」

「?」

「安兵衛。貴様ももう俺のしたことに『なぜ』と問うな。ひとは歩むべきワケがあってその途《みち》を行く。それを無理にでも知りたいというのは、そう思う奴の手前勝手に過ぎぬ……。なぁ。いいだろう」

「うむ」

堀部安兵衛は温石を投げ捨てて綿入《わたい》れを脱ぐと、伊右衛門に一歩二歩と近づいて行った。二人ともすでに内切《うちぎ》りで鯉口《こいぐち》を切っている。勝負はもう始まっていた。

と、その安兵衛を追い抜いて、途端《とたん》にお袖が突《つ》っ込《こ》んで行った。一度は安兵衛のいう通りにしようと思ったものの、仇を目の前にして「やはり――!」という思いになったのだろう。伊右衛門の真っ向抜き打ちがお袖の顔面を割ろうかという勢いで襲い掛《か》かった。

そのとき。破れ庵《いおり》から飛び出た黒い塊《かたまり》があった。その塊は飛び出すなり――伊右衛門の左側から――棒手裏剣《ぼうしゅりけん》を打ち放《はな》った。伊右衛門、そのときの動きは動物のそれに近かった。お袖を襲おうとした刀の軌道を、咄嗟《とっさ》に手裏剣を打ち落とす方へ変え、同時に迫り来ていたお袖の腹を蹴《け》っていた。

たまらずお袖は三間ほども後ろで尻餅をついた。右衛門七が駆け寄る――その動きを民谷伊右衛門はしかと捉《とら》えていたが、黒い塊の次の動きにも油断なかった。黒い男は雲水の姿で小サ刀《ちいさがたな》の鞘《さや》を払うと伊右衛門に突進していった。伊右衛門は冷え切った目で一刀――。刀を振り下ろすと、男の肘から先を切り飛ばした。

「ぎゃ！」

笠がはずれ――腹をおさえるお袖の膝元まで転がって行った男の顔が露《あら》わになった。

「あ、あなた――直助さん」

――興《きょう》を殺がれた……。

と、いうように伊右衛門は舌打ちをした。視線を再び安兵衛に向ける。安兵衛も右衛門七、お袖、直助のかたまりには早《はや》意識は留《とど》めず――ふたりはなるべく彼らから離れるように併走した。

一瞬のことである。あとで矢頭右衛門七が語ったことによれば、そのときわずかに伊右衛門の足が、重そうに動かなくなったという。そして彼は、伊右衛門の右足に髪を振り乱した女の、左足に坊主頭の男の影を見た気がした。彼は目を疑ったが、その直後民谷伊右衛門は確かに、

「まだそのように俺にまとわりつくか！　岩！　宅悦！　ようし、そのましがみついておれ。どんなに邪魔立てしようとも……首が飛んでも動いてみせるわ！」

と、いった。

伊右衛門はそれからまた走り出した。仮にあの影が単なるマボロシであったとしても、伊右衛門は――そして堀部安兵衛も、あの足場の悪いなかを、

「よくも苦もなさげに走れるものだと心底感服致しました」

と、右衛門七は後日語った。

＊

堀部安兵衛は刀を抜き合わせつつも、伊右衛門の姿を見て、憐憫《れんびん》の情をもよおさずにはいられなった。

——なぜこんな気持ちになるのだろう?

しかし安兵衛は、彼の零落《れいらく》について、自分にも責任の一端《いったん》があるような気がしていた。伊右衛門を武士と見込んで、無理矢理赤穂《あこう》から引っぱって来たのは自分である。その自分の不甲斐《ふがい》ない采配《さいはい》のせいで、彼が江戸組に反感を抱くようになっていたのも知っていた。安兵衛自身、強情な性格だから反感を抱く者に良い顔が出来ない。

——しかし考えてみると、自分はこの男に対して酷薄《こくはく》だったのではないか?

と、思われた。

自分がいま真剣をもってこの男の前に立つのは義務であるように思われた。

——伊右衛門、お主はどんな思いをしてこの場に立っているのだ……。

「斬られてやろう」などと思ったわけではない。が、それにかなり近い心持ちになったとき、安兵衛の全身から力が抜け、信じられないほど大胆に、彼は間合《まあ》いを詰《つ》めていた。最初に鯉口《こいぐち》を切ったとき、同じ事をやっていたらおそらく斬られていただろう。伊右衛門の方がわずかに早く刀を振り出した。が、安兵衛の神速はそれに勝《まさ》った。ふたりが交叉《こうさ》した刹那《せつな》――安兵衛は体をひねって刀を躱《かわ》しつつ伊右衛門の右脇腹を断ち割っていた。伊右衛門は振り返りざま、安兵衛の首の辺りを一《ひと》薙《なぎ》ぎした。が、その刀は虚《むな》しく空を切り、かがみ込んだ安兵衛が天に向かって突きをくれた。刀は、伊右衛門の顎《あご》下から入り、脳天に突き抜けていた。余りに深々と刺し貫いて、刀は引き抜けなくなり、やむなく安兵衛は柄《つか》から手を放した。

よろよろと伊右衛門の身体は庵のすぐ脇にあった木にもたれ掛《か》かった。その木は夏椿の木で――伊右衛門の目に、

いざえもん
くま

と、並んで書かれた両親の名が飛び込んで来た。その文字は年月を経て、木の幹に不気味に脹れ上がっていた。

「ここだったのか……」

伊右衛門の両目から涙がこぼれ落ちた。彼は刀を取り落とし幹にしがみついた。

「伊右衛門！」

いいながら安兵衛が近づこうとしたとき、ひどく恐ろしい――天が割れんばかりの笑い声が辺り

に響き渡った。

伊右衛門にはその声に聞き覚えがあった。彼は声の主を確かめようと振り返り、振り返ったなり仰向《あおむ》けに倒れた。いつしか雪は止み、その満天に、父・伊左衛門《いざえもん》の禍々《まがまが》しく笑う顔が広がっていた。

＊

元禄十五年十二月十四日深更《しんこう》（十五日未明《みめい》）――寅ノ上刻《とらのじょうこく》の鐘を聞いて、大石内蔵助《くらのすけ》以下四十七名の赤穂浪人が吉良屋敷へ討ち込んだ。闘いは二時間に及び、その果てに吉良少将《しょうしょう》は討ち果《は》たされた。

幕府の調べでは、吉良方はこの戦闘で、

「死者十七名　負傷者二十八名」

を出した――と、されている。死者のうち鈴木松竹、牧野春斎という十代の茶坊主がいた。彼らは士分でないにもかかわらず、勇敢にも汗止《あせど》め襷掛《たすきが》け姿で奮戦し浪士側もやむなくこれを斬った――と、見られた。ただ巻き添えをくったと見られる女がひとりいた。名はお玖磨《くま》といったが、「なぜ」と思われるほど執拗《しつよう》に切り刻まれており、上半身を泉水《せんすい》に突っ込んで事切れていた。その斬られようは士分の誰よりもひどく、

「浪士の義挙に泥を塗《ぬ》りかねん。その女のことは記録するな」

と、老中《ろうじゅう》・秋元但馬守《あきもとたじまのかみ》はいった。よって、先の十七名のなかに、お玖磨《くま》は数えられていない。それから間もなく――公儀隠密の雲井大助が、同僚の猿橋右門《さるばしうもん》の遺品を持っていずこかへ姿を消した。

寛延《かんえん》元年八月――浅野内匠頭《たくみのかみ》の刃傷《にんじょう》から奇しくも四十七年後。大坂で初演となった浄瑠璃《じょうるり》『仮名《かな》手本忠臣蔵《てほんちゅうしんぐら》』は古今稀《まれ》な大人気作となったが、そのところどころが、猿橋右門の覚書の構想と似通《にかよ》っているのは不思議なことであった。またその同じ年――深川で名をなした片腕の侠客《きょうかく》がひっそりと息を引き取った。絶えずその侠客の支えとなって、婿も取らなかった娘は、通夜の間中、飽くことなく父の左手を握っていたという。

吉良少将《しょうしょう》を討ち果たすため、その亡霊は多くのひとの命を掌で弄《もてあそ》んだかしらん。
しかしその亡霊の名を記憶にとどめるひとは一人とてなく、
ただ赤穂浪士の名のみ残った。

終

〔著者紹介〕

脇坂 昌宏（わきさか・まさひろ）

1980年、山梨県生まれ。早稲田大学第一文学部史学科（日本史学専修）卒業。『葉隠』『堀部武庸筆記』などの意訳作業を通して、「武士とは何か？」の考察をライフワークとする。著書に『幕末新詳解事典』（2003）、『義経明解事典』（2004）、『幕末のすべて』（2010）、『国難を背負って』（2011）がある。

忠臣蔵異聞《ちゅうしんぐらいぶん》 陰陽四谷怪談《いんようよつやかいだん》

2014年9月10日　初版第1刷印刷
2014年9月20日　初版第1刷発行

著　者　脇坂 昌宏
発行者　森下 紀夫
発行所　論 創 社
東京都千代田区神田神保町 2-23　北井ビル
tel. 03 (3264) 5254　fax. 03 (3264) 5232
http://www.ronso.co.jp/
振替口座 00160-1-155266
装　幀　林　佳恵
印刷・製本　中央精版印刷

ISBN978-4-8460-1355-4　C0093　Printed in Japan
落丁・乱丁本はお取り替え致します